古典詩歌研究彙刊

第十一輯

龔鵬程 主編

第 17 冊

水龍吟詞牌研究

施 維 寧 著

國家圖書館出版品預行編目資料

水龍吟詞牌研究／施維寧 著 — 初版 — 新北市：花木蘭文化
出版社，2012〔民 101〕
目 2+230 面：17×24 公分
（古典詩歌研究彙刊 第十一輯：第 17 冊）
ISBN 978-986-254-735-9（精裝）
1. 詞譜 2. 詞論
820.91 101001397

ISBN-978-986-254-735-9

9 789862 547359

古典詩歌研究彙刊
第十一輯 第十七冊 ISBN：978-986-254-735-9

水龍吟詞牌研究

作　　　者　施維寧
主　　編　龔鵬程
總 編 輯　杜潔祥
出　　版　花木蘭文化出版社
發 行 所　花木蘭文化出版社
發 行 人　高小娟
聯絡地址　新北市永和區中正路五九五號七樓
　　　　　電話：02-2923-1455／傳真：02-2923-1452
網　　址　http://www.huamulan.tw 信箱 sut81518@gmail.com
印　　刷　普羅文化出版廣告事業
初　　版　2012 年 3 月
定　　價　第十一輯 30 冊（精裝）新台幣 42,000 元

水龍吟詞牌研究

施維寧　著

作者簡介

施維寧，台灣省彰化縣人。國立台灣師範大學國文系學士、國立彰化師範大學國文教學碩士，現服務於新竹縣成功國中。

提　　要

本文冀求以多面向的角度去探究〈水龍吟〉之淵源流傳、主題遞嬗、聲情特色及演變軌跡。茲擬研究法如下：

第一，在研究範圍的選取上，本文名為「水龍吟詞牌研究」，詞作的採擷以宋代為限，首見為歐陽修名〈鼓笛慢〉「縷金裙窣輕紗」詞，終至真知柔「碧霄彩旆垂鈴」詞，以及《全宋詞》無名氏存詞。

第二，在版本的選擇上，本文所引宋詞以唐圭璋所編《全宋詞》為標準，此外，還參考孔凡禮所輯《全宋詞補輯》一書，增補胡寅「玉梅衝臘傳香」及真知柔「碧霄彩旆垂鈴」詞二闋，總計三百一十一闋詞。

第三，就研究方法而論，本文試圖透過〈水龍吟〉之主題、格律、用韻、選評等方面的整理探析，並列表詳細統計，以歸納出〈水龍吟〉的內容分佈、體式類型、用韻情形、名家名作等論題。並在統計數據的基礎上，析論〈水龍吟〉的特色及影響主題演變的因素，從中得出〈水龍吟〉風行於宋的原因。

準此，本文正文共分四章，首篇「水龍吟主題演變」，包含沿革的過程，及影響演變的因素，以見〈水龍吟〉的內容特色；次篇「水龍吟格律形式」，旨在分析此調之體式類型，並論及正變之辨；三篇「水龍吟之用韻探析」，則先對〈水龍吟〉的用韻分佈、跨越部界情形做一觀察，進而分析其聲情、和韻的特點；末篇「水龍吟之名家名作」，則從詞作的總數、各選集收錄的比例兩方面，去選取出名家、名作，並分別探討詞人、詞作的內蘊風情。

總的來說，前三篇屬於面的研究，末篇則屬於線與點的研究；經由如此多面向的探討，相信能呈現出〈水龍吟〉詞牌的風格特色，並可經由此一有系統的詞調整理工作，凸顯詞調研究的價值，也能獲致更多人的共鳴與共賞。

目

次

第一章　緒　論 1

　第一節　詞調研究的現況 2

　第二節　〈水龍吟〉源流與本論文之研究方法 5

第二章　水龍吟之主題遞嬗 9

　第一節　影響主題遞嬗的因素 11

　　一、緣其本事而作 11

　　二、青樓歌妓的繁盛 12

　　三、唱和酬贈的風氣 14

　　四、時代環境的劇變 15

　　五、宗教傳播的工具 16

　第二節　多元化主題發展 19

　　一、相思情愁 19

　　二、詠物寫景 24

　　三、家國之思 30

　　四、歡愉祝壽 34

　　五、隱逸閒適 37

　第三節　主題之承繼與開拓 39

第三章　水龍吟之格律形式 41

　第一節　正體沿革之辨 44

　第二節　體式類型之辨 49

一、一百〇一字體 ················· 56

二、一百〇二字體 ················· 58

三、一百〇三字體 ················· 73

四、一百〇四字體 ················· 74

五、一百〇六字體 ················· 77

第四章　水龍吟之用韻探析 ········· 81

第一節　用韻分佈的情形 ········· 82

第二節　越出部界的觀察 ········· 92

一、變而不離其宗 ············· 93

二、-t-p-k 相混 ··············· 96

三、-n-ng-m 相混 ············· 98

四、特別變例 ················· 101

五、其　他 ··················· 104

第三節　用韻聲情的關聯 ········· 106

第四節　和韻的音韻特色 ········· 109

第五章　水龍吟之名家名作 ········· 115

第一節　選評標準 ··············· 118

第二節　名家特色 ··············· 120

一、填作〈水龍吟〉之聖手──辛棄疾 ··· 120

二、〈水龍吟〉詞境開創之推手──蘇軾 ··· 125

三、〈水龍吟〉詠物之作手──王沂孫 ··· 130

第三節　名作析評 ··············· 134

一、章楶　柳花「燕忙鶯懶花殘」 ··· 134

二、蘇軾　次韻章質夫楊花詞「似花還似非花」 ··· 137

三、辛棄疾　登建康賞心亭「楚天千里清秋」 ··· 139

四、辛棄疾　過南劍雙溪樓「舉頭西北浮雲」 ··· 143

五、陳亮　春恨「鬧花深處層樓」 ··· 145

六、王沂孫　落葉「曉寒初著青林」 ··· 147

第六章　結　論 ··················· 151

參考書目 ························· 155

附錄一：水龍吟主題格律用韻分析表 ··· 167

附錄二　歷代選輯中之水龍吟統計表 ··· 207

第一章　緒　論

　　在中國古代文學的廊苑裡，宋詞是一塊芬芳絢麗的園圃。它姹紫嫣紅、千姿百態，與唐詩爭奇，與元曲鬥豔，遠從《詩經》、《楚辭》及漢魏六朝詩歌裏汲取精華，又爲後來的明清戲劇小說輸送了養分。

　　詞，原本是曲子的歌詞，屬於音樂的附庸，傳唱於市井大眾之口，爲了歌唱，它必須與詞調的音樂旋律切合，而且無法脫離詞調而單獨存在。詞調是詞的基本單位，故詞調研究堪爲詞學研究的根基。

　　詞調的研究，從有填詞始，唐宋的詞調研究者，著重在音樂譜的創作與修訂，如溫庭筠、周邦彥、姜夔等人，不僅是著名的詞家，在審音定調方面也有重要的貢獻。元明清的詞調研究者，則著重在文字譜的推究考訂，如張綖《詩餘圖譜》、萬樹《詞律》、康熙《欽定詞譜》等，都是其中的佼佼者。民國以來，龍沐勛《唐宋詞格律》、張夢機《詞律探源》等，也皆有可觀。

　　近人詞調格律的整體研究，無論是就體制、用韻，或是平仄譜式，探究甚多。但是，就單一個詞調作分析者，比較起來略嫌稀少；據南京師範大學編之「全宋詞計算機檢索系統」統計，宋代現存詞作有二萬一千零五十五闋，所用詞調共八百八十一種，平均每調填詞二十四闋，而〈水龍吟〉遠超過平均數，高達二百九十五闋。〔註1〕

〔註1〕 王兆鵬：《唐宋詞史論》（北京：人民文學出版社，2001 年 1 月），頁108。

　　王兆鵬《唐宋詞史論》中，總計宋代使用頻率最高的四十八個詞調，〈水龍吟〉居第十八位，且蘇軾「似花還似非花」詞更居譚新紅評選之「三百首唐宋詞名篇佳作」之第九位，〔註2〕辛棄疾「楚天千里清秋」詞及「舉頭西北浮雲」詞，除受歷代詞選家青睞、詞評家關注外，亦極受近代學者的重視；同一詞調卻可創作出如此風格特異的詞作，究竟是時代氛圍影響聲情？抑或是詞人本身特質影響詞調的韻致發展？這都值得深入探究。然，對於〈水龍吟〉的專門研究，卻付之闕如；故本文秉此精神及目標，對〈水龍吟〉作全面考索及大規模定量分析之研究。

第一節　詞調研究的現況

　　前賢對於詞調的研究，主要立足在整體性的論述，大體來說分為五個討論方向：詞調的由來、詞調與體制、詞調與音樂、詞調與用韻及詞調與聲情。

　　詞調的由來方面，有梅應運《詞調與大曲》〔註3〕一書，從隋唐大曲中探尋詞調來源，張夢機的《詞調探原》〔註4〕則將詞調按二十八宮調歸納排列，而依此探討各調源由始末。

　　關於詞調與體制，前人探究亦多，包含探討詞調發展的吳熊和〈唐宋詞調的演變〉；〔註5〕討論減字、偷聲、添字和攤破之區別的劉明瀾〈論詞調的變化〉〔註6〕與施蟄存《詞學名詞釋義》〔註7〕等；考察各類體式的葉詠琍《慢詞考略》〔註8〕、對詞中襯字的看法之林玫儀

〔註2〕　王兆鵬：《唐宋詞史論》，頁110。
〔註3〕　梅應運：《詞調與大曲》（香港：新亞研究所，1961年10月）
〔註4〕　張夢機：《詞調探原》（臺北：文史哲出版社，1981年11月）
〔註5〕　吳熊和：〈唐宋詞調的演變〉《杭州大學學報》1980年3期，頁37～44。
〔註6〕　劉明瀾：〈論詞調的變化〉《音樂藝術》1994年2期，頁11～22。
〔註7〕　施蟄存：《詞學名詞釋義》（北京：中華書局，1988年6月）
〔註8〕　葉詠琍：《慢詞考略》，《慶祝林景伊先生六秩誕辰論文集》（臺北：

〈論調之襯字〉。〔註9〕

在詞調與音樂方面，有曹濟平、張成〈略述兩宋詞的宮調與詞牌〉〔註10〕對《全宋詞》中標注宮調的詞作進行統計；在詞調與用韻方面，則有張世彬〈略論唐宋詞之韻法〉〔註11〕、周崇謙〈詞的用韻類型〉〔註12〕說明詞調的用韻類別；另外，在詞調與聲情上，亦有龍楡生〈填詞與選調〉〔註13〕、夏承燾〈論詞調與聲情〉〔註14〕、吳熊和〈選聲擇調與詞調聲情〉〔註15〕、陳滿銘〈詞調與聲情——探求詞調聲情的幾條途徑〉〔註16〕等文章。

以上五個研究切入點，都是針對詞調研究的全面廣泛性討論，較少觸及單一詞調的分析，屬於詞調研究的外圍資料。直接針對單一詞調的分析的文論約有將近二十篇，它們分別是：

一、連文萍：試論詞調〈河傳〉的特色，《東吳中文研究集刊》1 期，1994 年 5 月，頁 35～46。

二、曾秀華：〈訴衷情〉詞調分析，《東吳中文研究集刊》1 期，1994 年 5 月，頁 175～192。

政治大學中國文學研究所，1969 年 12 月），頁 2011～2259。

〔註 9〕林玫儀：〈論調之襯字〉，《詞學考詮》（臺北：聯經出版事業公司，1987 年 12 月），頁 129～168。

〔註 10〕曹濟平、張成：〈略述兩宋詞的宮調與詞牌〉，《中國首屆唐宋詞國際學術討論會論文集》（南京：江蘇教育出版社，1994 年 8 月），頁 532～561。

〔註 11〕張世彬：〈略論唐宋詞之韻法〉，《中國學人》1977 年 6 期，頁 163～170。

〔註 12〕周崇謙：〈詞的用韻類型〉，《中國韻文學刊》1995 年 1 期，頁 60～69。

〔註 13〕龍楡生：〈填詞與選調〉，《龍楡生詞學論文集》（上海：上海古籍出版社，1997 年 7 月），頁 176～188。

〔註 14〕夏承燾：〈論調與聲情〉，《唐宋詞欣賞》（臺北：文津出版社，1983 年 10 月），頁 55～59。

〔註 15〕吳熊和：〈選聲擇調與詞調聲情〉，《杭州大學學報》1983 年 6 期，頁 47～53。

〔註 16〕陳滿銘：〈詞調與聲情——探求詞調聲情的幾條途徑〉，《詩詞新論》（臺北：萬卷樓圖書公司，1999 年 8 月），頁 103～120。

三、郭娟玉：〈南歌子〉詞調分析，《東吳中文研究集刊》2 期，1995
年 5 月，頁 109～128。

四、黃慧禎：試論詞調〈浪淘沙〉的特色，《東吳中文研究集刊》2
期，1995 年 5 月，頁 129～144。

五、鄭祖襄：〈洛陽春〉詞調初考，《中央音樂學院學報》1 期，1996
年 2 期，頁 24～28。

六、謝俐瑩：在詩律與詞律之間——〈漁歌子〉詞調分析，《東吳中
文研究集刊》2 期，1995 年 5 月，頁 91～108。

七、林宜陵：〈更漏子〉詞調研究，《東吳中文研究集刊》3 期，1996
年 5 月，頁 139～159。

八、陶子珍：〈虞美人〉詞調試析，《中國國學》24 期，1996 年 10 月，
頁 183～197。

九、陳清茂：〈生查子〉詞調綜考，《海軍軍官學校學報》7 期，1997
年 12 月，頁 233～241。

十、謝桃坊：〈滿江紅〉詞調溯源，《中國古代、近代文學研究》1997
年 9 期，頁 37～41。

十一、劉慶雲：短調深情——〈臨江仙〉詞調及創作漫議，《中國古
代、近代文學研究》1997 年 9 期，頁 41～47。

十二、岳珍：〈念奴嬌〉詞調考原，《中國古代、近代文學研究》1997
年 9 期，頁 47～51。

十三、龍建國：〈沁園春〉的形式特點與發展歷程，《中國古代、近代
文學研究》1997 年 9 期，頁 51～58。

十四、王兆鵬：淺論〈水調歌頭〉，《中國古代、近代文學研究》1997
年 9 期，頁 56～58。

十五、杜靜鶴：〈生查子〉詞調分析，《東吳中文研究集刊》5 期，1998
年 7 月，頁 43～64。

十六、李雅雲：〈西江月〉詞牌研究，《東吳中文研究集刊》5 期，1998
年 7 月，頁 139～162。

十七、郭娟玉：淺析〈調笑〉詞之藝術特色，《國文天地》14 卷 3 期，
　　　1998 年 8 月，頁 52～56。
十八、沈冬：〈楊柳枝〉詞調析論，《臺大中文學報》11 期，1999 年
　　　5 月，頁 217～265。
十九、田玉琪：詞調〈鶯啼序〉探源，《南京社會科學》2002 年 6 期，
　　　頁 47～52。

　　此將近二十篇論文，除了篇幅比較簡要外，它們所探討的重點，
主要在「篇章結構」、「特殊句法」、「平仄格律」、「基本用韻」、「詞調
淵源」、「體制種類」等，都各有偏重，而無全面性的統合研究。

　　能夠整合所有論點而能針對詞調之主題、格律、用韻、名家及名
作，來作多角度分析的論著有二：

一、林鍾勇：《宋人擇調之翹楚：〈浣溪沙〉詞調研究》（彰化：彰化
　　師範大學國文研究所碩士論文，2002 年）（臺北：萬卷樓圖書股
　　份有限公司，2002 年 9 月）
二、王美珠：《〈蝶戀花〉詞牌研究》（彰化：彰化師範大學國文研究
　　所碩士論文，2003 年）

　　二者為專一詞調開啓新的研究途徑與範疇，亦獲得豐碩的研究成
果；而，現存宋詞所用詞調有八百八十一調，若計同調異名者則有一
千四百零七調，就寬度與廣度而言，單一詞調研究尚有很大的開拓空
間。

第二節　〈水龍吟〉源流與本論文之研究方法

　　〈水龍吟〉是個清澈嘹亮的笛曲。漢馬融〈長笛賦〉云：「近
世羌笛從羌起，羌人伐竹未及已。龍鳴水中不見己，截竹吹之聲相
似。」後來遂以「龍吟」比喻笛聲。〔註17〕毛先舒《填詞名解》認
為〈水龍吟〉名採自李白〈宮中行樂詞〉曰：「笛奏龍吟水，簫鳴

〔註17〕潘慎：《詞律辭典》（太原：山西人民出版社，1991 年 9 月），頁 1062。

鳳下空。」〔註18〕杜甫亦有詩〈劉九法曹鄭瑕丘石門宴集〉:「晚來橫笛好,泓下亦龍吟。」蘇軾有一首〈水龍吟〉「楚山修竹如雲」,就是專門詠笛的。

蘇軾〈菩薩蠻〉:「越調變新聲,『龍吟』徹骨清。」則詠〈水龍吟〉的調聲。〈水龍吟〉爲越調,吳文英〈水龍吟〉自注:「無射商。」其俗名即越調。笛曲一般曲調亢爽響亮,與琵琶曲、琴曲、簫曲有所不同。曹冠〈漢宮春〉云:「江城寒管,任龍吟、吹徹何妨。」劉過〈臨江仙〉則云:「琵琶金鳳語,長笛水龍吟。」可借以窺見其聲情。

〈水龍吟〉的異名甚多。〔註19〕秦觀詞有句「小樓連苑橫空」,故名〈小樓連苑〉;宋吳琚〈水龍吟〉詞結句爲「片片是,豐年瑞。」故別名〈豐年瑞〉;宋方味道爲趙丞相祝壽詞,其序云:「恭審某官間期淑氣,特立高標。仰維岳之生賢,一朝獻頌;賦緇衣而入相,四海同聲。欣逢五百年之期,願上八千歲之祝。可占耆艾,曷盡形容。音寄〈水龍吟〉,名爲〈莊椿歲〉。倘蒙省覽,萬有榮光。」詞之結句爲:「看他年、接武三槐,長是伴,莊椿歲。」故亦名〈莊椿歲〉。

歐陽修詞「縷金裙窣輕紗」名〈鼓笛慢〉;宋史達祖「夜寒幽夢飛來」詞名〈龍吟曲〉;無名氏「洞天景色常春」一首,名之爲〈水龍吟令〉;無名氏「玉皇金闕長春」一首,則名〈水龍吟慢〉;《詞律》卷十六,另記一名〈海天闊處〉,然,宋無存詞。

由這些異名來看,它們大都是詞人更換詞題的結果,也有摘取詞中妙語名句爲名者,使得〈水龍吟〉有諸多異名;在詞調的研究上,〈水龍吟〉的異名,除了在體式分辨上,能略有憑藉外,在內容及格律上,並無實質的區別。

現今〈水龍吟〉的研究,主要集中在名作的鑑賞,其中又以辛棄疾、蘇軾、王沂孫等名家名詞最多。直接論及〈水龍吟〉詞調本身的研究則無;本文冀求以多面向的角度去探究〈水龍吟〉之淵源流傳、

〔註18〕舒夢蘭:《白香詞譜》(臺南:北一出版社,1971 年 8 月),頁 96。
〔註19〕潘慎:《詞律辭典》,頁 1062。

主題遞嬗、聲情特色及演變軌跡。茲擬研究法如下：

第一，在研究範圍的選取上，本文名爲「水龍吟詞牌研究」，詞作的
　　　採擷以宋代爲限，未及遼、金、元；首見爲歐陽修名〈鼓笛慢〉
　　　「縷金裙窣輕紗」詞，終至眞知柔「碧霄彩斾垂鈴」詞，以及
　　　《全宋詞》無名氏存詞。

第二，在版本的選擇上，本文所引宋詞，以唐圭璋所編《全宋詞》
　　　〔註20〕爲標準，此外，還參考孔凡禮所輯《全宋詞補輯》一
　　　書，〔註21〕增補胡寅「玉梅衝臘傳香」及眞知柔「碧霄彩斾
　　　垂鈴」詞二闋，總計宋朝〈水龍吟〉共三百一十一闋詞。

第三，就研究方法而論，本文主要採用定量與定性兩種分析法。定
　　　量分析是一種將資料予以全面匯集、統計，以進行更周延、
　　　更準確、更科學、更系統的研究方式。本文欲顧及〈水龍吟〉
　　　研究所得之廣度與深度，試圖透過〈水龍吟〉之主題、格律、
　　　用韻、選評等方面的整理探析，並列表詳細統計，以歸納出
　　　〈水龍吟〉的內容分佈、體式類型、用韻情形、名家名作等
　　　論題。而所謂的定性分析，則是在統計數據的基礎上，析論
　　　〈水龍吟〉的特色及影響主題演變的因素，從中得出〈水龍
　　　吟〉風行於宋的原因。

　　準此，本文正文共分四章，首篇「水龍吟主題演變」，包含沿革
的過程，及影響演變的因素，以見〈水龍吟〉的內容特色；次篇「水
龍吟格律形式」，旨在分析此調之體式類型，並論及正變之辨；三篇
「水龍吟之用韻探析」，則先對〈水龍吟〉的用韻分佈、跨越部界情
形做一觀察，進而分析其聲情、和韻的特點；末篇「水龍吟之名家名
作」，則從詞作的總數、各選集收錄的比例兩方面，去選取出名家、
名作，並分別探討詞人、詞作的內蘊風情。

〔註20〕唐圭璋編：《全宋詞》（臺北：世界書局，1984 年 10 月）
〔註21〕孔凡禮輯：《全宋詞補輯》（臺北：源流出版社，1982 年 12 月）

　　總的來說，前三篇屬於面的研究，末篇則屬於線與點的研究；經由如此多面向的探討，相信能呈現出〈水龍吟〉詞牌的風格特色，並可經由此一有系統的詞調整理工作，凸顯詞調研究的價值，也能獲致更多人的共鳴與共賞。

第二章　水龍吟之主題遞嬗

　　作品是作者內在情感的外在呈現。擁有「詩」與「樂」雙重特性的宋詞，亦是詞人深蘊情緒外流而成。徐釚《詞苑叢談》曾云：「凡詞無非言情。即輕豔悲壯，各成其是，總不離吾之性情所在耳。」〔註1〕詞人若非發自真誠心意而作詞，則詞作不僅難以感動人心，且只能流於文字的堆砌而已。

　　由於人的感情風貌萬千，詞作中便自然地表現出一片多采多姿的主題園地。總數三百一十一闋的宋〈水龍吟〉作品，雖王易《詞曲史‧構律》將其歸諸為「揮灑縱橫，未宜側豔。」〔註2〕聲情特色為激昂奮舉、揮灑縱橫，多為豪放派所樂用；但其所隱含的題材內容，也非簡單一二項主題所能包含的。

　　〈水龍吟〉在創調之初，應是為演奏笛曲而製，然經不同作家創作、不同時代演變下，其本質內容也趨向多元化，尤其是當詞與音樂分離後，詞喪失了聲情之憑藉，詞人隨意抒發悲喜的結果，詞作與原調的感情便會產生差距。

　　情感的不同既是影響不同主題的萌生，則人類情緒的複雜性，往往使詞作內容呈現多重的交會。〈水龍吟〉的吟詠風物主題，在詠物

〔註1〕　徐釚：《詞苑叢談》（臺北：木鐸出版社，1982年2月），頁80。
〔註2〕　王易：《詞曲史》（南京：江蘇教育出版社，2005年8月），頁85。

之外，常寄寓個人情思；而遊歷寫景之主題，亦常隱含家國之思、亡國之痛；祝壽賀詞主題亦多充滿歌頌讚揚；若決然兩分，實易顧此而失彼。

而李若鶯云：「詩語言具有兩個特性，傳達是不完全的；了解也是不完全的。」﹝註3﹞又說：

> 讀者對詞的充實或補充，必須在原文的基礎下實行某種節制，不是任意進行……我們不能離開字句及意象的連貫去解讀詞，必須以詞的語言及審美意象作爲出發點……把那些由原文暗示的和由修辭技巧設定的義涵回歸客體。﹝註4﹞

詞作的還原應該落實在原文上，也斷不能離開字句及意象的連貫去解讀它。

筆者在歸類〈水龍吟〉之主題內容時，首重原作之分析。從實際作品出發，參考王立《中國古代文學十大主題——原型與流變》﹝註5﹞一書，將主題略分爲「相思情愁」、「詠物寫景」、「家國之思」、「歡愉祝壽」、「隱逸閒適」及「其他」六類。

在歸類的過程中，筆者除解讀原文外，亦將作者所記詞序及詞題列爲重要參考資料，並參酌後代詞評家之賞析與鑑賞，作爲分辨詞作歸類的主要依據。在分類過程中，凡詞內容或序言附記爲詠物之作，即畫分爲吟詠風物；詠人則歸爲歌詠頌揚；凡祝賀之詞，若屬祈壽之作，一律視爲壽詞；若詞作中透露復國之望、亡國之悲，則歸爲家國之思，而相思情愛類則包含相思、閨怨、恨別等男女之情；離愁別緒則大多爲友朋送別，感時傷懷則爲寄寓時間流逝的傷春、悲秋之作。

從詞調著手，探究其主題發展，一方面能將詞調本來聲情還原，另一方面，也能從主題的演變中，看出影響詞調發展的因素。

﹝註3﹞ 李若鶯：《唐宋詞鑑賞通論》（高雄：高雄復文書局，1996年9月），頁550～551。

﹝註4﹞ 李若鶯：《唐宋詞鑑賞通論》，頁550～551。

﹝註5﹞ 王立：《中國古代文學十大主題——原型與流變》（臺北：文史哲出版社，1994年7月）

第一節　影響主題遞嬗的因素

一、緣其本事而作

〈水龍吟〉本爲笛曲。毛先舒《塡詞名解》謂：「水龍吟，越調曲也；采李白詩：『笛奏龍吟水』詩句。」〔註6〕李白的樂府詩〈宮中行樂詞〉有句子云：

> 盧橘爲秦樹，蒲萄出漢宮。
>
> 煙花宜落日，絲管醉春風。
>
> 笛奏龍吟水，簫鳴鳳下空。
>
> 君王多樂事，還與萬方同。〔註7〕

可見〈水龍吟〉在唐代應該爲宮中宴樂所演奏之曲，並有簫等絲管樂器相伴，當屬歡樂氣氛的樂曲。

但，在宋〈水龍吟〉中，僅一闋詞與笛曲有相關性，爲蘇軾的作品，其詞序爲：

> 時太守閭丘公顯已致仕居姑蘇，後居懿卿者，甚有才色，因賦此詞。一云贈趙晦之。〔註8〕

閭丘孝終字公顯，知滕州時，東坡適謫黃州，兩人往來甚密，公後房有懿卿者，頗具才色，詩詞俱及之。另一說爲贈趙晦之家中的吹笛小兒。其詞爲：

> 楚山修竹如雲，異材秀出千林表。龍鬚半翦，鳳膺微漲，玉肌勻繞。木落淮南，雨晴雲夢，月明風嫋。自中郎不見，桓伊去後，知辜負、秋多少。
>
> 聞道嶺南太守，後堂深、綠珠嬌小。綺窗學弄，梁州初遍，霓裳未了。嚼徵含宮，泛商流羽，一聲雲杪。爲使君洗盡，蠻風瘴雨，作霜天曉。〔註9〕

〔註6〕毛先舒：《塡詞名解》（臺北：廣文書局，1971 年 4 月），頁 47。

〔註7〕清聖祖敕編：《全唐詩》（臺北：盤庚出版社，1979 年 2 月）冊三，頁 1784。

〔註8〕唐圭璋編：《全宋詞》（臺北：世界書局，1984 年 10 月），頁 277。

〔註9〕唐圭璋編：《全宋詞》，頁 277。

〈水龍吟・詠笛材〉則是用嚴謹的結構，曲盡詠笛之妙。依序寫出笛之質、時、事、人、音。將寫笛與寫景、寫人與寫情巧妙的結合起來，蘊藉自然、富於意境。

二、青樓歌妓的繁盛

詞，本是配合音樂歌唱的歌詞，它由詞人填製完成後，不只靠文字來傳播，而最主要的是靠樂聲，樂聲的創造者即是歌妓，她們是詞人與聽眾之間一個非常重要的橋樑。歐陽炯曾在〈花間集敘〉說：

> 綺筵公子，繡幌佳人；遞葉葉之花箋，文抽麗錦；舉纖纖之玉指，拍按香檀。不無清絕之辭，用助嬌嬈之態。自南朝之宮體，扇北里之倡風，何止言之不文，所謂秀而不實。有唐已降，率土之濱，家家之香徑春風，寧尋越豔；處處之紅樓夜月，自鎖嫦娥。〔註10〕

花前月下，當然少不了歌舞助興；興之所致，即抒發優美詞作。兩相交會，詞作中的描繪人物，自然是婀娜多姿的歌妓；常寫的情感，自然是愁怨喜樂的女子情懷。所以，晚唐五代詞人與歌妓的密切合作，使詞從開始就與歌妓結下不解之緣。到了宋代，隨著時代的需要，歌妓愈加繁盛，往往成為詞作情感的催化劑，也成為詞作中重要的主角。

宋代的歌妓繁盛，代表了宋人享樂思想的發達，頻繁的宴飲酬酢使得歌妓唱詞獲得社會大眾喜愛，也填補了士人因為仕途或婚姻不順而空虛的心靈感情。〔註11〕而在詞體的形式上，有許多知音之士，包括樂工或文人，他們為歌妓創製新調，填上符合歌妓口吻且協合音律的新詞，以全新的歌聲娛人或自娛，使得歌妓也往往成為新詞調的催生者；再觀察萬樹《詞律》所收的長調，一百字至一百二十字的長調眾多，但一百二十字以上者則屈指可數，恰可推測為歌妓演唱一闋詞

〔註10〕金啓華等：《唐宋詞集序跋匯編》（臺北：臺灣商務印書館，1982 年 2 月），頁 339。

〔註11〕黃文吉：〈宋代歌妓繁盛對詞體之影響〉，《黃文吉詞學論集》（臺北：臺灣學生書局，2003 年 11 月），頁 45～48。

所能承受的長度極限。〔註12〕〈水龍吟〉爲雙調,且字數大部分集中在由一百○二字左右,恰適合歌妓融入其情感,發揮其歌藝技巧。

在詞體的內容上,歌妓也成爲詞體的表現主體。錢鍾書在評論宋詩時說:

> 宋代五七言詩講「性理」或「道學」的多得惹厭,而寫愛情的少得可憐。宋人在戀愛生活裏的悲歡離合不反映在他們的詩裏,而常常出現在他們的詞裏。……據唐宋兩代的詩詞看來,也許可以說,愛情,尤其是在古代禮教眼開眼閉的監視之下,那種公然走私的愛情,從古體詩裏差不多全部撤退到近體詩裏,又從近體詩裏大部分遷移到詞裏。〔註13〕

所謂宋人「公然走私的愛情」對象當然就是那些色藝雙全爲他們唱詞的歌妓。歌妓的社會地位雖然不高,但她們都擁有動聽的歌喉及優美的體態,常成爲詞人傾訴離愁別緒、相思互慕的對象;所以歌妓的容貌、姿態及才藝,爲宋代詞體內容的大宗。趙長卿「酒潮勻頰雙眸溜」詞,即題云:

> 江樓席上,歌姬盼盼、翠鬟侑樽,酒行,彈琵琶曲,舞梁州,醉語贈之。〔註14〕

文人詞客買醉歌樓之際,召歌妓侍坐侑觴,並爲之製詞,將她們的一顰一笑、舉手投足,從髮型到鞋樣,一一寫入詞中,在歌聲鬢影中,也塑造出宋詞婉媚的風格。

自從屈原在《楚辭》中大量運用美人香草爲象徵之後,在文學作品中,絕代佳人與曠古才士、美人晚景與烈士暮年常被融合在一起;歌妓大都色藝雙全,具有突出的社會形象,可是他們出身寒微、淪落風塵,多半晚景淒涼,這與才德之士沉淪下僚的矛盾情形諸多吻合,因此「相逢何必曾相識,同是天涯淪落人」,文學作品的感興寄託便

〔註12〕參黃文吉:〈宋代歌妓繁盛對詞體之影響〉,《黃文吉詞學論集》,頁53。
〔註13〕見錢鍾書:《宋詩選注》(臺北:木鐸出版社,1980年6月),序,頁9〜10。
〔註14〕唐圭璋編:《全宋詞》,頁1805。

由此展開了。〔註15〕

三、唱和酬贈的風氣

　　文人製詞，多起於酒邊歌筵，其功用在於供歌姬娛賓遣興，此亦宋代酬酢之方也。即至後來，以詩文爲詞之風漸行，詞人間相互應和酬答，成爲詞作的實用功能。於是詞的歌詠範圍開始擴大，或贈友朋、歌妓、舞者，或即席賦詞助興，或相和詠物，不一而足。

　　黃文吉在〈唱和與詞體的興衰〉一文曾說明，唱和的風氣亦是詞體起源的因重要因素，其文曰：

　　　　唐五代的文人，聽到某支曲子非常優美，當興起「和」的
　　　　念頭，有些人哼哼就算了，有些人覺得曲子雖然非常優美，
　　　　但沒有歌詞，或者雖有歌詞，但覺得不滿意，因此按照曲
　　　　拍填上文字，這就是「曲子詞」，也就是「詞」。〔註16〕

唱和對〈水龍吟〉主題的影響，主要表現在兩方面，一是唱和內容上，席間相互酬贈唱答的風氣，直接產生歌頌祝壽之詞。二是唱和形式上，和題與和韻、次韻的運用，往往限定了主題的取向。

　　就唱和內容而言，〈水龍吟〉的歌詠頌揚詞，約有十五闋。它們都是爲了頌揚祝賀而作，屬於詞的實用功能。如劉過「慶流閎古無窮」詞與曹勛「曉雲閣雨」詞，即稱頌人功勳彪炳、國之棟梁；如吳琚「紫皇高宴蕭臺」詞、李曾伯「吾皇神武中興」詞與無名氏「玉皇金闕長春」詞，皆盛讚君王德政、河清海晏；如劉克莊「祁公一度貂蟬」詞與辛棄疾「斷崖千丈孤松」，乃在讚賞人品高潔、風骨不凡。暫且不論所讚揚是否眞確，詞人們透過如此酬贈，以達成情感交流的目的是一致的。

　　至於〈水龍吟〉的壽詞作品則更多，將近有四十餘闋，李曾伯一人即作「幾年野渡孤舟」詞、「明堂一柱擎天」詞、「東南一氣當春」

〔註15〕參黃文吉：〈宋代歌妓繁盛對詞體之影響〉，《黃文吉詞學論集》，頁
　　　　62～63。
〔註16〕黃文吉：〈唱和與詞體的興衰〉，《黃文吉詞學論集》，頁25。

詞、「岷峨壽佛東來」詞、「歸來三見梅花」詞、「幾番南極星邊」詞，共六闋壽詞，而辛棄疾以有「渡江天馬南來」詞、「玉皇殿閣微涼」詞，等二闋祝壽賀詞，可見壽詞已成爲不可或缺的社交工具。而往來酬唱的過程中，爲〈水龍吟〉的傳播做出貢獻；卻也顯示〈水龍吟〉的聲情適合祝壽，而形成歌頌與賀壽的篇章。

就唱和形式而言，則〈水龍吟〉主要有和題與和韻等方式。和題是循著他人的詞旨以相詠，其主題必與前人相同，〈水龍吟〉的和題之作，如陳恕可「素肌初宴瑤池」詞、李居仁「蕊仙群擁宸遊」詞、唐珏「淡妝人更嬋娟」詞、趙汝鈉「露華洗盡凡妝」詞、王易簡「翠裳微護冰肌」詞、呂同老「素肌不污天眞」詞共六闋，其詞序同記「浮翠山房擬賦白蓮」，即爲同詠白蓮之作。

和韻在內容上則沒有限制，僅止於韻腳相同即可。不過，從實際分析中，筆者卻發現許多篇章，實屬既和韻又和題者，其中當屬詠楊花詞最爲著名，有蘇軾〈水龍吟・次韻章質夫楊花詞〉「似花還似非花」詞，此作原爲和章楶「燕忙鶯懶花殘」詞，東坡之後，更有李綱「晚春天氣融和」詞與劉鎭「弄晴臺館收煙候」詞之作，共四闋；同遊寫景之作，亦有蘇軾「小舟橫截春江」詞與管鑑「小舟橫截西江」詞的唱和作品。

綜合上述，從〈水龍吟〉和題、和韻作品，及歌頌祝壽作品中可知：唱和不僅帶動了〈水龍吟〉的傳播，更深深左右著它的主題。

四、時代環境的劇變

時代環境爲文學創作提供了素材，並深化成作品精神。誠如詩序云：

> 情發於聲，聲成於文謂之音。治世之音安以樂，其政和；亂世之音怨以怒，其政乖；亡國之音哀以思，其民困。[註17]

〔註17〕朱熹著、汪中斠補：《詩經集傳》（台北：學海出版，1992 年 5 月），頁 3。

朝代之興多承平氣象之歌詠；世局之末多傷戰亂亡國遺恨。因此，南宋詞與北宋詞呈現出不同的情感與風貌。王昶所云：「南宋詞多黍離麥秀之悲，北宋詞多北風雨雪之感。」〔註18〕即是此意。

由筆者統計，〈水龍吟〉的主題集中在感時傷懷、家國情懷、吟詠風物、祝壽賀詞及隱逸閒適五者；而吟詠風物、祝壽賀詞及隱逸閒適三類所合計詞數，即將近〈水龍吟〉詞之二分之一，可得知，在詞人的心目中〈水龍吟〉的聲情是偏向於歡欣愉悅、舒適平和的。但，感時傷懷與家國情懷二主題，描寫國破愁恨、傷春悲秋之詞作，合計亦多達六十餘闋，歸納其寫作背景幾集中在北宋末際至南宋中期，可視為在環境劇變下而生的悲歌。

在這兩類主題中，我們可以觀察到，詞人們在歷經國家劇變時，多用詞來傳遞愛國之愁思、黍離之苦恨，其中猶以辛棄疾之「楚天千里清秋」詞與「舉頭西北浮雲」詞最為人熟知，幾成了〈水龍吟〉之代表詞作。故，整個宋代政治之興衰，不僅影響了文學藝術，也左右了詞的內容；〈水龍吟〉其哀怨愁思之情與國恨黍離之悲、邊塞壯闊之景，也成為後人認識〈水龍吟〉之主調。

五、宗教傳播的工具

宋代宗教，以佛道最盛，影響社會亦最深。由於佛道信仰普遍流行，佛寺道觀林立各地，致令南宋詞中處處可見與佛道有關之思想。然最普及者，莫如以佛道書籍、器物、人物、語典入詞；而最實際之意義，則係心靈之寄託與藉佛道祝壽慶生也。〔註19〕〈水龍吟〉有一小部份作品，藉詞寓佛道道理來勸世，數量雖少，但亦塑造一特殊風情。

一般認為，人世本浮沉不定，而仕途多乖，難遂人意，惟佛道虛

〔註18〕謝章鋌：《賭棋山莊詞話》，唐圭璋：《詞話叢編》（臺北：新文豐出版公司，1988 年 2 月），冊四，頁 3321。
〔註19〕王偉勇：《南宋詞研究》（臺北：文史哲出版社，1987 年 9 月），頁71。

空之理最能撫慰人心，更何況處動盪之環境，尤其容易吐露此理念。
張鎡「這番眞箇休休」詞，在詞作之前更記述：

> 夜夢行修竹林中，有道士頎然而長，風神秀異，自稱見獨
> 居士。謂余曰：人間虛幻，子能畢辭榮寵，清淨寡欲，當
> 享萬壽。驚覺，因賦此詞，乙丑冬十二月也。〔註20〕

將個人夢中之奇異境遇作爲寫作之題材，並論述清淨寡欲之理，可知
佛道入詞，爲宋代時勢之所趨，詞人與佛道關係密切。

　　佛道盛行，詞人時與僧人道士贈和或論道，閒暇時更時遊居或會
集寺觀，並且多有研讀佛道書籍，故援引佛道典故、用語、人物入詞
亦時有可見，如辛棄疾「補陀大士虛空」詞，補陀即觀音也，其餘如
麻姑、安期、赤松、浮丘等佛道人物，亦常出現在〈水龍吟〉壽詞中，
期用修行人之「道骨仙風」來讚頌人之儀態；其次，神仙所居之十洲
三島、西王母蟠桃、瑤池典故也由於佛道強調修煉，以期成仙成佛、
長生不老，適合用以祝壽稱頌，是切合所需，亦爲〈水龍吟〉詞作家
所愛用。

　　如上所論，〈水龍吟〉的主題演變，分別受「緣其本事創作」、
「青樓歌妓的繁盛」、「唱和酬贈的風氣」、「時代環境的劇變」及「宗
教傳播的工具」等因素影響，因而形成內容的多元風貌。然而，其
五項原因並不是互相排斥的，某些主題的生成，可能會有兩個以上
的因素，例如祝賀壽詞就同時受「唱和酬贈的風氣」及「宗教傳播
的工具」這兩個原因而盛行；當然，也有一些原因僅適用於某些主
題的情形。

　　影響〈水龍吟〉主題演變之因既明，以下開始論述〈水龍吟〉的
主題演變與特色。爲對下列論題有一些概括性了解，茲將〈水龍吟〉
「主題分類」及「主題分類比例」情況，製圖如下：

〔註20〕唐圭璋編：《全宋詞》，頁 2136。

圖一 〈水龍吟〉主題分類圖

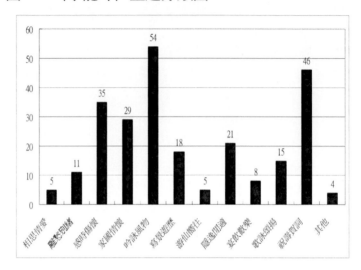

圖二 〈水龍吟〉主題分類比例圖

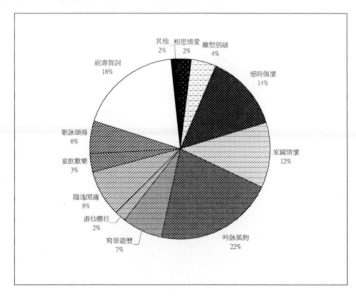

第二節　多元化主題發展

一、相思情愁

　　表現相思情愁者，包含相思情愛、離愁別緒、感時傷懷等主題之詞作。三類詞作共有五十五闋。

　　中國古代文學愛情作品大致包括相思、閨怨、棄婦及婚愛等；《詩經・國風》中相思藝術已初具輪廓，其後《古詩十九首》、《玉臺新詠》更承繼愛情思想而集其作品之大成，及至敦煌曲子詞已近半數，《花間集》則有五分之四的作品主相思。王立在〈中國古代文學中的相思主題〉中更說：

>　　如果說漢魏六朝多遊子思婦之嘆，五代前多閨婦思邊之苦；那麼，北宋則多懷妓憶內，南宋多遭亂懷人。相思之作由《詩經》中的比興托物、漢魏時的率真直言到六朝的繪情寫心而漸趨成熟臻美，於是唐五代達到了物我渾融、形神兼勝的境界。五代北宋後「男子而作閨音」、「男子多作閨人語」的時尚，說明創作主體已更為自覺地運用相思內容手段傾訴思鄉、懷古、出處等百緒千端的人生情思。〔註21〕

曲以唱段言情，文以詩詞寄意，相思濃縮了無數作者的天分才華，也寄寓了人生現世的苦辣辛酸。〈水龍吟〉表達相思情愛者，包含以相思情愛、離愁別緒等為主題之詞作。而《全宋詞》所列〈水龍吟〉的第一首作品，即為歐陽修的「縷金裙窣輕紗」詞：

>　　縷金裙窣輕紗，透紅瑩玉真堪愛。多情更把，眼兒斜盼，眉兒斂黛。舞態歌闌，困慵香臉，酒紅微帶。便直饒、更有丹青妙手，應難寫、天然態。
>
>　　長恐有時不見，每饒伊、百般嬌呆。眼穿腸斷，如今千種，思量無奈。花謝春歸，夢回雲散，欲尋難再。暗消魂，但覺鴛衾鳳枕，有餘香在。〔註22〕

〔註21〕見王立：《中國古代文學十大主題——原型與流變》（臺北：文史哲出版社，1994 年 7 月），頁 58。

〔註22〕唐圭璋編：《全宋詞》，頁 149。

　　上片描寫思念女子即使丹青妙手也無法描繪的嬌嬈神態、曼妙舞姿，下片則寫花落花開、再聚首之夢想如雲散難圓，只能空思量。整闋詞作語溫柔、相思之情流洩無遺，亦將相思無著之無奈惋惜，娓娓道出；雖是「男子而作閨人語」，卻也風情萬千。

　　秦觀有「小樓連苑橫空」詞，題爲贈妓詞：

　　　小樓連苑橫空，下窺繡轂雕鞍驟。朱簾半捲，單衣初試，
　　　清明時候。破暖輕風，弄晴微雨，欲無還有。賣花聲過盡，
　　　斜陽院落，紅成陣、飛鴛甃。

　　　玉佩丁東別後。悵佳期、參差難又。名韁利鎖，天還知道，
　　　和天也瘦。花下重門，柳邊深巷，不堪回首。念多情但有，
　　　當時皓月，向人依舊。〔註23〕

此詞從男女兩方抒寫了別情，深情綿眇，婉轉凄惻。上片從女方著筆，寫她在樓上凝望戀人騎駿馬奔馳而去的身影，一直等待到紅日西斜，窗外微雨欲無還有，恰似無晴還有晴，其實自己的心情也是如此陰晴不定，更無心思買花，因爲等無人賞啊，景象是美麗的，感情卻是悲傷的，詞不言愁而愁自在其中。下片改從男方下筆，寫別後情懷。環佩人歸，剛剛言別，馬上又擔心重逢難再，人雖遠去，而留戀之情猶縈回腦際，「名韁利瑣」寫出愛情與功名不能兩全的矛盾，「和天也瘦」更寫出相思之苦，策馬離去時，頻頻回首女子居所，卻以「不堪」二字，更刻畫出難耐的心情、難言的痛苦，只能對著明月，想念當時的美好，結尾以內心的鬱悶似凝聚在此，悲涼孤寂之感油然而生作結。

　　〈水龍吟〉詞人更喜塑造美景依舊，而佳人已杳然遠去之境，鮮麗之景使心中之深悲更顯凄涼。蔡伸「畫橋流水桃溪路」詞即是如此：

　　　畫橋流水桃溪路，別是壺中佳致。南樓夜月，東窗疏雨，
　　　金蓮共醉。人靜回廊，並肩攜手，玉芝香裏。念紫簫聲斷，
　　　巫陽夢覺，人何在、花空委。

　　　寂寞危欄獨倚。望仙鄉、水雲無際。芸房花院，重來空鎖，

〔註23〕唐圭璋編：《全宋詞》，頁455。

　　蒼苔滿地。物是人非，小池依舊，彩鴛雙戲。念當時風月，
　　如今懷抱有盈襟淚。〔註24〕

寫畫橋流水、南樓夜月、東窗疏雨、人靜回廊等美景依舊，當年共攜
手的佳人卻已不在，又見彩鴛雙戲，只能落淚無語；美景鋪陳得愈多、
場景描繪得愈壯闊，積鬱愈深切。

　　向子諲「華燈明月光中」詞，更是已熱鬧繁華之上元夜街景，獨
自一人醉步其中，更增添詞人的孤寂落寞：

　　華燈明月光中，綺羅絃管春風路。龍如駿馬，車如流水，
　　軟紅成霧。太一池邊，葆真宮裏，玉樓珠樹。見飛瓊伴侶，
　　霓裳縹緲，星回眼、蓮承步。

　　笑入綵雲深處。更冥冥、一簾花雨。金鈿半落，寶釵斜墜，
　　乘鸞歸去。醉失桃源，夢回蓬島，滿身風露。到而今江上，
　　愁山萬疊，鬢絲千縷。〔註25〕

徐徐道出上元節的感懷，上闋用華麗細緻的詞句寫京師的熱鬧街景，在
迷濛的月色中，車如流水馬如龍，到處一片火樹銀花、繽紛五彩，穿著
華美的遊人如織，衣香鬢影、霓裳縹緲，在如此麗景佳人的氛圍裏，更
襯托詞人孤寂的心情，沒有滿腔的悲憤，而是細細流露的寂寞情愁。

　　思念之情，除了男女互訴衷情外，朋友之間深厚的情誼與思念，
亦在送別詞作中彰顯，李綱「際天雲海無涯」詞：

　　際天雲海無涯，徑從一葉舟中渡。天容海色，浪平風穩，
　　何嘗有颶。鱗甲千山，笙鏞群籟，了無遮護。笑讀君佳闋，
　　追尋往事，須信道、忘來去。

　　聞說釣鯨公子，為才名、鶚書交舉。高懷澹泊，柏臺蘭省，
　　留連莫住。萬里關山，不從海道，寄聲何處。悵七年契闊，
　　無因握手，與開懷語。〔註26〕

寫海邊送別好友，追憶往昔歡樂往事，期待再敘死生契闊的七年情

〔註24〕唐圭璋編：《全宋詞》，頁46。
〔註25〕唐圭璋編：《全宋詞》，頁953。
〔註26〕唐圭璋編：《全宋詞》，頁905。

誼；詞句不疾不徐、娓娓道來，將兩人平易卻深厚的友情流洩於詞中，
真摯動人。

辛棄疾的「只愁風雨重陽」詞，更將深摯的思念之情，建構在己
身之上，如此的「思君不見令人老」，幾踰越了男女情愛之深：

> 只愁風雨重陽，思君不見令人老，行期定否，征車幾兩，
> 去程多少。有客書來，長安卻早，傳聞追詔。問歸來何日，
> 君家舊事，直須待、爲霖了。
>
> 從此蘭生蕙長，吾誰與、玩茲芳草。自憐拙者，功名相避，
> 去如飛鳥。只有良朋，東阡西陌，安排似巧。到如今巧處，
> 依前又拙，把平生笑。〔註27〕

送別好友出仕遠方，詞中連用三個問句，雖不捨之情溢於言表，但更見
一份豁達祝福之情，有別於一般難分難捨的濃濃離愁，別有一番情調。

而，倘若仕旅乖違，情愛亦無法順成，那其中的愁思與哀痛，更
是難以承受，詞人晁端禮，以「倦遊京洛風塵」詞抒發深沉的悲慟愁
思，其詞如下：

> 倦遊京洛風塵，夜來病酒無人問。九衢雪小，千門月淡，
> 元宵燈近。香散梅梢，凍消池面，一番春信。記南樓醉裏，
> 西城宴闋，都不管、人春困。
>
> 屈指流年未幾，早人驚、潘郎雙鬢。當時體態，如今情緒，
> 多應瘦損。馬上牆頭，縱教瞥見，也難相認。憑欄干，但
> 有盈盈淚眼，把羅襟搵。〔註28〕

主旨在抒發人生不得意的感慨，一是仕途上的乖舛，一是愛情上的挫
折。點點滴滴的愁苦，似一層層的濃縮進詞中。起首「倦遊」喻官場
上的落拓不遇，「病酒」寫借酒澆愁反倒造成身體不適，酒病纏身，
如此慘境卻無人聞問，尤爲難堪；目光一轉，詞人將視線轉往窗外清
淨空靈的雪景中，朦朧的月光下，微涼的夜風飄送來梅花的清香，詞
人愁苦的心靈似乎暫時獲得寄托，每年元宵節的歡樂場景又浮現眼

〔註27〕 唐圭璋編：《全宋詞》，頁1896。
〔註28〕 唐圭璋編：《全宋詞》，頁420。

前，「都不管，人春困」，下片詞人由自己的早生華髮聯想到昔日邂逅
的女子，無情的歲月凋零了彼此的容顏，即使相逢恐亦不敢相認，言
之不勝感傷，結尾以以佳人憑欄淚流作結，其實寫對方也是寫自己，
餘韻無窮。

　　宋詞多愁，有其重要的歷史緣由：蓋兩宋之際戰亂頻仍、內外交
困，無疑在人們心中投下陰影，於是形成社會總體的愁怨情緒。在所
有愁怨之中，最常見的是因春、秋兩季所引發的愁思，王立認為：

> 由大自然的生命律動聯想到人生自我，進而把自然中生機
> 勃勃的大好春光與人生最美好的青春愛情、事業理想作比
> 照。陽春美景悅目怡人，而觀照者自身卻恰恰缺乏賞美條
> 件，或愛情失意，或事業受挫、壯志難酬。美好的自我本
> 質竟被無情的現實所否定或得不到應有的肯定，於是外在
> 的觀照就強烈地撼動了人的內心，使其哀痛、催其怨恚、
> 促其反省，將對自然景物強烈的愛轉化為對社會人生殘酷
> 無情的深沉的恨。〔註29〕

春愁與悲秋的情感雖然不同，但在表現手法與悲痛臨界上，他們卻有
一定的同質性。首先，「愁」、「悲」本是最難把握、無法觸摸的，然
而詞人透過具象的物品，將抽象的情感予以立體化，如陳亮「鬧花深
處層樓」詞：

> 鬧花深處層樓，畫簾半捲東風軟。春歸翠陌，平莎茸嫩，
> 垂楊金淺。遲日催花，淡雲閣雨，輕寒輕暖。恨芳菲世界，
> 游人未賞，都付與、鶯和燕。
>
> 寂寞憑高念遠。向南樓、一聲歸雁。金釵鬥草，青絲勒馬，
> 風流雲散。羅綬分香，翠綃封淚，幾多幽怨。正銷魂，又
> 是疏煙淡月，子規聲斷。〔註30〕

抒寫春恨，上片恨今日芳菲世界，遊人未賞，付與鶯燕；下片恨昔年
金釵鬥草，青絲勒馬，風流雲散。起句用「鬧」字渲染花的精神情態，

〔註29〕王立：《中國古代文學十大主題——原型與流變》，頁175。
〔註30〕唐圭璋編：《全宋詞》，頁2108。

同時總攝春日景象，加上東風「軟」，以上聲「獮」韻寫和煦意，烘托春光明媚，春色宜人。再寫翠綠的田野、平鋪的嫩草、淺黃色的垂柳、百花競放、微雨暫收、不寒不暖、景色最佳，再用「獮」、「緩」二上聲韻，薈萃如此多樣的美好景色，使人應接不暇而流連忘返。下片轉寫出詞人孤寂的處境、抑鬱的心情。難忘別時的戀情、難禁別後的粉淚、難遣別久的幽怨，數不清的牢愁暗恨，似春恨愈加強烈，春景愈美而春恨愈深。

馬子嚴的「東君直是多情」詞：

> 東君直是多情，好花一夜都開盡。杏梢零落，藥欄遲暮，
> 不教寧靜。風度秋千，日移簾幕，翠紅交映。正太真浴罷，
> 西施濃抹，都沉醉、嬌相稱。
>
> 磨遍綠窗銅鏡。挽春衫、不堪比並。暮雲空谷，佳人何處，
> 碧苔侵逕。睡裏相看，酒邊凝想，許多風韻。問因何，卻
> 欠一些香味，惹傍人恨。〔註31〕

上片幾寫春日的繁花盛景，下片卻筆鋒一轉，寫佳人無踪、醉酒澆愁，愁卻更愁之恨，即是感時傷懷「春恨悲秋」之典型作品。

二、詠物寫景

〈水龍吟〉發展的第二類作品，即為詠物寫景，除了吟詠風物之外，還包括寫景遊歷之詞作，二者共有七十二闋。

宋代理學興盛，宋人既懷「靜觀萬物」、「民胞物與」之胸襟，復具「即物窮理」、「格物致知」之精神，因此，留心萬物、歌詠勝景，實勢所必然。若論南、北宋人詠物態度的絕大區別，大概為北宋人多「即景詠物」，南宋人多「設景詠物」。〔註32〕

所謂「即景詠物」，係指就自然之景，描摹寫物，鮮刻意設景以角技也。此類作品當以章槱及蘇軾之〈水龍吟・詠楊花〉最具代表性。

〔註31〕唐圭璋編：《全宋詞》，頁 2066。
〔註32〕參王偉勇：《南宋詞研究》，頁 160～163。

章質夫寫楊花，曲近楊花妙處，其詞爲：

> 燕忙鶯懶芳殘，正堤上、柳花飄墜。輕飛亂舞，點畫青林，
> 全無才思。閒趁遊絲，靜臨深院，日長門閉。傍珠簾散漫，
> 垂垂欲下，依前被、風扶起。
>
> 蘭帳玉人睡覺，怪春衣、雪霑瓊綴。繡床旋滿，香球無數，
> 才圓卻碎。時見蜂兒，仰粘輕粉，魚吞池水。望章台路杳，
> 金鞍遊蕩，有盈盈淚。〔註33〕

起句「燕忙鶯懶芳殘，正堤上柳花飄墜」，點畫出暮春時節的自然景
象。接著，章詞從各個角度、各個側面來寫楊花飄舞的形態，楊花飛
到青林、深院、珠簾；粘上春衣、繡床；蜂兒、魚兒嬉弄著楊花；在
這期間，還穿插描繪了玉人嬌慵無力的遲暮、寂寞之感。對於楊花的
描繪不可謂不細膩，自然界的楊花的確不過如此。

蘇東坡詞是在寫楊花，也是在寫人。其詞爲：

> 似花還似非花，也無人惜從教墜。拋家傍路，思量卻是，
> 無情有思。縈損柔腸，困酣嬌眼，欲開還閉。夢隨風萬里，
> 尋郎去處，又還被、鶯呼起。
>
> 不恨此花飛盡，恨西園、落紅難綴。曉來雨過，遺蹤何在，
> 一池萍碎。春色三分，二分塵土，一分流水。細看來，不
> 是楊花點點，是離人淚。〔註34〕

「拋家傍路」的楊花，「思量卻是，無情有思」，從寫楊花的角度而言，
爲下文的如何思量、爲何思量，烘托、渲染出特定的氛圍：令人傷感
的暮春時節，無人憐惜的楊花墜於道旁陌上。全篇從一「惜」字開。
「縈損柔腸，困酣嬌眼，欲開還閉」，是在狀寫楊花的形神，也是閨
中少婦傷春、惜春，徘徊不定，難以安分的情緒的外在表現。「夢隨
風萬里，尋即去處，又還被鶯呼起」順承上句寫來，楊花的飄泊無定，
隨風競逐，或上或下，不正像閨中少婦的春夢，翩翩飄幻，若即若離，
乍去又回，似有還無。至此，正面寫楊花已畢。如果說，上篇中作者

〔註33〕唐圭璋編：《全宋詞》，頁81。
〔註34〕唐圭璋編：《全宋詞》，頁277。

有時尙對楊花外在形態，稍加點染，進而抓住楊花神韻抒寫心靈的話，那麼，到了下篇，作者完全抛開了楊花的外在形態，直接訴諸楊花的「神」來抒發主觀感受，審美主客體達到了高度的和諧、統一。「不恨此花飛盡，恨西園、落紅難綴」寫楊花落盡，落紅滿目，怎能不撩撥起對於少女時代、歲月的懷念呢?逝者如斯，更不知遠在他鄉的丈夫何日能還，「恨」字一經點出，愈發而不可收。楊花遺蹤何在？一池細碎的，飄泊不定的浮萍，就是昨日的楊花，抑或是昨日的青春呢?春色就此消失，化爲「二分塵土，一分流水」。難怪作者要戛然結句：細看來，不是楊花，點點是離人淚。由起句的「似花還是非花」到斷然下言「不是楊花」，層層渲染，步步開拓，完成了意境的昇華。詠物擬人，渾成一片。

生在北宋末年的周邦彥，則已兼具兩者之長，不管「寫景」、「設景」皆有佳景，其「素肌應怯餘寒」詞：

> 素肌應怯餘寒，豔陽占立青蕪地。樊川照日，靈關遮路，殘紅斂避。傳火樓臺，妒花風雨，長門深閉。亞簾櫳半溼，一枝在手，偏勾引、黃昏淚。
>
> 別有風前月底。布繁英、滿園歌吹。朱鉛退盡，潘妃卻酒，昭君乍起。雪浪翻空，粉裳縞夜，不成春意。恨玉容不見瓊英。謾好與、何人比。〔註35〕

詞人羅致許多梨花故事，來塑造花的精神風格，寫來筆力矯健，詞境恢宏廣闊。首韻用工筆描繪梨樹亭亭玉立在豔陽明媚的青草地上，創一種靜穆的自然境界；接著用豪放之筆，寫一片雪白梨花，殘春落紅均斂迹避去，勾畫出一極壯闊的空間；其後轉筆寫梨花開落的時間，句句點出暮春時令，使梨花形象更鮮明；再寫出傷春之淚，也是懷人之淚，思念之人呼之欲出；下片連用數個典故寫梨花之美，更以李花對比，煞拍以「恨」字發出對梨花的品格無人能比的嘆息，極沉鬱頓錯，意韻有餘而不盡。

〔註35〕唐圭璋編：《全宋詞》，頁610。

　　所謂「設景詠物」，係指以人爲造景，而後鏤心刻骨，角技用典，以爲能事也。張炎「仙人掌上芙蓉」詞：

> 仙人掌上芙蓉，涓涓猶滴金盤露。輕妝照水，纖裳玉立，
> 飄飄似舞。幾度消凝，滿湖煙月，一汀鷗鷺。記小舟夜悄，
> 波明香遠，渾不見、花開處。
>
> 應是浣紗人妒，褪紅衣、被誰輕誤。閒情淡雅，冶姿清潤，
> 憑嬌待語。隔浦相逢，偶然傾蓋，似傳心素。怕湘皋佩解，
> 綠雲十裏，卷西風去。〔註36〕

以擬人手法將蓮花寫得輕靈動蕩，化實爲虛，很能撩起人的遐思玄想，與湖水、煙月、小舟、鷗鷺組成一幅充滿詩情的圖畫，再以「淡雅清潤、憑嬌待語」寫白蓮的姿態，人花合詠，想像幽奇。

　　王沂孫「曉寒初著青林」詞以落葉爲描寫對象，其詞：

> 曉霜初著青林，望中故國淒涼早。蕭蕭漸積，紛紛猶墜，
> 門荒徑悄。渭水風生，洞庭波起，幾番秋杪。想重厓半沒，
> 千峰盡出，山中路、無人到。
>
> 前度題紅杳杳。溯宮溝、暗流空繞、啼螿未歇，飛鴻欲過，
> 此時懷抱。亂影翻窗，碎聲敲砌，愁人多少。望吾廬甚處，
> 只應今夜，滿庭誰掃。〔註37〕

上半闋著力於寫景，故國的江山歷經戰火的洗禮，如今如此蕭條，此淒涼的景象和詞人的萬端愁緒相吻合，對故國的眷戀之情依然時時激盪在心頭；下片重在抒情，借故宮的冷落暗喻朝代的更迭，耳邊傳來寒蟬低吟、飛鴻哀鳴更引起無限哀思，眞是秋聲秋色愁煞人。詞人有規律的藉由聲調的起落，製造一種難以解脫的悲哀，耐人尋味。

　　《詞潔》云：「詞之初起，事不出閨帷、時序。其後有贈送、有寫懷、有詠物，其途遂寬。即宋人亦各競所長，不主一轍。」〔註38〕宋代〈水龍吟〉「詠物」，其興起背景，或與宋代理學思潮的發達有關，

〔註36〕唐圭璋編：《全宋詞》，頁3068。
〔註37〕唐圭璋編：《全宋詞》，頁3355。
〔註38〕先著、程洪：《詞潔》，唐圭璋：《詞話叢編》，冊二，頁1347～1348。

它所歌詠的「物」，及其吟詠次數分別為：

一、花

梅（13）荷（10）花（5）楊花（4）牡丹（3）海棠（3）木樨（2）
酴醿（2）鳳花（2）桃花（1）水仙（1）李花（1）芍藥（1）

二、植物

古松（2）竹（1）落葉（1）

三、其他

雪（3）雲（2）鶯（1）雨（1）笛（1）

詠花之作佔了大多數的吟詠對象，而堅毅不屈的梅花與代表清高
絕俗的蓮花又分居一二，與唐人盛愛牡丹不同。曹冠〈水龍吟・梅〉
詞：

> 自來百卉千葩，算多有、異芬清絕。此花獨賦，天然標緻，
> 于中超越。月臉妝勻，碧瓊枝瘦，真仙風骨。向嚴寒雪裏，
> 千林凍損，鍾和氣、先春發。
>
> 信是芳姿高潔。肯趨陪、遊蜂戲蝶。玉堂靜處，竹梢斜亞，
> 凝煙媚月。一任嚴城上，單于奏、角聲淒切。待芳心結實，
> 和羹鼎鼐，收功須別。〔註39〕

及趙長卿〈水龍吟・梅詞〉：

> 煙姿玉骨塵埃外，看自有神仙格。花中越樣風流，曾是名
> 標清客。月夜香魂，雪天孤豔，可堪憐惜。向枝間且作，
> 東風第一，和羹事、期他日。
>
> 聞道春歸未識。問伊家、卻知消息。當時惱殺林逋，空繞
> 圍欒千百。橫管輕吹處，餘香散、阿誰偏得。壽陽宮、應
> 有佳人，待與點、新妝額。〔註40〕

二者同時寫梅的先春而發，以從容不迫的態度，綻放出美麗的身姿，
及凌風雪而不屈、卓然獨立，堅貞清高、與世無爭的精神，象徵著宋

〔註39〕唐圭璋編：《全宋詞》，頁1538。
〔註40〕唐圭璋編：《全宋詞》，頁1775。

代的士大夫，即使在積弱不振的時代，依然延續一份清高、依舊保有一份情操的人格心態。

　　張君如〈冬賞梅花春海棠──談南宋四大家的詠花詩〉曾說：「唐朝國勢強盛，反映在時代氣質上就是喜歡豐腴、絢麗的牡丹。宋代積弱不振、重文輕武，時人傾全力於豐富文化內涵，培養德操，『以花比德』的思想體系臻於成熟，便是最好的體現。」〔註41〕意即如此。

　　遊歷寫景，亦是宋代文人寄托情感的重要課題。然而詞人遊歷寫景，或視為尋歡逐樂，遊覽題詠，享受人生。楊海明曾在〈從「死生大事」到「善待今生」──試論唐宋詞人的生命意識和人生享受〉中論及宋人這種「善待今生」的方法，其詞云：

> 即在「幕前」的人生舞臺上扮演一位正統士大夫文人的角色，而在「幕後」的私生活環境中則充當另一種追歡逐樂者的角色。這樣一來，他們在「善待今生」和「享受現世」方面就獲得比前代文人更加自由和放縱的權利，因而其個人生活的「質量」也越發有了提高。〔註42〕

　　毛开〈水龍吟・登吳江橋作〉詞：

> 渺然震澤東來，太湖望極平無際。三吳風月，一江煙浪，古今絕致。羽化蓬萊，胸吞雲夢，不妨如此。看垂虹千丈，斜陽萬頃，盡倒影、青奩裏。
>
> 追想扁舟去後，對汀洲、白萍風起。只今誰會，水光山色，依然西子。安得超然，相從物外，此生終矣。念素心空在，徂年易失，淚如鉛水。〔註43〕

即是遊歷寫景之作，詞人用疏落有致的筆觸寫美麗風景，似乎風景恰為其造設，心情也為之開闊。

　　葛立方〈水龍吟・遊釣臺作〉詞：

〔註41〕張君如〈冬賞梅花春海棠──談南宋四大家的詠花詩〉，《育達學報》1998年12期，頁10。

〔註42〕見楊海明：〈從「死生大事」到「善待今生」──試論唐宋詞人的生命意識和人生享受〉，《中國韻文學刊》，1997年2期，頁5。

〔註43〕唐圭璋編：《全宋詞》，頁1365。

> 九州雄傑溪山，遂安自古稱佳處。雲迷半嶺，風號淺瀨，
> 輕舟斜渡。朱閣橫飛，漁磯無恙，鳥啼林塢。吊高人陳跡，
> 空瞻遺像，知英烈、垂千古。
>
> 憶昔龍飛光武。悵當年、故人何許。羊裘自貴，龍章難換，
> 不如歸去。七裏溪邊，鸕鶿源畔，一蓑煙雨。歎如今宅子，
> 翻將釣手遮日，向西秦路。〔註44〕

詞人登臨遊賞，撫今昔之餘，藉詠名勝古蹟以寄所懷，欲以觀覽眼前
勝景消憂解愁，卻依然有一股家國之情、羈旅之感在心底油然升起，
這亦可視為詠物寄託之方式，卻也是宋代詞家心中難解的矛盾之情。

三、家國之思

此專指〈水龍吟〉詞作中的呈現黍離之悲的家國情懷。雖僅有二
十九闋，卻是後人認識〈水龍吟〉的代表類型。

據敦煌曲所記載，中唐之民間詞人，已經藉詞寫征戍之苦、君王
蒙塵及淪陷百姓之心聲等。然士大夫以詞大量寫家國情懷，乃肇始於
南唐後主；其所抒發的是亡國之痛，且以帝王之尊寫其身世，更能感
染人心。

北宋江山一統，雖有遼夏侵逼，但總以議和訂約，來保持邊境之
安寧。其時，士大夫之間亦常於詞中抒寫其家國壯志，如范仲淹〈漁
家傲〉詞。即至金兵南侵，北方江山盡失；而宋室政權仍在，偏安江
南之地，故志士仁人始終不忘恢復舊土，一股強烈的民族情懷，亦湧
現詞中。然由於朝政紊亂，戰和紛爭；權奸把持朝政，排除異己，磊
落之士動輒得咎，因此，詞中所抒之家國之感又不僅止於「外敵」、「國
仇」而已，亦擴及譏評朝政、感嘆羈旅失志、故國之思等。〈水龍吟〉
此類作品可略分為嘆懷家國、立志家國、勉刺朝野等三類。〔註45〕

南宋詞人「嘆懷家國」之內容，簡而言之有四：其一，敘述亂離

〔註44〕唐圭璋編：《全宋詞》，頁 1342。
〔註45〕參王偉勇：《南宋詞研究》，頁 224～229。

景致；其二，感嘆中原淪陷；其三，比較今昔生活；其四，哀痛山河覆亡。如汪元量「鼓鞞驚破霓裳」詞：

> 鼓鞞驚破霓裳，海棠亭北多風雨。歌闌酒罷，玉啼金泣，
> 此行良苦。駝背模糊，馬頭匼匝，朝朝暮暮。自都門燕別，
> 龍叟錦纜，空載得、春歸去。

> 目斷東南半壁，悵長淮、已非吾土。受降城下，草如霜白，
> 淒涼酸楚。粉陣紅圍，夜深人靜，誰賓誰主。對漁燈一點，
> 羇愁一搦，譜琴中語。〔註46〕

作者借宮女的琴弦，抒發了亡國之苦、去國之戚，情辭哀傷淒惻，沉痛悲憤。詞人展現舒徐而又哀婉的情感，如聞那羇旅滿懷、憔悴纖弱的宮女，彈撥著含蘊深長的琴聲，又愁苦又心驚的情緒，如語調的起伏，淒涼酸楚。

立志家國者，除了興起感慨外，亦時以慷慨激昂之筆，寫壯烈之志；由於言行一致，氣壯山河，讀來頗能令頑廉懦立、肅然起敬。辛棄疾〈水龍吟·爲韓南澗尚書壽，甲辰歲〉：

> 渡江天馬南來，幾人眞是經綸手。長安父老，新亭風景，
> 可憐依舊。夷甫諸人，神州沈陸，幾曾回首。算平戎萬里，
> 功名本是，眞儒事、君知否。

> 況有文章山斗。對桐陰、滿庭清晝。當年墮地，而今試看，
> 風雲奔走。綠野風煙，平泉草木，東山歌酒。待他年，整
> 頓乾坤事了，爲先生壽。〔註47〕

稼軒即以本身之忠義壯志，對謀國忠藎之大臣勸勉，義氣相許。

南宋詞人於嘆家國、立壯志之餘，對於朝政、民風，亦時有關注。見之於詞，或勸勉、或譏刺，皆甚有可觀。如李綱之〈水龍吟·光武戰昆陽〉：

> 漢家炎運中微，坐令閏位餘分據。南陽自有，眞人膺曆，
> 龍翔虎步。初起昆城，旋驅烏合，塊然當路。想莽軍百萬，

〔註46〕唐圭璋編：《全宋詞》，頁 3340。
〔註47〕唐圭璋編：《全宋詞》，頁 1868。

旌旗千里，應道是、探囊取。

豁達劉郎大度。對勁敵、安恬無懼。提兵夾擊，聲喧天壞，
雷風借助。虎豹哀嗥，戈鋌委地，一時休去。早複收舊物，
掃清氛祲，作中興主。〔註48〕

李綱藉詠史期勉君王，冀望君王師法光武中興，積極恢復家國。

李綱之另一闋〈水龍吟‧太宗臨渭上〉：

古來夷狄難馴，射飛擇肉天驕子。唐家建國，北邊雄盛，
無如頡利。萬馬崩騰，早旗甗帳，遠臨清渭。向郊原馳突，
憑陵倉卒，知戰守、難為計。

須信君王神武。覘虜營、只從七騎。長弓大箭，據鞍詰問，
單于非義。戈甲鮮明，旌麾光彩，六軍隨至。悵敵情震駭，
魚循鼠伏，請堅盟誓。〔註49〕

亦是以唐太宗之神武，對君王發渴望圖強之感慨與冀盼也。

陳德武「東南第一名州」西湖懷古詞，是呈現黍離之悲的慷慨悲
憤，其詞為：

東南第一名州，西湖自古多佳麗。臨堤臺榭，畫船樓閣，
遊人歌吹。十里荷花，三秋桂子，四山晴翠。使百年南渡，
一時豪傑，都忘卻、平生志。

可惜天旋時異。藉何人、雪當年恥。登臨形勝，感傷今古，
發揮英氣。力士推山，天吳移水，作農桑地。借錢塘潮汐，
為君洗盡，岳將軍淚。〔註50〕

是將景物染上個人情緒，上片大筆揮灑西湖美景，一派繁華景象，美
景可供人賞游，也易使人沉溺其中，消磨意志，這是沉痛的呼喚；下
闋由懷古轉入傷今，由現實寫到幻想，筆力萬鈞，慷慨而不哀怨，悲
壯而不淒涼，全是勁切味道。

朱敦儒「放船千里凌波去」詞：

〔註48〕唐圭璋編：《全宋詞》，頁900。
〔註49〕唐圭璋編：《全宋詞》，頁900。
〔註50〕唐圭璋編：《全宋詞》，頁3451。

> 放船千里淩波去，略爲吳山留顧。雲屯水府，濤隨神女，
> 九江東注。北客翩然，壯心偏感，年華將暮。念伊嵩舊隱，
> 巢由故友，南柯夢，遽如許。
>
> 回首妖氛未掃，問人間，英雄何處。奇謀報國，可憐無用，
> 塵昏白羽。鐵鎖橫江，錦帆衝浪，孫郎良苦。但愁敲桂櫂，
> 悲吟梁父，淚流如雨。〔註51〕

寫朱敦儒因金兵南下、初離洛陽南行間的感慨。全詞境界開闊，感慨深長，字裡行間流露著詞人一腔忠憤之氣；「放船」即意味著詞人心嚮往之的閒適生活被迫結束，心情沉重，即便是妖媚的江南青山也難使他心馳神往，隨著江浪的搖盪，不覺生出了一種鬱悶之情與茫然之感，回首往事，不免有南柯夢短之思；下片「問人間、英雄何處」的疑問中，既有著對英雄的渴求，也有著對於造成英雄失志時代的詰問，更以諸葛亮、孫皓的典故，寫出對南宋朝廷的擔憂，最後詞人只能敲擊船槳打拍子，唱著悲淒的「梁父吟」，淚水滂沱，以「愁」、「悲」等字點染詞人悲憤之深與無力回天的無奈，這是詞人的悲哀，也是時代的悲哀。

　　史達祖「道人越布單衣」詞爲將離臨安時留別詩社社友之作。其作：

> 道人越布單衣，興高愛學蘇門嘯。有時也伴，四佳公子，
> 五陵年少。歌裏眠香，酒酣喝月，壯懷無撓。楚江南，每
> 爲神州未復，闌幹靜、慵登眺。
>
> 今日征夫在道。敢辭勞、風沙短帽。休吟稷穗，休尋喬木，
> 獨憐遺老。同社詩囊，小窗針線，斷腸秋早。看歸來，幾
> 許吳霜染鬢，驗愁多少。〔註52〕

詞的上闋寫平日仰慕高人逸士的隱逸和狂放情趣，並經常陪伴貴族子弟過著豪奢生活，正展現狂放不羈、熱情奔放之狂嘯長吟；下片詞情展開新的曲折，將要出使平日不敢登樓遠望的故國，害怕故國風景、

〔註51〕唐圭璋編：《全宋詞》，頁835。
〔註52〕唐圭璋編：《全宋詞》，頁2345。

中原遺老勾起詞人的傷感，引起詞人的相憐之情，斷腸於此早秋時節，只要數數詞人如霜白髮，就可知詞人在外經歷了多少離愁的折磨。語氣堅定，字句卻清新，是寫家國情懷作品中，少見的清淡作品，有別於一般的穠麗。

四、歡愉祝壽

呈現歡愉氣氛的主題，包含宴飲歡樂、歌詠頌揚及祝壽賀詞等類的作品。三者合計有六十五闋詞。

從宋代開始，文學作品開始與慶生風氣開始結合，從北宋開始已逐漸流行壽詞，在北宋後期以至南宋，可說興盛到極點，這時候幾乎沒有文人不用詞來祝壽慶生的，不僅祝賀皇上、太后、長官、同僚、朋友，也祝賀父母、兄弟、妻子、兒女，更有自壽的。壽詞的對象非常廣泛，詞成爲祝壽慶生的重要工具，而祝壽慶生也變成宋詞的重要內容。

根據南京師範大學所研製的「《全宋詞》計算機檢索系統」統計，在唐圭璋所編纂的《全宋詞》中（含孔繁禮《全宋詞補輯》），經從詞題、題序中標明「祝壽」、「慶誕辰」、「生日作」等語詞，經判讀可確定爲壽詞的，有一千八百六十首；在題、序中沒有「壽」等語詞標示，或沒有題、序的作品中，通過含「生日」、「壽誕」、「誕辰」等字詞句的檢索，經判讀可確定爲壽詞的，約有六百九十四首。兩項加起來，其全部壽詞總數竟達二千五百五十四首，約占《全宋詞》作品總數的八分之一。〔註53〕此驚人的數字，可見壽詞的寫作在宋代已成爲一種極其普遍而流行的社會風氣。

胡寅的「玉梅衝臘傳香」詞：

> 玉梅衝臘傳香，瑞莫秀茇開三四。蓮花沉漏，熊熊占應，
> 洛陽名裔。歲比甘羅，便疏同隊，累棋觀志。向修文寓直，
> 仙樓侍宴，梁王寶、眞難儷。

〔註53〕見劉尊明：《唐宋詞綜論》（北京：中國社會科學出版社，2004 年 12 月），頁 136～137。

多少襟懷未試，暫超然、壺中遊戲。行看獻策，歸瞻疏藻，
常勳旂記。歌畔巫雲，舞回鄒管，金釵扶醉。有陰功不乞，
丹砂十紀，壽祺全畀。〔註54〕

此詞將壽星的出身貴胄、少有英才、文武功蹟等，仔細記載稱揚，文
字華麗而精煉。

李彌遜之「化工收拾芳菲」詞：

化工收拾芳菲，暈酥翦彩迎春禊。江山影裏，泰階星聚，
重尋古意。曲水流觴，晚林張宴，竹邊花外。倩飛英襯地，
繁枝障日，遊絲駐，羲和篩。

雲避清歌自止。放一鉤、玉沈寒水。西園飛蓋，東山攜妓，
古今無愧。聞道東君，商量花蕊，作明年計。待公歸，獨
運丹青妙手，憶山陰醉。〔註55〕

則記載宴遊之樂，描繪曲水流觴、晚林張宴的歡樂情景，繽密細緻的
筆觸，讓人彷彿身歷其境。

而李曾伯〈水龍吟・壽遊參政〉詞：

岷峨壽佛東來，手移斗柄春寰宇。經綸事業，詩書流出，
時爲膏雨。載采三階，炳丹一念，雍容樞輔。望巖廊風範，
揚休山立，眞漢相、殆天與。

國步時當如許。賴明堂、倚空一柱。蒼生引領，整齊中夏，
奠安西土。多士相期，直須無愧，范韓文富。且梅邊一笑，
春風祝公，壽介東魯。〔註56〕

陳深〈水龍吟・壽白蘭穀〉詞爲：

此翁疑是香山，老來愈覺才情富。天孫借與，金刀玉尺，
裁雲縫霧。一曲陽春，樽前惟欠，柳蠻櫻素。對蒼松翠竹，
江空歲晚，伴明月、傾芳醑。

深谷修蘭楚楚。續離騷、載歌初度。麻姑素約，天寒相訪，
遺餘瓊露。擬借青鸞，吹笙碧落，采芝玄圃。奈玉堂催召，

〔註54〕唐圭璋編：《全宋詞》，頁5521。
〔註55〕唐圭璋編：《全宋詞》，頁1052。
〔註56〕唐圭璋編：《全宋詞》，頁2785。

文園醉叟，草凌雲賦。〔註57〕

李曾伯「岷峨壽佛東來」詞與陳深「此翁疑是香山」詞，二者皆極力頌揚壽者之彪炳功勳、才情豐富，並用愉悅歡情之口吻朗朗道出，展現了壽詞特有的歌功頌德、極力讚賞之詞境。

辛棄疾「渡江天馬南來」詞，爲韓南澗尚書壽甲辰歲，雖有濃厚的家國期許，仍用慷慨爽朗的語氣，抒發對老友的祝福與欣賞。

歷來的詞論家對壽詞的評價不一，如況周頤《蕙風詞話續編》卷一說：「宋人多壽詞，佳句卻罕觀。」〔註58〕劉毓盤《詞史》也說：「詞之宗宋，猶詩之宗唐，然而賀壽惡詞，賢者不免，亦風雅之衰也。」〔註59〕但近人對壽詞卻有不同看法，林玫儀有〈稼軒壽詞析論〉，〔註60〕李晉棠、陳北祥合撰有〈稼軒祝壽詞思想內容評析〉，〔註61〕皆一致給稼軒壽詞許多正面的評價。

黃文吉〈從詞的實用功能看宋代文人的生活〉亦曾說明：

壽詞眞正可貴之處，是文人能把詞打入莊嚴的生活層面，壽辰是很隆重的日子，將原本歌女口中輕佻的詞體，用來祝壽，使詞登上大雅之堂，爲各階層所喜愛，它促進詞體發達則不無貢獻，我們從這麼多的壽詞，從祝壽對象的廣泛，或自壽、壽妻子，可看出宋代文人生活輕鬆活潑、溫馨祥和的一面。〔註62〕

〈水龍吟〉到了南宋後期，出現爲數不少的祝壽賀詞，正如〈水龍吟〉之長調正適宜歌功頌德、極聲讚頌，其實，也可如是說：祝壽之詞帶動〈水龍吟〉詞調的流行。

〔註57〕唐圭璋編：《全宋詞》，頁3551。

〔註58〕唐圭璋編：《詞話叢編》，冊五，頁4540。

〔註59〕劉毓盤：《詞史》（臺北：臺灣學生書局，1972年4月），頁82。

〔註60〕林玫儀：〈稼軒壽詞析論〉，《中國文史哲研究集刊》2期（1992年3月），頁275～289。

〔註61〕李晉棠、陳北祥合撰：〈稼軒祝壽詞思想內容評析〉，《海南師院學報》1993年1期，頁59～65。

〔註62〕見黃文吉：《黃文吉詞學論集》，頁12。

五、隱逸閒適

　　隱逸閒適除表露隱逸閒適風格的作品，尚包含嚮往游仙之詞作。二者共有二十六闋。

　　「學而優則仕」，乃是古代士人宜有的抱負。然處君權時代，得志與否，未盡操之在己；更何況時有治亂，志有未合，故去就行藏，未必能盡如人意。若士人必需違己出仕，當聽聞萬籟之聲響，即企盼悠游山水、徜徉大自然之願望，發於詩文，避世退隱之思，乃屢屢見之。

　　南宋時期，由於權奸秉政，排除異己，不得志於時者，回想往昔美好者，日漸曾多；而佛道思想盛極一時，其教義復人看透虛空，亦確能平撫是非心緒，因此避世退隱之作，於是相對激增。

　　晚宋劉克莊，先因落梅詩遭貶謫，閒居近十年；之後雖數度復出，又迭遭波折，心灰意冷之餘，亦常有隱逸之作品，其〈水龍吟〉詞即云：

　　　　平生酷愛淵明，偶然一出歸來早。題詩信意，也書甲子，
　　　　也書年號。陶侃孫兒，孟嘉甥子，疑狂疑傲。與柴桑樵牧，
　　　　斜川魚鳥，同盟後、歸於好。

　　　　除了登臨吟嘯。事如天、莫相諮報。田園閒靜，市朝翻覆，
　　　　回頭堪笑。節序催人，東籬把菊，西風吹帽。做先生處士，
　　　　一生一世，不論資考。〔註63〕

顯而易見的，通篇完全是劉克莊不得志的消沉話語。

　　劉克莊的另一闋詞〈水龍吟·丁巳生日〉云：

　　　　不須更問旁人，勸君自拂青銅照。幅巾短褐，有些野逸，
　　　　有些村拗。兩度呼來，也曾批敕，也曾還詔。笑先生此手，
　　　　今堪何用，苔磯上、堪垂釣。

　　　　白雪新腔高妙。把儂家、調疏稱道。六韜未試，抑詩未作，
　　　　如何歸老。玉帶金貂，星兒快活，天來煩惱。待自賤年甲，
　　　　繳還官職，換山翁號。〔註64〕

寫隱逸心情，更能表達質樸恬澹、灑脫奔放之感。寫詞人在生日有感

〔註63〕唐圭璋編：《全宋詞》，頁2620。
〔註64〕唐圭璋編：《全宋詞》，頁2621。

而發，期勉自己拋棄玉帶金貂，任返漁樵耕讀生活，別再自尋煩惱；於詞中更見語氣的灑脫奔放，瀟瀟自然，先前的積鬱消沉已一掃而空。

張鎡的「這番眞箇休休」詞：

> 這番眞箇休休，夢中深謝仙翁教。浮生幻境，向來識破，那堪又老。苦我身心，順他眼耳，思量顚倒。許多時打閱，鮎魚上竹，被人弄、知多少。

> 解放微官繫縛，似籠檻、猿歸林草。雲山有約，兒孫無債，爲誰煩惱。自古高賢，急流勇退，直須聞早。把憂煎換取，長伸腳睡，大開口笑。〔註65〕

亦描述自己嚮往歸隱山林、挣脫名利牢籠，返回任眞自得、無拘無束的生活，將詞人純樸又眞摯的態度，凸顯而出。

隱逸求仙是一種心靈的迫切，若是連夢中都無法如願，那種焦急的心情又是加倍的。葛長庚亦有「雲屏漫鎖空山」詞：

> 雲屏漫鎖空山，寒猿啼斷松枝翠。芝英安在，術苗已老，徒勞屐齒。應記洞中，鳳簫錦瑟，鎭常歌吹。悵蒼苔路杳，石門信斷，無人問、溪頭事。

> 回首暝煙無際，但紛紛、落花如淚。多情易老，青鸞何處，書成難寄。欲問雙娥，翠蟬金鳳，向誰嬌媚。想分香舊恨，劉郎去後，一溪流水。〔註66〕

表現的是求仙不成，「夢中作夢，憶往事落花流水」的苦悶，多線頭交織，現實和幻想打成一片，表現出一種如煙似夢的迷惘境界，其情感冷熱交作，時而陷入狂熱的幻想，神仙世界的繽紛繚繞，時而跌入冷落的現實，落花空山杳無人迹，創作出一種凄絕而神奇的境界，雖不出婉約詞格調卻別有一番滋味。

隱逸閒適的作品，雖一味稱許山水，歌頌自然，但讀來的確能撫平情緒，寧靜心田；在〈水龍吟〉一片悲壯慷慨、寄景托物之詞作中，無疑是一帖清涼劑，也爲〈水龍吟〉詞作開展另一清朗風貌。

〔註65〕唐圭璋編：《全宋詞》，頁2136。
〔註66〕唐圭璋編：《全宋詞》，頁2565。

第三節　主題之承繼與開拓

詞起於樂歌，恰似詩起於歌謠；詩可以脫離音樂而獨立，詞亦然。而詞既脫離音樂，自可視為詩之一體，不必拘於兒女離別、鴛衾雁字；凡感情、思想，均可入詩，亦可製詞也。胡適《詞選》評蘇軾詞時，亦云：

> 從此以後，詞可以詠史，可以弔古，可以說理，可以談禪；
> 可以用象徵寄幽妙之思，可以借音節述悲壯或怨抑之懷。
> 這是詞的一大解放。〔註67〕

不僅如此，亦可藉詞酬贈唱和、詠物寫景、記識節令及個人行藏；詞之功用日廣，內容亦繁富繽紛。

〈水龍吟〉的詞家，若依據黃文吉《宋南渡詞人》〔註68〕中，對「南渡詞人」之定義而論，僅歐陽修、章粢、蘇軾、李之儀、黃裳、黃庭堅、晁端禮、秦觀、晁補之、周邦彥、孔夷、孔榘、吳則禮及王安中等十四家，二十八首作品，屬於北宋時期作品，其餘皆屬南渡之詞；詞發展至此，不僅詞境擴大不少，詞的內容亦豐富多元，並點染南方色彩，〈水龍吟〉亦然。

〈水龍吟〉詞寫「相思情愁」主題之詞，敘相思者僅五闋，從歐陽修「縷金裙窣輕紗」詞始，末為趙長卿「無情風掠芭蕉響」詞；詞作幾分布於北宋時期，多寫對女子的思慕、懷想之情，詞的內容尚停留在描寫小兒女之私情上。

而寫感時傷懷之作，則以蘇軾「小舟橫截春江」詞始，其後不管任何時期，傷春悲秋之詞亦時有所見，可見詞人面對著春日豔景、秋際蕭瑟，心中的愁緒是不會因時代之更迭而減損的。

感時傷懷之作，在宋室政權衰弱之後，繼之而起的是詞人憂愁加深、胸次擴大之「家國之思」詞作，其中猶以辛稼軒數闋「楚天千里清秋」、「舉頭西北浮雲」、慷慨激昂之名作，帶領對黍離之悲、故國

〔註67〕見胡適：《詞選》（臺北：臺灣商務印書館，1975 年 7 月），頁 38。
〔註68〕黃文吉：《宋南渡詞人》（臺北：臺灣學生書局，1985 年 11 月）

之思等內容之〈水龍吟〉寫作風潮，並將〈水龍吟〉之詞境，推向所謂「國家興亡、匹夫有責」之上，具有忠誠態度。

與「家國之思」作品，約略同時出現的是「隱逸閒適」主題之詞作，其中以劉克莊為最，共創作了九首嚮往悠閒鄉居生活之〈水龍吟〉詞，為對現實生活所作退讓，因之避世退隱之作，亦可視為與「家國之思」作品之一體兩面之作。

南北宋之交，寫作祝壽賀詞之風氣興盛到極點，南渡詞人的詞作中，幾乎是無人不寫壽詞的。〔註69〕〈水龍吟〉詞亦然，首見為張元幹為人祝壽之「水晶宮映長城」詞，其後曹勛及李曾伯為盛，利用〈水龍吟〉長調的特性，對壽誕者極力稱揚、高聲慶賀。亦為〈水龍吟〉詞作中，少見的歡愉嬉樂之詞。

而佔〈水龍吟〉最大宗者，為「吟詠風物」主題之詞作，此類作品首見章楶「燕忙鶯懶花殘」詠楊花詞，其後因東坡「似花還似非花」之和韻之作，而使詠物作品大量興起，且以詠花之作佔了約略五分之三強；觀察其分布時間，較無明顯集中或減少者，可見宋詞人「萬物靜觀皆自得」的雍容大度，於此澈底發揮。

除詠物外，亦有數闋節令詞偶見〈水龍吟〉詞作中，向子諲「華燈明月光中」詞，以描述上元節熱鬧街景，來寫對京師的懷念；而曹勛「翠簾遲晚」詞詠孝宗的會慶節、周紫芝「黃金雙闕橫空」詞記高宗的天申節，這些典雅的作品，雖在內容上僅止於逢迎、頌揚，但亦可得見〈水龍吟〉之另一種風貌。

〔註69〕黃文吉：《宋南渡詞人》，頁 82。

第三章　水龍吟之格律形式

　　詞，濫觴於隋唐，孳衍於五代，極盛於趙宋，是一種配合音樂、可以歌唱之樂府詩。因此，每闋詞都是一段優美的樂章，它引領著欣賞者的靈魂，深入其境，使得身心靈的享受獲得最大滿足。

　　胡適認為詞體初出本有調無詞，〔註1〕文人為樂曲填歌詞，又受彼此之間所填之詞感動，而興起「和」的念頭，便依曲拍填上文字，於是同一詞調有不同的人來填它，美調得美詞而更流行。〔註2〕所以，詞是音樂文學，主要功能在倚聲歌唱，而詞調就是規定一闋詞的音樂腔調，它代表著詞作的音律節奏。詞人也是順著這個腔調節奏，譜寫出繽紛多采、風姿萬千的作品。

　　詞既是依據樂曲旋律來填詞，那麼按理來說，同一詞調的作品，其作品格式應該是相同的；但事實上，現存的詞作卻有許多「同調異體」的情況。究其原因，王鵬運於《詞林正韻跋》曾論及：

　　　　夫詞為古樂府歌謠變體，晚唐、北宋間，特文人游戲之筆，
　　　　被之伶倫，實由聲而得韻。南渡後，與詩并列，詞之體始

〔註1〕見胡適：《詞選》（臺北：臺灣商務印書館，1970年11月）附錄。
〔註2〕黃文吉：〈唱和與詞體的興衰〉《黃文吉詞學論集》（臺北：臺灣學生
　　　書局，2003年11月），頁24～25。

尊，詞之眞亦漸失。當其末造，詞已有不能歌者，何論今
日。〔註3〕

關於這種情形，馮金伯在《詞苑萃編》亦說：「蓋宋人之詞，可以言
音律，而今人之詞，祇可以言辭章。宋之詞兼尚耳，而今之詞惟寓目
耳。」〔註4〕詞在北宋之前，仍以樂譜音律爲準，這些曲調，經過反
覆地譜寫演唱後，漸漸成爲固定通行的格式。南渡以後，除姜夔、張
炎等少數幾位精通音律的詞家外，大部份的詞作都純粹只是按格律塡
作，詞與音樂於是逐漸的脫離關係。

　　詞體這種漸次與音樂疏離的現象，即是形成詞作同調異體的主
因。蓋詞人按樂曲的旋律塡詞，他們首先考慮的是如何使詞的字句合
於樂曲，而不是考慮字句的多少和平仄的異同。詞人可以用一個節拍
唱一個字音，也可以用一個節拍唱二個字音；可以用幾個節拍唱幾個
字音，也可以用幾個節拍合唱一個字音。在個別音律不甚吃重之處，
還可以對某些句子的平仄、韻律或句逗加以變動，改變樂曲的節奏。
樂譜尚存時，這種變動，表現出來的只是唱法和唱腔的不同；樂譜消
亡後，人們據以整理的詞譜就有了體式和格律上的差別。〔註5〕於是，
許多同調異體的「又一體」於焉形成。

　　歸納詞調格式而成的書，是爲「詞譜」。《御製詞譜・序》曰：
　　夫詞寄於調，字之多寡有定數；句之長短有定式；韻之平
　　仄有定聲。杪忽無差，始能諧合。否則音節乖舛，體制混
　　淆，此圖譜之所以不可略也。〔註6〕
所謂「圖譜」，即是依據前人的作品，歸納出平仄、用韻、對仗等結

〔註3〕　戈載撰、王鵬運記：《詞林正韻・後記》（臺北：文史哲出版社，1991
　　　　年12月），頁205。
〔註4〕　唐圭璋：《詞話叢編》（臺北：新文豐出版社，1988年2月），冊三，
　　　　頁2169。
〔註5〕　朱承平：《詩詞格律教程》（廣州：暨南大學出版社，2004年8月），
　　　　頁278～279。
〔註6〕　王奕清等奉敕輯：《御製詞譜・提要》（臺北：臺灣商務印書館，1986
　　　　年3月《影印文淵閣四庫全書》本），冊1495，頁1。

構，所建立的詞調格式，它是以白圈代表平聲，以黑圈代表仄聲，排列下來黑白交雜，猶如圖畫一般，所以稱爲圖譜；它即是一般所言之「詞譜」。然，江順詒《詞學集成》亦云：

> 古人所謂譜者，先有聲而後有詞。聲則判宮商，一調有一調之律。詞則分清濁，一字有一字之音。按律而制名之曰譜，歌者即按律以歌。〔註7〕

江氏以爲「按律而制名之曰譜」，認爲「樂譜」即「詞譜」。二者之說，嚴格說來皆能成理，只是樂譜早佚，後世詞譜之作也只能就平仄格律分析。現今所見詞譜，則以清萬樹之《詞律》與王奕清等奉敕編輯之《御製詞譜》是詞譜中的巨作，所收詞調基本齊全，歸納得體，考證詳備，頗得詞人讚譽，是後人考究前人詞律的重要依據。

前人詞譜，或就唐人作品以訂律；或取名家名作以爲正格。《御製詞譜·提要》曰：「所見聞未博，考證未精，又或參以臆斷無稽之說，往往不合于古法。」〔註8〕故，若能就各詞調中的所有詞作，予以比對，所獲致的格律，相信一定更符合詞調的原貌。〈詞通〉云：「合眾詞以見律，則字句也，韻叶也，平仄也，腔節也，比之而皆同，斯律見矣。」〔註9〕就是這個道理。

〈水龍吟〉本爲笛曲，但音樂曲調已杳不可傳。從詞本身來看，它的字聲和諧，有音樂性，讀起來時而溫柔婉媚、時而鏗鏘有韻，可見其格律體式，必是音樂家長期摸索，經由不斷修改整理後，才完成的結晶。而〈水龍吟〉之「又一體」在句式、平仄或用韻的變動，體式繁多，主要也是爲了因應吟唱需要而作的調整。

本章的格律探究，主要以平仄譜式爲主。首先在探究孰爲正體，孰是變體的問題；次從體制句式著手，以求了解〈水龍吟〉的格律種類，並依字數多寡論述之。

〔註7〕 唐圭璋：《詞話叢編》，冊四，頁3248。
〔註8〕 王奕清等奉敕輯：《御製詞譜·提要》，冊1495，頁3。
〔註9〕 佚名：〈詞通──論律〉，《詞學季刊》1卷3號（1933年12月），頁95。

第一節　正體沿革之辨

在分析〈水龍吟〉的律句格式之前，首先遇到的是「孰正孰變」的問題。《御製詞譜・提要》中曾論及詞譜的創制，其文云：

> 今之詞譜，皆取唐宋舊詞，以調名相同者互校，以求其句法字數；取句法字數相同者互校，以求其平仄；其句法字數有異同者，則據而注爲「又一體」；其平仄有異同者，則據而注爲可平可仄，自《嘯餘譜》以下，皆以此法推究得其崖略、定爲科律而已。〔註10〕

詞調格律的判定，先是以「調名」爲標準，然後再校定同名的「句法字數」，若有異同，則判定何者是「正體」，其他便是「又一體」。

《唐宋詞百科大辭典》將正體與變體定義爲：「有些詞牌有多種體式，需要以某一作品定爲標準體式。這個標準體式即稱爲做正體。」〔註11〕又說「一個詞牌如有多種體式，凡正體以外的其他體式都稱變體。」〔註12〕即「變體」還包含減字、偷聲、添字、攤破、近拍促拍等方式下產生的體式。而「正體」、「變體」則是詞譜編輯者在校訂詞調格律的同時，對詞調流變的重要標示。

《御製詞譜・凡例》曰：

> 每調選用唐、宋、元詞一首，必以創始之人所作本詞爲正體，如〈憶秦娥〉創自李白，四十六字，至五代馮延巳則三十八字，宋毛滂則三十七字，張先則四十一字，皆李詞之變格也。斷列李詞在前，諸詞附後，其無考者，以時代爲先後。〔註13〕

在詞譜編輯者的心目中，正體應該是較早出現的格式，是「創始之人所作本詞」；變體則是在正體的基礎上，變化生成的體式。除此之外，許多的慢詞也是從某一詞調，增衍節拍而成，也應視爲變體。

〔註10〕王奕清等奉敕輯：《御製詞譜・提要》，冊1495，頁2～3。
〔註11〕王洪主編：《唐宋詞百科大辭典》（北京：學苑出版社，1997年8月），頁114。
〔註12〕王洪主編：《唐宋詞百科大辭典》，頁114。
〔註13〕王奕清等奉敕輯：《御製詞譜・提要》，冊1495，頁4。

　　〈水龍吟〉的字數結構，約略可以分爲「六七四四四四四四五四六・六七四四四四四四九四」與「七六四四四四四四五四六・六七四四四四四五四四」兩體。現存宋代〈水龍吟〉，依循兩體式而創作者均有之，而以前者佔多數。

　　萬樹《詞律》以辛棄疾的「楚天千里清秋」詞爲正體；《御製詞譜》則分立二譜，起句七字、第二句六字者，以蘇軾「霜寒煙冷蒹葭老」詞爲正格，起句六字、第二句七字者，以秦觀「小樓連苑橫空」爲正格。三者的格律譜分別爲：

　　辛：六七四四四四四四五四三三・六七四四四四四五四四
　　秦：六七四四四四四四五四六　・六七四四四四四四九四
　　蘇：七六四四四四四四五四六　・六七四四四四四五四四

　　起句七字、第二句六字者，以蘇軾「霜寒煙冷蒹葭老」詞「七六四四四四四四五四六・六七四四四四四五四四」爲正格之說，一般較無旁議。近人詞譜作家舉〈水龍吟〉詞譜，僅舉蘇軾「霜寒煙冷蒹葭老」詞者，如嚴建文《詞牌釋例》，格律亦相同。〔註14〕

　　而起句六字、第二句七字者，檢視今人詞譜著作，各家所列格律譜如下：
《白香詞譜》：〔註15〕
　　六七四四四四四四五四六・六七四四四四四五四四
《孟玉詞譜》：〔註16〕
　　六七四四四四四四五四六・六七四四四四四五四四
《唐宋詞格律》：〔註17〕
　　六七四四四四四四五四三三・六七四四四四四五四四
《詞律辭典》：〔註18〕

〔註14〕嚴建文：《詞牌釋例》（杭州：浙江古籍出版社，2004 年 2 月），頁 232～233。
〔註15〕舒夢蘭：《白香詞譜》（臺南：北一出版社，1971 年 8 月），頁 76。
〔註16〕沈英名：《孟玉詞譜》（臺北：正中書局，1972 年 3 月），頁 103～104。
〔註17〕龍沐勛：《唐宋詞格律》（臺北：里仁書局，1979 年 3 月），頁 126。

六七四四四四四四五四六・六七四四四四四四四九四

《詞範》：〔註19〕

六七四四四四四四五四三三・六七四四四四四四五四四

《詩詞挈領》：〔註20〕

六七四四四四四四五四三三・六七四四四四四四五四四

《說詩談詞》：〔註21〕

六七四四四四四四五四六・六七四四四四四四五四四

《填詞指要》：〔註22〕

六七四四四四四四五四六・六七四四四四四四五四四

《詩詞格律教程》：〔註23〕

六七四四四四四四五四六・六七四四四四四四五四四

《實用詞譜》：〔註24〕

六七四四四四四四五四三三・六七四四四四四四五四四

《詩詞韵律》：〔註25〕

六七四四四四四四五四三三・六七四四四四四四五四四

《詩詞曲格律與欣賞》：〔註26〕

六七四四四四四四五四六・六七四四四四四四四九四

〔註18〕潘慎：《詞律辭典》（太原：山西人民出版社，1991年9月），頁1062。

〔註19〕徐柚子：《詞範》（上海：華東師範大學出版社，1993年4月），頁282。

〔註20〕士會：《詩詞挈領》（香港：萬里書店，2001年4月），頁305。

〔註21〕姚普、姚丹：《說詩談詞》（西安：陝西人民出版社，1992年2月），頁107。

〔註22〕狄兆俊：《填詞指要》（南昌：百花洲文藝出版社，1997年5月），頁160。

〔註23〕朱承平：《詩詞格律教程》，頁468～469。

〔註24〕蕭繼宗：《實用詞譜》（臺北：中華叢書編審委員會，1960年3月），頁175～176。

〔註25〕徐志剛：《詩詞韵律》（濟南：濟南出版社，1992年12月），頁189。

〔註26〕蘭少成、陳振寰：《詩詞曲格律與欣賞》（桂林：廣西師範大學出版社，1989年7月），頁153。

《詩詞曲格律綱要》：〔註27〕

　　六七四四四四四四五四六‧六七四四四四四四九四

《詞範》：〔註28〕

　　六七四四四四四四五四六‧六七四四四四四四九四

《詩詞作法講話》：〔註29〕

　　六七四四四四四四五四三三‧六七四四四四四五四四

《詩詞格律》：〔註30〕

　　六七四四四四四四五四三三‧六七四四四四四四九四

《詩詞指要》：〔註31〕

　　六七四四四四四四五四三三‧六七四四四四四五四四

《詩詞曲聲律淺說》：〔註32〕

　　六七四四四四四四五四六‧六七四四四四四四五四四

《詞學指南》：〔註33〕

　　六七四四四四四四五四三三‧六七四四四四四五四四

《詞學全書》：〔註34〕

　　六七四四四四四四五四六‧六七四四四四四四九四

《常用詞牌譜例》：〔註35〕

〔註27〕涂宗濤：《詩詞曲格律綱要》（天津：天津人民出版社，2004 年 7 月），頁 253～254。

〔註28〕嚴賓杜：《詞範》（臺北：中華叢書編審委員會，1959 年 10 月），頁 59。

〔註29〕江宗秀：《詩詞作法講話》（臺北：五洲出版社，1968 年 4 月），頁 118。

〔註30〕王力：《詩詞格律》（香港：中華書局有限公司，2004 年 2 月），頁 149～150。

〔註31〕謝崧：《詩詞指要》（臺北：學海出版社，1982 年 9 月），頁 215～216。

〔註32〕夏援道：《詩詞曲聲律淺說》（武漢：湖北教育出版社，2000 年 10 月），頁 123。

〔註33〕謝无量：《詞學指南》（臺北：臺灣中華書局，1981 年 10 月），頁 86。

〔註34〕查培繼：《詞學全書》（臺北：廣文書局有限公司，1971 年 4 月），頁 398～399。

〔註35〕袁世忠：《常用詞牌譜例》（南昌：百花洲文藝出版社，1996 年 5 月），

六七四四四四四四五四三三・六七四四四四四四九四

《詩詞入門──格律、作法、鑒賞》： 〔註36〕

六七四四四四四四五四三三・六七四四四四四四九四

《詩詞曲的格律和用韻》： 〔註37〕

六七四四四四四四五四三三・六七四四四四四四九四

　　考查二十餘本近人詞牌釋例，各家說法紛呈，〈水龍吟〉一百○二字體，起句六字、第二句七字者，其詞譜共列有「六七四四四四四四五四三三・六七四四四四四四五四四」、「六七四四四四四四五四三三・六七四四四四四四九四」、及「六七四四四四四四五四六・六七四四四四四四九四」、「六七四四四四四四五四六・六七四四四四四四五四四」四種；比《詞律》與《御製詞譜》所舉尚多二體，且並無較壓倒性的數據，可顯示何者爲詞學研究者所認定的「正體」。

　　但，若依詞學研究者之角度，可確定的是，作者在解釋〈水龍吟〉起句六字、第二句七字者之「又一體」時，皆以「秦體」爲襯字、攤破、衍慢之正體。〔註38〕故可知在詞學研究者心目中，秦觀「小樓連苑橫空」爲〈水龍吟〉起句六字、第二句七字之「正體」。

　　再對照《全宋詞》所列三百一十一闋〈水龍吟〉詞，共有一百五十九闋詞採用「六七四四四四四四五四三三・六七四四四四四四五四四」句式，有四十六闋詞採「六七四四四四四四五四六・六七四四四四四四九四」句式，即宋代之〈水龍吟〉作者，有超過半數詞人採辛棄疾的「楚天千里清秋」格律，而秦觀之「小樓連苑橫空」次之，可見，在宋代詞人心目中，「六七四四四四四四五四三三・六七四四四四四

頁 236。

〔註36〕 夏傳才：《詩詞入門──格律、作法、鑒賞》（天津：南開大學出版社，1995 年 8 月），頁 396〜398。

〔註37〕 耿振生：《詩詞曲的格律和用韻》（鄭州：大象出版社，1997 年 4 月），頁 171〜172。

〔註38〕 如：清聖祖敕撰《御製詞譜》、潘慎《詞律辭典》、嚴賓杜《詞範》、蕭繼宗《實用詞譜》等。

五四四」體式爲〈水龍吟〉起句六字、第二句七字者之「正體」。

　　再者，有學者認爲：若依照音樂的角度來看，依聲塡詞而移動句讀位置以牽就文意，於音譜當無所礙。〔註39〕陳匪石〈論蘇軾水龍吟考律〉亦云：「韻拍不變，句法參差；在同一宮調中，不能謂之另體也。」〔註40〕即是如此。朱承平也認爲：「如果詞調的始創之體不易確定，就把作者較多的一體視作正體，或者把有名作而影響較大的一體列爲正體。」〔註41〕

　　故，筆者以爲，〈水龍吟〉起句六字、第二句七字者，辛棄疾的「楚天千里清秋」詞之「六七四四四四四四五四三三・六七四四四四四五四四」體式，即上片結尾，斷句應爲「把吳鉤看了，欄干拍遍，無人會，登臨意。」下片結尾是「倩何人喚取，盈盈翠袖，搵英雄淚。」與秦觀「小樓連苑橫空」「六七四四四四四五四六・六七四四四四四四九四」體式，即上片結尾爲「賣花聲過盡，斜陽院落，紅成陣飛鴛鴦。」下片結句爲「不堪回首。念多情但有當時皓月，向人依舊。」當同屬之「正體」。而起句七字、第二句六字者，則以蘇軾「霜寒煙冷蒹葭老」詞之「七六四四四四四四五四六・六七四四四四五四四四」句式爲正格。

第二節　體式類型之辨

　　詞本是樂章之作，楊守齋《作詞五要》曰：「第三要塡詞按譜。自古作詞，能依句者已少，依譜用字者，百無一二。詞若歌韻不協，悉取焉。」〔註42〕其譜，指音譜，故塡詞須熟習音譜。而詞樂家們爲了使情感與音律妥切融合，按音譜塡詞時，便形成同一詞牌，體制多樣的現象。

　　然，我國古代把音樂或聲韻稱爲「口耳之學」，強調面傳口授，

〔註39〕徐信義：《詞譜格律原論》（臺北：文史哲出版社，1995 年 1 月），頁81～82。

〔註40〕陳匪石〈論蘇軾水龍吟考律〉，《宋詞舉》（上海：金陵書畫社，2002年 4 月），頁 65。

〔註41〕朱承平：《詩詞格律教程》，頁 277。

〔註42〕唐圭璋：《詞話叢編》，冊一，頁 268。

記譜標音的方法均欠科學，常因年代久遠、戰亂或傳授者少，詞譜就
逐漸消亡了；再加上詞的樂譜，一部分逐漸演變成曲的樂譜，曲的樂
譜盛行，而一些詞的樂譜就不再獨立存在了。〔註43〕於是，詞人填詞
只得據前人詞體創作，詞譜也逐漸演變爲平仄譜式，後人作詞的第一
要務即是掌握詞的格律。

　　〈水龍吟〉，越調曲也。《全宋詞》〔註44〕現存宋代〈水龍吟〉
詞共三百一十一闋，其中包含〈水龍吟〉二百九十四首、〈鼓笛慢〉
九首、〈龍吟曲〉四首、〈水龍吟令〉一首、〈水龍吟慢〉一首、〈莊椿
歲〉一首及〈小樓連苑〉一首，一詞調而有七異名；再加上詞調於流
傳時，由於樂工的演唱、演奏中的發明創造，體式便有所變化而增衍。
就開創性與嘗試性而言，體式的繁多，也顯現著它的音樂性。

　　〈水龍吟〉除上節所述三種較常見外，兼有多種體式。爲確實明
瞭它的推衍變化，茲先以《詞律》〔註45〕、《詞律拾遺》〔註46〕及《御
製詞譜》〔註47〕所錄〈水龍吟〉爲本，並配合晚近各詞譜格律書所載，
稽考眾說，以從中見出歷代詞譜家，對〈水龍吟〉體式之看法。最後
再以此爲基礎，遍查宋代〈水龍吟〉各體，詳加比對，以歸納出更精
確客觀的格式。

　　《詞律》載有趙長卿、辛棄疾、陸游三體；《詞律拾遺》補輯蘇
軾、蔣捷、張孝祥、趙長卿〈水龍吟〉四體；《御製詞譜》之〈水龍
吟〉一調，則載有二十五體，計有蘇軾、趙長卿、楊无咎、姜夔、晁
端禮、秦觀、黃機、吳文英、程垓、劉過、葛立方、曹祖、李之儀等
二十體，另有秦觀〈添字水龍吟〉一種，及無名氏〈水龍吟令〉、〈水
龍吟慢〉二種。〔註48〕今將各家所見體例，簡列於下：

〔註43〕涂宗濤：《詩詞曲格律綱要》，頁 74～75。
〔註44〕唐圭璋編：《全宋詞》（臺北：世界書局，1984 年 10 月）
〔註45〕萬樹：《詞律》（臺北：廣文書局，1971 年 9 月）
〔註46〕徐本立：《詞律拾遺》（臺北：廣文書局，1971 年 9 月）
〔註47〕清聖祖敕撰：《御製詞譜》（臺北：閱汝賢據殿本縮印，1976 年 1 月）
〔註48〕尚錄張雨〈水龍吟〉「古來宰相神仙」一體，因張雨屬元朝詞人，故

一、《詞律》記三體

（1）趙長卿〈水龍吟〉「淡煙輕霧濛濛」，雙調，仄聲韻，一百〇一字體。

（2）辛棄疾〈水龍吟〉「楚天千里清秋」，雙調，仄聲韻，一百〇二字體。

（3）陸　游〈水龍吟〉「摩訶池上追游路」，雙調，仄聲韻，一百〇二字體。

二、《詞律拾遺》補輯四體

（1）蘇　軾〈水龍吟〉「霜寒煙冷蒹葭老」，雙調，仄聲韻，一百〇一字體。

（2）蔣　捷〈水龍吟〉「醉兮瓊瀣浮觴些」，雙調，平聲韻，一百〇三字體。

（3）張孝祥〈水龍吟〉「竹輿曉入青陽」，雙調，仄聲韻，一百〇四字體。

（4）趙長卿〈水龍吟〉「韶華迤邐三春暮」，雙調，仄聲韻，一百〇四字體。

三、《御製詞譜》錄二十四體

（1）蘇　軾〈水龍吟〉「霜寒煙冷蒹葭老」，雙調，仄聲韻，一百〇二字體。

（2）趙長卿〈水龍吟〉「酒潮勻頰雙眸溜」，雙調，仄聲韻，一百〇二字體。

（3）楊无咎〈水龍吟〉「西湖天下應如是」，雙調，仄聲韻，一百〇二字體。

（4）趙長卿〈水龍吟〉「天教占得如簧巧」，雙調，仄聲韻，一百〇一字體。

（5）姜　夔〈水龍吟〉「夜深客子移舟處」，雙調，仄聲韻，一百〇

不予討論之。見清聖祖敕撰：《御製詞譜》，頁 540。

二字體。

（6）晁端禮〈水龍吟〉「夜來深雪前村路」，雙調，仄聲韻，一百○二字體。

（7）趙長卿〈水龍吟〉「煙姿玉骨塵埃外」，雙調，仄聲韻，一百○二字體。

（8）趙長卿〈水龍吟〉「韶華迤邐三春暮」，雙調，仄聲韻，一百○四字體。

（9）秦　觀〈添字水龍吟〉「亂花叢裡曾攜手」，雙調，仄聲韻，一百○六字體。

（10）秦　觀〈水龍吟〉「小樓連苑橫空」，雙調，仄聲韻，一百○二字體。

（11）黃　機〈水龍吟〉「晴江滾滾東流」，雙調，仄聲韻，一百○二字體。

（12）吳文英〈水龍吟〉「有人獨立空山」，雙調，仄聲韻，一百○二字體。

（13）程　垓〈水龍吟〉「夜來風雨匆匆」，雙調，仄聲韻，一百○二字體。

（14）吳文英〈水龍吟〉「望春樓外滄波」，雙調，仄聲韻，一百○二字體。

（15）劉　過〈水龍吟〉「謫仙狂客何如」，雙調，仄聲韻，一百○二字體。

（16）吳文英〈水龍吟〉「夜分溪館漁燈」，雙調，仄聲韻，一百○二字體。

（17）葛立方〈水龍吟〉「九州雄傑溪山」，雙調，仄聲韻，一百○四字體。

（18）曹　祖〈水龍吟〉「曉天穀雨晴時」，雙調，仄聲韻，一百○二字體。

（19）趙長卿〈水龍吟〉「先來天與精神」，雙調，仄聲韻，一百○二

字體。

（20）趙長卿〈水龍吟〉「淡煙輕霧濛濛」，雙調，仄聲韻，一百〇一字體。

（21）無名氏〈水龍吟令〉「洞天景色長春」，雙調，仄聲韻，一百〇二字體。

（22）李之儀〈水龍吟〉「晚風輕拂」，雙調，仄聲韻，一百〇二字體。

（23）辛棄疾〈水龍吟〉「聽兮清佩瓊瑤些」，雙調，平聲韻，一百〇二字體。

（24）無名氏〈水龍吟慢〉「玉皇金闕長春」，雙調，仄聲韻，一百〇二字體。

　　以上所列，共計三十一體，若去其重複，計有二十七體之多，為分析之便，將此體，詳列表格於下：

分目	作者	調名（雙調）	用韻	字數	句　　　型	備　註
一	趙長卿	〈水龍吟〉「淡煙輕霧濛濛」	仄韻	101	67664445433・674445757	《詞律》、《詞譜》同載
二	蘇軾	〈水龍吟〉「霜寒煙冷蒹葭老」	仄韻	101	76444444446・67444444544	《拾遺》載
			仄韻	102	76444444546・67444444544	《詞譜》載
三	趙長卿	〈水龍吟〉「天教占得如簧巧」	仄韻	101	76444444546・6744444457	《詞譜》獨載
四	辛棄疾	〈水龍吟〉「楚天千里清秋」	仄韻	102	674444445433・67444444544	《詞律》獨載
七	吳文英	〈水龍吟〉「有人獨立空山」	仄韻	102	674444445433・247444444544	《詞譜》獨載
十	吳文英	〈水龍吟〉「謫仙狂客何如」	仄韻	102	674444445433・6744444476	《詞譜》獨載

五	黃　機	〈水龍吟〉「晴江滾滾東流」	仄韻	102	67444444546．6744444476	《詞譜》獨載
六	秦　觀	〈水龍吟〉「小樓連苑橫空」	仄韻	102	67444444546．6744444494	《詞譜》獨載
八	程垓	〈水龍吟〉「夜來風雨匆匆」	仄韻	102	67444444546．6744457544	《詞譜》獨載
十一	吳文英	〈水龍吟〉「夜分溪館漁燈」	仄韻	102	67444444546．674445776	《詞譜》獨載
九	吳文英	〈水龍吟〉「望春樓外滄波」	仄韻	102	6744457546．24744457544	《詞譜》獨載
十二	曹　祖	〈水龍吟〉「曉天穀雨晴時」	仄韻	102	67444444546．6766444544	《詞譜》獨載
十四	無名氏	〈水龍吟令〉「洞天景色長春」	仄韻	102	67444444446．67444444446	《詞譜》獨載
十三	趙長卿	〈水龍吟〉「先來天與精神」	仄韻	102	6744444496．676657544	《詞譜》獨載
十五	無名氏	〈水龍吟慢〉「玉皇金闕長春」	仄韻	102	64755777．446757577	《詞譜》獨載
十六	晁端禮	〈水龍吟〉「夜來深雪前村路」	仄韻	102	76444444546．6744457544	《詞譜》獨載
十七	楊无咎	〈水龍吟〉「西湖天下應如是」	仄韻	102	76444444546．67444444544	《詞譜》獨載
十八	姜　夔	〈水龍吟〉「夜深客子移舟處」	仄韻	102	76444444546．24744444476	《詞譜》獨載
十九	陸游	〈水龍吟〉「摩訶池上追游路」	仄韻	102	764444445433．67444444544	《詞律》獨載
二十	趙長卿	〈水龍吟〉「煙姿玉骨塵埃外」	仄韻	102	766644496．67665776	《詞譜》獨載

二十一	辛棄疾	〈水龍吟〉「聽分清佩瓊瑤些」	平韻	102	7648444546‧674844458	《詞譜》獨載
二十二	李之儀	〈水龍吟〉「晚風輕拂」	仄韻	102	44544444496‧67444444544	《詞譜》獨載
二十三	蔣　捷	〈水龍吟〉「醉兮瓊瀣浮觴些」	平韻	103	76444444546‧67544444544	《拾遺》獨載
二十四	張孝祥	〈水龍吟〉「竹輿曉入青陽」	仄韻	104	67444444546‧67444444546	《拾遺》載；《詞譜》葛立方同
二十五	趙長卿	〈水龍吟〉「酒潮勻頰雙眸溜」	仄韻	104	76444444546‧6546644494	《詞譜》獨載
二十六	趙長卿	〈水龍吟〉「韶華迤邐三春暮」	仄韻	104	76444444546‧65466444544 76444444496‧696644476	《拾遺》、《詞譜》同載
二十七	秦　觀	〈添字水龍吟〉「亂花叢裡曾攜手」	仄韻	106	769557546‧674455795	《詞譜》獨載

註：「備註」欄中，《詞律拾遺》簡稱《拾遺》。

　　此二十七體，皆爲雙調。除趙長卿「淡煙輕霧濛濛」爲《詞律》與《御製詞譜》同載、蘇軾「霜寒煙冷蒹葭老」及趙長卿「韶華迤邐三春暮」爲《詞律拾遺》與《御製詞譜》同載外，其餘均爲各譜獨載。

　　然，蘇軾「霜寒煙冷蒹葭老」詞雖《詞律拾遺》與《御製詞譜》同載，但所列字數稍異，比較二譜，惟上片第九句所列不同，《詞律拾遺》記詞爲「望極平田」共一百〇一字，《御製詞譜》錄詞爲「乍望極平田」一百〇二字；考查《詞律辭典》〔註49〕、《唐宋詞格律》〔註50〕將此闋詞列爲一百〇二字體，故本文將《詞律拾遺》所錄譜列出，但將其歸類爲一百〇二字體，句式同於楊无咎「西湖天下應如是」詞，而平仄稍有不同。

　　調名多稱〈水龍吟〉，唯無名氏「洞天景色長春」「六七四四四

〔註49〕潘慎主編：《詞律辭典》，頁 1058。
〔註50〕龍沐勛：《唐宋詞格律》，頁 127。

四四四四六・六七四四四四四四四四四四六」體,《御製詞譜》名爲〈水龍吟令〉;無名氏「玉皇金闕長春」「六四七五五七七七・四四六七五七五七七」體,《御定詞譜》名爲〈水龍吟慢〉;秦觀「亂花叢裡曾攜手」「七六九五五七五四六・六七四四五五七九五」體,《御製詞譜》名爲〈添字水龍吟〉。《御製詞譜》所名〈添字水龍吟〉之句式,《全宋詞》名爲〈鼓笛慢〉。

〈水龍吟〉複雜的體式,共有二十七體,各家格式出入頗多,歷來傳誦以蘇軾、辛棄疾二家之作爲準。〔註51〕《詞律》以辛稼軒「楚天千里清秋」一百二字詞爲正格,認爲其餘皆變體也。〔註52〕《御製詞譜》則認爲:「〈水龍吟〉此調句讀最爲參差,將之分立二譜,起句七字,第二句字六字者以蘇軾『霜寒煙冷蒹葭老』一百二字詞爲正格;起句六字,第二句字七字者,以秦觀『小樓連苑橫空』一百二字詞爲正格,其餘添字減聲字、句讀押韻不同者,皆以此爲源流。」〔註53〕本文以〈水龍吟〉詞之總字數分爲一百○一字體、一百○二字體、一百○三字體、一百○四字體及一百○六字體共四類,並依起句字數分起句六字與起句七字二體述之:

一、一百○一字體

〈水龍吟〉一百○一字體,《詞律》、《御製詞譜》同舉趙長卿「淡煙輕霧濛濛」詞;《御製詞譜》尚列趙長卿「天教占得如簧巧」詞;另《詞律拾遺》尚載蘇軾「露寒烟冷蒹葭老」一體,詞句與《御製詞譜》所列一百○二字體相似度極高,僅首句首字「霜」與「露」之別,及上片第九句《御製詞譜》作「乍望極平田」五字句,《詞律拾遺》作「望極平田」四字句,而詞總數爲一百○一字,因此種格律譜僅有徐氏一說,故今將蘇軾「霜寒烟冷蒹葭老」一詞,採多數詞學研究者

〔註51〕龍沐勛:《唐宋詞格律》,頁 126。
〔註52〕萬樹:《詞律》,頁 324。
〔註53〕清聖祖敕撰:《御製詞譜》,頁 535。

所贊同之說，歸列爲一百○二字體論之。

（一）起句六字

此體上片十句四仄韻，下片九句四仄韻。《詞律》與《御製詞譜》同列趙長卿「淡煙輕霧濛濛」此譜：

淡煙輕霧濛濛，望中乍歇凝晴晝。纔驚一霎催花，
－｜－－｜｜。－｜－－，，｜－－｜，－－－｜。
還又隨風過了。清帶梨梢，暈含桃臉，添春多少。
｜－－｜－－，，｜－｜｜－－｜。－－｜｜－－，
向海棠點點，香紅染遍，分明是、胭脂透。
｜｜－｜｜，，－－｜｜，，－－｜、－－｜。
無奈芳心滴碎，阻遊人、踏青攜手。簷頭線斷，空中絲亂，
－｜－－｜｜，，｜－－、｜－－｜。－－｜｜，，－－－｜，
纔晴卻又。簾幕閒垂處，輕風送、一番寒峭。正留君不住，
－－｜｜。－｜－－｜，，－－｜、－－－｜。｜－－｜｜，
瀟瀟更下黃昏後。〔註54〕
－－｜｜－－｜。

《御製詞譜》云：「此亦秦觀『小樓連苑橫空』詞體，惟前段第三、四、五句攤破四字三句，作六字兩句，後段第六、七、八句，攤破四字三句，作五字一句，七字一句，第九、第十、第十一句，減一字，作五字一句，七字一句異。」〔註55〕《詞律》亦云：「纔驚下十二字，正格該四字三句，此則兩六，雖亦可借作四字讀，然通篇既別，不必彊同也。」〔註56〕嚴賓杜《詞範》〔註57〕亦列此體。

（二）起句七字

《詞律辭典》〔註58〕舉趙長卿「天教占得如簧巧」詞爲一百○一

〔註54〕清聖祖敕撰：《御製詞譜》，頁541。
〔註55〕清聖祖敕撰：《御製詞譜》，頁541。
〔註56〕萬樹：《詞律》，頁323。
〔註57〕嚴賓杜：《詞範》，頁59。
〔註58〕潘慎主編：《詞律辭典》，頁1058。

字體爲正體，此體上片五十二字十一句四仄韻，下片四十九字十句五仄韻：

天教占得如簧巧，聲乍囀、千嬌媚。金衣襯著，風流模樣，
－－｜｜－－｜，－｜｜、－－｜，－－｜｜，－－－｜，
於中可是。紅杏香中，綠楊陰處，多應饒你。向黃昏苦苦，
－－｜｜。－｜－－，｜－－｜，－－－｜。｜－－｜｜，
嬌啼怨別，那堪更、東風起。
－－｜｜，｜－｜、－－｜。

別有詩腸鼓吹。未關他、等閒俗耳。雙柑斗酒，當時曾是，
｜｜－－｜｜。｜－－、｜－｜｜。－－｜｜，－－－｜，
高人留意。南國春歸，上陽花落，正添憔悴。念啼聲欲碎，
－－－｜。－｜－－，｜－－｜，｜－－｜。｜－－｜｜，
何人解作留春計。〔註59〕
－－｜｜－－｜。

《詞律辭典》云：「此詞與蘇軾『霜寒煙冷蒹葭老』詞同，惟上片第二句作折腰句式，下片結二句減一字，作七字一句異。」〔註60〕《詞範》亦列此一百○一字體，然上片句式稍有不同，其云：「此蘇軾霜寒烟冷詞體，惟前段第二句，作折腰句法，第九句併蘇詞第九、第十兩句，作上三下六，九字一句；後段結處，併蘇詞四字兩句，減一字，作七字一句，爲異。」〔註61〕嚴賓杜將上片第九、十句作「向黃昏、苦苦嬌啼怨別」。《御製詞譜》則認爲：「此體與楊无咎西湖天下詞同，惟後結兩句減一字，作七字一句異。」

二、一百○二字體

〈水龍吟〉一百○二字體，《詞律》、《詞律拾遺》及《御製詞譜》共列二十體。起句六字者有：辛棄疾「楚天千里清秋」、秦觀「小樓

〔註59〕潘慎主編：《詞律辭典》，頁1058。
〔註60〕潘慎主編：《詞律辭典》，頁1058。
〔註61〕嚴賓杜：《詞範》，頁58～59。

連苑橫空」、黃機「晴江滾滾東流」、吳文英「有人獨立空山」、程垓
「夜來風雨匇匇」、吳文英「望春樓外滄波」、劉過「謫仙狂客何如」、
吳文英「夜分溪館漁燈」、曹祖「曉天穀雨晴時」、無名氏「洞天景色
常春」、趙長卿「先來天與精神」、無名氏「玉皇金闕長春」十二體；
起句七字者有：蘇軾「霜寒煙冷蒹葭老」、晁端禮「夜來深雪前村路」、
楊无咎「西湖天下應如是」、姜夔「夜深客子移舟處」、陸游「摩訶池
上追遊路」、趙長卿「煙姿玉骨塵埃外」、辛棄疾「聽兮清珮瓊瑤些」
七體；尚有李之儀「晚風輕拂」詞，起句爲四字。

（一）起句六字

1、

萬樹以爲〈水龍吟〉之正格爲辛棄疾「楚天千里清秋」詞，《詞
律》錄此體上片十二句四仄韻，下片十一句五仄韻：

> 楚天千里清秋，水隨天去秋無際。遙岑遠目，獻愁供恨，
> ｜－＋｜－－，＋－＋｜－－｜。＋－｜｜，＋－－｜，
> 玉簪螺髻。落日樓頭，斷鴻聲裏，江南遊子。把吳鉤看了，
> ＋－－｜。＋＋｜－－，＋－＋｜，＋－－｜。｜＋－＋｜，
> 闌干拍徧，無人會，登臨意。
> ＋－＋｜，－－｜，－－｜。
>
> 休說鱸魚堪膾。儘西風、季鷹歸未。求田問舍，怕應羞見，
> ＋－－－＋｜。｜－－、＋－－｜。＋－｜｜，＋－－｜，
> 劉郎才氣。可惜流年，憂愁風雨，樹猶如此。倩何人喚取，
> ＋－－｜。＋＋｜－－，＋－＋｜，＋－－｜。｜－－｜｜，
> 紅巾翠袖，搵英雄淚。〔註62〕
> ＋－＋｜，｜－－｜。

凡字下有橫線者，表示「可平可仄」之處。考近人著作所列詞譜，《唐
宋詞格律》〔註63〕、《詩詞曲格律綱要》〔註64〕、《詩詞韻律》〔註65〕、

〔註62〕萬樹：《詞律》，頁323。
〔註63〕龍沐勛：《唐宋詞格律》，頁127。
〔註64〕涂宗濤：《詩詞曲格律綱要》，頁253～254。

《詩詞格律教程》〔註66〕、《詩詞作法講話》〔註67〕、《詞學指南》
〔註68〕、《詩詞曲格律與欣賞》〔註69〕〈水龍吟〉詞譜皆列此詞爲例，
可見《詞律》所云，獲得多數人的認同。

2、

《御製詞譜》載秦觀「小樓連苑橫空」詞一體，此調上片十一句
四仄韻，下片十句五仄韻，其詞爲：

> 小樓連苑橫空，下窺繡轂雕鞍驟。疏簾半卷，單衣初試，
> ＋－＋｜－－，＋－＋｜－－｜。＋－＋｜，－－＋｜，
> 清明時候。破暖輕風，弄晴微雨，欲無還有。賣花聲過盡，
> ＋－＋｜。＋｜－－，＋－－｜，＋－－｜。｜＋－＋｜，
> 垂楊院宇，紅成陣、飛鴛甃。
> ＋－＋｜，＋＋｜、－－｜。
>
> 玉佩丁東別後。悵佳期、參差難又。名韁利鎖，天還知道，
> ＋｜＋－＋｜。｜－＋、＋－＋｜。＋－｜｜，＋－＋｜，
> 和天也瘦。花下重門，柳邊深巷，不堪回首。念多情、
> ＋－＋｜。＋｜－－，＋＋＋｜，＋－－｜。｜－－、
> 但有當時皓月，照人依舊。〔註70〕
> ｜｜－－｜｜，｜－－｜。

凡字下有橫線者，表示「可平可仄」之處。《御製詞譜》亦於詞後記：
「此詞前段第一句六字，第二句七字，宋詞填者最多。後結作九字一
句，四字一句，與前諸家異。」〔註71〕《御製詞譜》所列之格律爲：

3、

《御製詞譜》載黃機「晴江滾滾東流」詞一體，上片十一句四仄

〔註65〕徐志剛：《詩詞韻律》，頁190。
〔註66〕朱承平：《詩詞格律教程》，頁468～469。
〔註67〕江宗秀：《詩詞作法講話》，頁118。
〔註68〕謝无量：《詞學指南》，頁86。
〔註69〕蘭少成、陳振寰：《詩詞曲格律與欣賞》，頁153。
〔註70〕清聖祖敕撰：《御製詞譜》，頁538。
〔註71〕清聖祖敕撰：《御製詞譜》，頁538。

韻，下片十句五仄韻，其詞爲：

> 晴江滾滾東流，爲誰流得新愁去。新愁都在，長亭望際，
> －－｜｜－－，｜－－｜－－。－－－｜，－－｜｜，
> 扁舟行處。歌罷翻香，夢回呵酒，別來無據。恨酴醾吹盡，
> －－｜｜。－｜－－，｜－－｜，｜－－｜。｜－－－｜，
> 櫻桃過了，便只恁、成孤負。
> －－｜｜，｜｜｜、－－｜。
>
> 須信情鍾易感，數良辰、佳期應誤。才高自嘆，絲雲空詠，
> －｜－－｜｜，｜－－、－－－｜。－－｜｜，｜－－｜，
> 凌波謾賦。團扇塵生，吟牋淚漬，一觴慵舉。但丁寧、
> －－｜｜。－｜－－，－－｜｜，｜－－｜。｜－－、
> 雙燕明年，還解寄平安否。〔註72〕
> －｜－－，－｜｜－－｜。

《御製詞譜》云：「此與秦詞同，惟後段起句不押韻，結句七字一句，六字一句異。」〔註73〕

4、

　　《御製詞譜》載吳文英「有人獨立空山」詞一體，上片十二句四仄韻，下片十二句六仄韻，其詞爲：

> 有人獨立空山，翠髩未覺霜顏老。新香秀粒，濃光綠浸，｜
> －｜｜－－，｜－｜｜－－｜。－－｜｜，－－｜｜，
> 千年春小。布影參旗，障空雲蓋，沈沈秋曉。馱蒼虯萬里，
> －－－｜。｜｜－－，｜－－｜，－－－｜。｜－－｜｜，
> 笙吹鳳女，驂飛乘，天風嫋。
> －－｜｜，－－｜，－－｜。
>
> 般巧。霜斤不到。漢遊仙、相從最早。皺鱗細雨，
> －｜。－－｜｜。｜－－、－－｜｜。｜－－｜，
> 層陰藏月，朱絃古調。問訊東橋，故人南嶺，倚天長嘯。
> －－－｜，｜－－｜｜。｜｜－－，｜－－｜，｜－－｜。

〔註72〕清聖祖敕撰：《御製詞譜》，頁538。
〔註73〕清聖祖敕撰：《御製詞譜》，頁538。

待凌宵謝了，山深歲晚，素心纔表。〔註74〕

｜－－｜｜，－－｜｜，｜－－｜。

其後《御製詞譜》云：「此與秦詞同，惟換頭句，藏一短韻，結處五字一句，四字兩句異。」〔註75〕並將章粢「燕忙鶯懶花殘」詞列屬此體。

5、

《御製詞譜》載程垓「夜來風雨匆匆」詞一體，上片十一句四仄韻，下片十句五仄韻，其詞爲：

夜來風雨匆匆，故園定是花無幾。愁多怨極，等閒孤負，

｜－－｜－－，｜－｜｜－－｜。－－｜｜，｜－－｜，

一年芳意。柳困桃慵，杏青梅小，對人容易。算好春長在，

｜－－｜。｜｜－－，｜－－｜，｜－－｜。｜｜－－｜，

好花長見，元只是、人憔悴。

｜－－｜，－｜｜、－－｜。

回首池南舊事。恨星星、不堪重記。如今但有，霜花老眼，

－｜－－｜｜。｜－－、｜－－｜。－－｜｜，｜－｜｜，

傷情清淚。不怕逢花瘦，只愁怕、老來風味。待繁紅亂處，

－－－｜。｜｜｜－－｜，｜｜－｜、｜－－｜。｜－－｜｜，

留雲借月，也須拚醉。〔註76〕

－－｜｜，｜－－｜。

《御製詞譜》云：「此與秦詞同，惟後段第六、七、八句，攤破四字作三句，作五字一句，七字一句異。」〔註77〕並舉吳文英「望中璇海波新」詞，同屬此體。其格律爲：

6、

《御製詞譜》載吳文英「望春樓外滄波」詞一體，上片十句四仄韻，下片十句六仄韻，其詞爲：

〔註74〕清聖祖敕撰：《御製詞譜》，頁538。
〔註75〕清聖祖敕撰：《御製詞譜》，頁538。
〔註76〕清聖祖敕撰：《御製詞譜》，頁539。
〔註77〕清聖祖敕撰：《御製詞譜》，頁539。

望春樓外滄波，舊年照眼青銅鏡。鍊成寶月，飛來天上，
｜－－｜－－，｜－｜｜－－｜。｜－｜｜，－－－｜，
銀河流影。紺玉鉤簾處，橫犀塵、天香分鼎。記殷雲殿瑣，
－－－｜。｜｜－－｜，－－、－－－｜。｜－－｜｜，
裁花翦露，曲江畔、春風勁。
－－｜｜，｜－｜、－－｜。

槐省。紅塵晝靜。午朝回、吟生晚興。春霖繡筆，
－｜。－－｜｜。｜－－、－－｜｜。－－｜｜，
鶯邊清晝，金猊旋整。閬苑芝仙貌，生綃對、綠窗深景。
－－－｜，－－｜｜。｜｜－－｜，－－｜、｜－－｜。
弄瓊英數點，宮梅信早，占年光永。〔註78〕
｜－－｜｜，－－｜｜，｜－－｜。

《御製詞譜》云：「此亦秦詞體，惟前後段第六、七、八句，俱攤破四字作三句，作五字一句，七字一句異；換頭句藏一短韻異。」〔註79〕

7、

《御製詞譜》載劉過「謫仙狂客何如」詞一體，上片十二句四仄韻，下片十句五仄韻，其詞為：

謫仙狂客何如，看來畢竟歸田好。玉堂無此，三山海上，
｜－－｜－－，－－｜｜－－｜。｜－－｜，－－｜｜，
虛無縹緲。讀罷離騷，暗香猶在，覺人間小。任菜花葵麥，
－－｜｜。｜｜－－，｜－－｜，｜－－｜。｜｜－－，
劉郎去後，桃開處，知多少。
－－｜｜，－－｜，－－｜。

一夜雪迷蘭棹。傍寒溪、欲尋安道。而今總有，新詩冰柱，
｜｜｜－－｜。｜－－、｜－－｜。－－｜｜，－－－｜，
有知音否。想見鸞飛，如椽健筆。檄書親草。算平生、
｜－－｜。｜｜－－，－－｜｜。｜－｜｜。｜－－、

〔註78〕 清聖祖敕撰：《御製詞譜》，頁539。
〔註79〕 清聖祖敕撰：《御製詞譜》，頁539。

白傅風流，未肯向、香山老。〔註80〕

｜｜－－，｜｜｜、－－｜。

《御製詞譜》云：「此亦秦詞體，惟後結作七字一句，六字一句異，劉鎮三山臘雪詞，楊樵雲多情不在詞，俱與此同，惟換頭句俱不押韻，又李昂英驛飛穩駕詞，結句六字，不折腰。」〔註81〕

8、

《御製詞譜》載吳文英「夜分溪館漁燈」詞一體，上片十一句四仄韻，下片九句五仄韻，其詞爲：

夜分溪館漁燈，巷聲乍寂西風定。河橋送遠，玉簫吹斷，

｜－－｜－－，｜－｜｜－－｜。－－｜｜，｜－－｜，

霜絲舞影。薄絮秋雲，澹蛾山色，宦情歸興。怕煙江渡後，

－－｜｜。｜｜－－，｜－－｜，｜－－｜。｜－－｜｜，

桃花又泛，宮溝上、春流緊。

－－｜｜，－－｜、－－｜。

新句欲題還省。透香煤、重牒誤隱。西園已負，林亭移酒，

－｜｜－－｜。｜－－、－｜｜｜。－－｜｜，－－－｜，

松泉薦茗。攜手同歸處，玉奴喚、綠窗春近。想驕驄、

－－｜｜。－｜－－｜，｜｜－、｜－－｜。｜｜－－、

又踏西湖，二十四番花信。〔註82〕

｜｜－－，｜｜｜｜－－｜。

《御製詞譜》云：「此與程垓詞同，惟後結七字一句，六字一句異。」

〔註83〕

9、

《御製詞譜》載曹祖「曉天穀雨晴時」詞一體，上片十一句三仄韻，下片十句四仄韻，其詞爲：

〔註80〕清聖祖敕撰：《御製詞譜》，頁539。

〔註81〕清聖祖敕撰：《御製詞譜》，頁539。

〔註82〕清聖祖敕撰：《御製詞譜》，頁540。

〔註83〕清聖祖敕撰：《御製詞譜》，頁540。

曉天穀雨晴時，翠羅護日輕煙裏。醲釀徑暖，柳花風淡，
｜－｜｜－－，｜｜－｜｜－｜。－－｜｜，｜－－｜，
千葩濃麗，三月春光，上林池館，西都花市。看輕盈隱約，
－－－｜，－｜－－，｜－－｜，－－－｜。｜－－｜｜，
何須解語，凝情處、無窮意。〔註84〕
－－｜｜，－－｜、－－｜。

金殿筠籠歲貢，最姚黃、一枝嬌貴。東風既與花王，
－｜－－｜｜，｜－－、｜－－｜。－－｜｜－－，
芍藥須為近侍。歌舞筵中，滿裝歸帽，斜簪雲髻。
｜｜－－｜｜。－｜－－，｜－－｜，－－－｜。
有高情未已，齊燒絳蠟，向闌邊醉。〔註84〕
｜－－｜｜，－－｜｜，｜－－｜。

《御製詞譜》云：「此亦秦詞體，惟後段第三、四、五句，攤破四字三句，作六字兩句異。」〔註85〕

10、

　　《御製詞譜》載無名氏「洞天景色常春」詞一體，上、下片各十一句四仄韻，其詞為：

洞天景色常春，嫩紅淺白開輕萼。瓊筵鎮起，金爐煙重，
｜－｜｜－－，｜－｜｜－－｜。－－｜｜，－－－｜，
香凝錦幄。窈窕神仙，妙呈歌舞，攀花相約。彩雲月轉，
－－｜｜。｜｜－－，｜－－｜，－－－｜。｜－｜｜，
朱絲網徐，任語笑、拋毬樂。
－－｜－，｜｜｜、－－｜。

繡袂風翻鳳舉，轉星眸、柳腰柔弱。頭籌得勝，歡聲近地，
｜｜－－｜｜，｜－－、｜－－｜。－－｜｜，－－｜｜，
花光容約。滿座佳賓，喜聽仙樂，交傳觥爵。龍吟欲罷，
－－－｜。｜｜－－，｜－－｜，－－－｜。－－｜｜，

〔註84〕清聖祖敕撰：《御製詞譜》，頁541。
〔註85〕清聖祖敕撰：《御製詞譜》，頁541。

－65－

彩雲搖曳，相將去、歸寥廓。〔註86〕

｜－－｜，－－｜、－－｜。

《御製詞譜》云：「此見高麗史樂志，名水龍吟令，拋毬樂舞隊曲也。亦與秦詞同，惟前後段第九句，各減一字，後段結句，添二字異。」〔註87〕

11、

《御製詞譜》載趙長卿「先來天與精神」詞一體，上片十句四仄韻，下片九句四仄韻，其詞為：

先來天與精神，更因麗景添殊態。拖輕苒苒，縈凝一段，

－－－｜－－，｜－｜｜－－｜。－－｜｜，－－｜｜，

還分五綵。畢竟非煙，有時為雨，惹情無奈。道無心、

－－｜｜。｜｜－－，｜－－｜，｜－－｜。｜－－、

怎被歌聲過斷，邐邐向、青天外。

｜｜－－｜｜，－－｜、－－｜。

宜伴先生醉臥，得饒到、和山須買。也曾惱殺襄王，

－｜－－｜｜，｜－｜、－－｜｜。｜－｜｜－－，

誰道依前不會。我欲乘歸去，翻恨悵、帝鄉何在。

－｜－－｜｜。｜｜－－｜，－｜｜、－－｜。

念佳期未展，天長暮合，儘空相對。〔註88〕

｜－－｜｜，－－｜｜，｜｜－｜。

《御製詞譜》云：「此與曹祖詞同，惟後段第六、七、八句，又攤破四字三句，作五字一句，七字一句異。」〔註89〕其格律為：

12、

《御製詞譜》載無名氏「玉皇金闕長春」詞一體，上片八句五仄韻，下片九句四仄韻，其詞為：

〔註86〕清聖祖敕撰：《御製詞譜》，頁541。
〔註87〕清聖祖敕撰：《御製詞譜》，頁541。
〔註88〕清聖祖敕撰：《御製詞譜》，頁541。
〔註89〕清聖祖敕撰：《御製詞譜》，頁541。

　　　玉皇金闕長春，民仰高天欣載。年年一度定佳期，
　　　｜－｜｜－－，－｜－－－｜。－－｜｜｜－－，
　　　風情多感慨。綺羅競交會。爭折花枝兩相對。
　　　－－－｜｜。｜－－｜－。－｜－－｜－｜。
　　　舞袖翩翩歌聲妙，掩粉面、斜窺翠黛。
　　　｜｜－－－｜，｜｜｜、－－｜。
　　　錦額門開，彩架毬兒，當先秀、神仙隊。融香拂席舞霓裳，
　　　｜｜－－，｜｜－－，－－｜、－－｜。－－｜｜｜－－，
　　　動鏗鏘環珮。寶座巍巍五雲密，歡呼爭拜退。
　　　｜－－｜。｜｜－－｜－｜，－－－｜｜。
　　　管絃眾作欲歸去，願吾皇、萬年恩愛。〔註90〕
　　　｜－｜｜｜－，｜｜－－、｜－－｜。

《御製詞譜》云：「此見高麗史樂志，名水龍吟慢。與蘇詞秦詞，句讀全異，採入以備一體。」〔註91〕

（二）起句七字

1、

　　《御製詞譜》以蘇軾「霜寒煙冷蒹葭老」一百二字詞為正格，此體上片十一句四仄韻，下片十一句五仄韻：
　　　霜寒煙冷蒹葭老，天外征鴻寥唳。銀河秋晚，長門燈悄，
　　　＋－＋｜－－｜，＋｜＋－－｜。＋－＋｜，＋－＋｜，
　　　一聲初至。應念瀟湘，岸遙人靜，水多菰米。乍望極平田，
　　　＋－＋｜。＋｜－－，＋－＋｜，＋－＋｜。｜＋＋＋，
　　　徘徊欲下，依前被、風驚起。
　　　＋－＋｜，＋－－、－－｜。
　　　須信衡陽萬里，有誰家、錦書遙寄。萬重雲外，斜行橫陣，
　　　＋｜＋－＋｜。｜－－、＋－＋｜。＋－＋｜，＋－＋｜，

〔註90〕清聖祖敕撰：《御製詞譜》，頁542。
〔註91〕清聖祖敕撰：《御製詞譜》，頁542。

纔疏又綴。仙掌月明，石頭城下，影搖寒水。念征衣未擣，
＋－＋｜。＋｜＋－，＋－－｜，｜－－｜。｜－－｜｜，
佳人拂杵，有盈盈淚。〔註92〕
＋－＋｜，＋－－｜。

凡字下有橫線者，表示「可平可仄」之處。《御製詞譜》云：「此調句
讀，最爲參差，今分立二譜，起句七字，第二句六字者，以蘇軾詞爲
正格；起句六字，第二字七字者，以秦觀詞爲正格。」〔註93〕在此將
《御製詞譜》所得之格律錄出：

《詞律拾遺》云：「首句七字，次句六字，九句四字，與諸家異。」
〔註94〕錄此闋詞爲一百○一字體，詞譜中並未列「可平可仄」之處，
與《御製詞譜》較之，除第十一、十三句之句讀略異，其餘並無差異，
其譜爲：

　　　｜－－｜－－｜，－｜－－－｜。－－－｜，－－－｜，
　　　－－－｜。－｜－－，｜－－｜，｜－－｜。｜｜｜－－，
　　　－－｜｜，－－｜－－｜。
　　　－｜－－｜｜。｜－－－｜。｜｜－－｜，－－－｜，
　　　－－｜｜。－｜｜－，｜－－｜，｜－－｜，｜－－｜｜，
　　　－－－｜，｜－－｜。

2、

《御製詞譜》載晁端禮「夜來深雪前村路」詞，此體上片十一句
四仄韻，下片十句五仄韻，其詞爲：

夜來深雪前村路，應是早梅先綻。故人贈我，江頭春信，
｜－｜－－｜，－｜｜－－｜。－－｜｜，－－－｜，
南枝向暖。疏影橫斜，暗香浮動，月明清淺。向庭邊驛畔，
－－｜｜。－｜－－，｜－－｜，｜－－｜。｜－－｜｜，

〔註92〕清聖祖敕撰：《御製詞譜》，頁535。
〔註93〕清聖祖敕撰：《御製詞譜》，頁535。
〔註94〕徐本立：《詞律拾遺》，頁508。

行人立馬，頻回首、空腸斷。

－－｜｜，－－｜、－－｜。

別有玉溪仙館。壽陽人、初勻妝面。天教占了，百花頭上，

｜｜｜－－｜。－－、－－－｜。－－｜｜，｜－－｜，

和羹未晚。最是關情處，高樓上、一聲羌管。仗誰人向道，

－－｜｜。｜｜－－｜，｜－－｜。｜－－｜｜，

爭如留取，倚朱欄看。〔註95〕

－－－｜，－－－｜。

《御製詞譜》云：「此與蘇詞同，惟後段第六、七、八句，攤破四字
三句，作五字一句，七字一句異。」〔註96〕並舉周紫芝「小桃零落春
將半」詞，亦屬此體，其格律譜爲：

　　3、

　　《御製詞譜》載楊无咎「西湖天下應如是」詞，此體上、下片各
十一句五仄韻，其詞爲：

西湖天下應如是。誰喚作、眞西子。雲凝山秀，日增波媚，

－－－｜－－｜。－｜｜、－－｜。－－－｜，｜－－｜，

宜晴宜雨。況是深秋，更當遙夜，月華如水。記詞人解道，

－－－｜。｜｜－－，｜－－｜，｜－－｜。｜－－｜｜，

丹青妙手，應難寫、眞奇語。

－－｜｜，－－｜、－－｜。

往事輸他范蠡。泛扁舟、仍攜佳麗。毫端幻出，淡妝濃抹，

｜｜－－｜。｜－－、－－｜｜。－－｜｜，｜－－｜，

可人風味。和靖幽居，老坡遺跡，也應堪記。更憑君畫我，

｜－－｜。－｜－－，｜－－｜，｜－－｜。｜－－｜｜，

追隨二老，遊千家寺。〔註97〕

－－｜｜，－－－｜。

《御製詞譜》云：「此與趙詞同，惟前段第二句作折腰句法，後段起

〔註95〕清聖祖敕撰：《御製詞譜》，頁536。
〔註96〕清聖祖敕撰：《御製詞譜》，頁536。
〔註97〕清聖祖敕撰：《御製詞譜》，頁536。

句仍押韻異。」〔註98〕

4、

《御製詞譜》載姜夔「夜深客子移舟處」詞，此體上片十一句四仄韻，下片十句五仄韻，其詞爲：

夜深客子移舟處，兩兩沙禽驚起。紅衣入槳，青燈搖浪，
｜－｜｜－－｜，｜｜－－｜。－－｜｜，－－－｜，

微涼意思。把酒臨風，不思歸去，有如此水。況茂林遊倦，
－－｜｜。｜｜－－，｜｜－｜｜。｜｜－－｜，

長干望久，芳心事、簫聲裡。
－－｜｜，－－｜、－－｜。

屈指。歸期尚未。鵲南飛、有人應喜。畫闌桂子，
｜｜。－－｜｜。｜－－、｜－－｜。｜－｜｜，

留香小待，提攜影底。我已情多，十年幽夢，略曾如此。
－－｜｜，－－｜｜。｜｜－－，｜－－｜，｜－－｜。

甚謝郎、也恨飄零，解道月明千里。〔註99〕
｜｜－、｜｜－－，｜｜｜－－｜。

《御製詞譜》云：「此與蘇詞同，惟換頭句藏短韻後結攤破句法，作七字一句，六字一句異。」〔註100〕

5、

《詞律》載陸游「摩訶池上追遊路」詞，此體上片十二句四仄韻，下片十一句五仄韻，其詞爲：

摩訶池上追遊路，紅綠參差春晚。韶光妍媚，海棠如醉，
－－－｜－－｜，－｜－－｜。－－－｜，｜－－｜，

桃花欲暖。挑菜初閒，禁煙將近，一城絲管。看金鞍爭道，
－－｜｜。－｜｜－，｜－－｜，｜－－｜。｜－－－｜，

〔註98〕清聖祖敕撰：《御製詞譜》，頁536。
〔註99〕清聖祖敕撰：《御製詞譜》，頁536。
〔註100〕清聖祖敕撰：《御製詞譜》，頁536。

香車飛蓋，爭先占，新亭館。

－－－｜，－－｜，－－｜。

惆悵年華暗換。黯銷魂、雨收雲散。鏡奩掩月，釵梁折鳳，

－｜－－｜｜。－｜－－、｜－｜｜，－－｜｜，

秦箏斜雁。身在天涯，亂山孤壘，危樓飛觀。歎春來只有，

－－｜｜。－｜－－，｜－－｜，－－－｜。｜－－｜｜，

楊花和恨，向東風滿。〔註101〕

－－－｜，｜－－｜。

6、

《御製詞譜》載趙長卿「煙姿玉骨塵埃外」詞，此體上片十句五
仄韻，下片九句五仄韻，其詞爲：

煙姿玉骨塵埃外，看自有、神仙格。花中越樣風流，

－－｜｜－－｜，｜｜｜、－－｜。－－｜｜－－，

曾是名標清客。月夜香魂，雪天孤豔，可堪憐惜。

－｜－－－｜。｜｜－－，｜－－｜，｜－－｜。

向枝間、且作東風第一，和羹事、期他日。

｜－－、｜｜－－｜｜，－－｜、－－｜。

聞道春歸未識。問伊家、卻知消息。當時惱殺林逋，

－｜－－｜｜。｜－－、｜－－｜。－－｜｜－－，

空遶圍欒千百。橫管輕吹處，餘香散、阿誰偏得。

－｜－－－｜。－｜－－｜，－－｜、｜－－｜。

壽陽宮、應有佳人，待與點、新妝額。〔註102〕

｜－－、－｜－－，｜｜｜、－－｜。

《御製詞譜》云：「此詞與蘇詞校，前後段第三、四、五句，攤破四
字三句，作六字兩句，第九、十句，作九字一句，後段第六、七、八
句，攤破四字三句，作五字一句，四字兩句，作八字一句，六字一句
異。」〔註103〕

〔註101〕　萬樹：《詞律》，頁324。
〔註102〕　清聖祖敕撰：《御製詞譜》，頁537。
〔註103〕　清聖祖敕撰：《御製詞譜》，頁537。

7、

《御製詞譜》載辛棄疾「聽兮清珮瓊瑤些」詞，此體上片十句五仄韻，下片九句五仄韻，其詞爲：

聽兮清珮瓊瑤些。明兮鏡秋毫些。君無此去，流昏漲膩、
｜—— ｜—— ｜。— ｜—— ｜。——｜｜、——｜｜、

生蓬蒿些。虎豹甘人，渴而飲汝，寧猿猱些。大而流江海，
——— ｜。｜｜—｜、｜｜ ｜、——— ｜。｜——— ｜，

覆舟如芥，君無助、狂濤些。
｜— ｜，—— ｜、、—— ｜。

路險兮山高些。予愧獨處無聊些。冬槽春盎，歸來爲我、
｜｜——— ｜。— ｜｜｜—— ｜。——— ｜，——｜｜、

製松醪些。其外芳芬，團龍片鳳，煮雲膏些。古人兮既往，
｜—— ｜。—｜——，——｜｜，｜—— ｜。｜——— ｜，

嗟余之樂、樂簞瓢些。〔註104〕
——— ｜、｜—— ｜。

《御製詞譜》云：「此詞見稼軒集，彷楚詞體，每韻下用一些字，採以備體。」〔註105〕嚴賓杜《詞範》亦曰：「此詞以些字疊韻到底，每句仄韻上暗藏平韻，如詞中瑤、毫、蒿、猱、濤、高、聊、醪、膏、瓢等字，皆暗韻也。蔣捷有仿稼軒體，招落梅魂一首，用七陽暗韻，與此字句悉同，皆蘇軾詞霜寒烟老一首體也。」〔註106〕蔣捷詞爲一百〇三字體。

（三）起句四字

《御製詞譜》載李之儀「晚風輕拂」詞，此體上、下片各十一句四仄韻，其詞爲：

晚風輕拂，遊雲盡捲，霽色寒相射。銀潢半掩，
｜—— ｜，—— ｜｜，｜｜—— ｜。—— ｜｜，

〔註104〕 清聖祖敕撰：《御製詞譜》，頁542。

〔註105〕 清聖祖敕撰：《御製詞譜》，頁542。

〔註106〕 嚴賓杜：《詞範》，頁63～64。

秋毫欲數，分明不夜。玉琯傳聲，羽衣催舞，此歡難借。
－－｜｜，－－｜｜。○｜－－，｜－｜，｜－｜｜。

凜清輝、但覺圓光罩影，冰壺瑩、真無價。
｜－－、｜｜－－｜｜，－－－、－－｜。

聞道水晶宮殿，蕙爐薰、珠簾高挂。瓊枝半倚，
－｜｜－－另，｜－－、－－｜｜。○－｜｜，

瑤觴更勸，鶯嬌燕妮。目斷魂飛，翠縈紅遶，空憐小研。
－－｜｜，－－｜｜。｜｜－－，｜－｜｜，－－｜｜。

想歸來醉裏，鶯篦鳳朵，倩何人卸。〔註107〕
｜－－｜｜，－－｜｜，｜｜－－｜。

《御製詞譜》云：「此詞前段第一、二句，作四字兩句、五字一句。」
〔註108〕亦載曹勛的《松隱集》有水龍吟詞五首，《梅苑》亦有無名氏
詞作此體，故可知宋人亦間爲此體，故列之。

三、一百○三字體

　　《詞律拾遺》另記蔣捷「醉兮瓊瀣浮觴些」詞爲一百○三字體，
此體上片十句五仄韻，下片九句五仄韻，其詞爲：

醉兮瓊瀣浮觴些。招兮遣巫陽些。君毋去此，颶風將起，
｜－－｜－－。－－｜－－。－｜｜｜，－－－｜，

天微黃些。野馬塵埃，污君楚楚，白霓裳些。駕空兮雲浪，
－－－。｜｜－－，－－｜｜，｜－－。｜－－－｜，

茫洋東下，流君往他方些。
－－－｜，－－｜－－。

月滿兮方塘些。叫雲兮笛淒涼些。歸來兮爲我，重倚蛟背，
｜｜－－－。｜－－｜－－。－－－｜｜，｜｜－，

寒鱗蒼些。俯視春江，浩然一笑，吐幽香些。翠禽兮弄曉，
－－－。｜｜－－，｜－｜｜，｜－－。｜－－｜｜，

〔註107〕　清聖祖敕撰：《御製詞譜》，頁542。
〔註108〕　清聖祖敕撰：《御製詞譜》，頁542。

招君未至，我心傷些。〔註109〕

－－｜｜，｜－－｜。

此體爲蔣捷仿效辛稼軒「聽兮清珮瓊瑤些」詞所作，爲仿楚辭體。《詞律拾遺》並記：「後第三句五字，餘與一百二字陸體同。通首一韻，福唐體也。」〔註110〕宋〈水龍吟〉僅此一作。

四、一百○四字體

〈水龍吟〉一百○四體，起句六字者，《詞律拾遺》列張孝祥「竹輿曉入青陽」詞，《御製詞譜》列葛立方「九州雄傑溪山」，兩者句式、格律相同，故列爲一體。起句七字者，《詞律拾遺》與《御製詞譜》皆列趙長卿「韶華迤邐三春暮」詞，除此之外，《御製詞譜》另錄趙長卿「酒潮勻頰雙眸溜」詞，共計三體，以下分論之。

（一）起句六字

《詞律拾遺》在一百○四字體，起句爲六字體，僅列張孝祥「竹輿曉入青陽」詞，其詞上片十一句四仄韻，下片十一句五仄韻，其詞爲：

竹輿曉入青陽，細風涼月天如洗。峰回路轉，雲舒霞卷，

＋－＋｜－－，＋－＋｜－－｜。－－｜｜，－－－｜，

了非人世。轉就丹砂，鑄成金鼎，碧光相倚。料天關虎守，

＋－－｜。＋｜－－，＋－＋｜，＋－－｜。｜－－＋｜，

箕疇龍負，開神祕、留茲地。

＋－－｜，－－｜、－－｜。

縹緲朱幢羽衛。望蓬萊、初無弱水。仙人拍手，山頭笑我，

＋｜＋－＋｜。｜－－、＋－＋｜。＋－－｜，－－＋｜，

塵埃滿袂。春鎖瑤房，霧迷芝圃，昔遊都記。悵世緣未了，

＋－＋｜。＋｜－－，＋－－｜，＋－＋｜。｜＋－｜｜，

匆匆又去，空凝佇、煙霄裏。〔註111〕

－－＋｜，－＋｜、－－｜。

凡字下有橫線者，表示「可平可仄」之處。《詞律拾遺》云：「前後同，惟換頭平仄稍異，此體最爲整齊。」〔註112〕

　　《御製詞譜》於此體則列葛立方「九州雄傑溪山」詞，但並未標示出平仄相容之處，其詞及格律亦列於此：

九州雄傑溪山，遂安自古稱佳處。雲迷半嶺，風虢淺瀨，

｜－－｜－－，｜－｜｜－－｜。－－｜｜，－－｜｜，

輕舟斜渡。朱閣橫飛，漁磯無恙，鳥啼林塢。弔高人陳跡，

－－｜｜。｜－｜－－，－－－｜，｜－－｜。｜－－－｜，

空瞻遺像，知英烈、雄千古。

－－－｜，－－｜、－－｜。

憶昔龍飛光武。悵當年、故人何許。羊裘自貴，龍章難換，

｜｜－－｜。｜｜－－｜。－－｜｜，－－－｜，

不如歸去。七里溪邊，鸕鷀灘畔，一簑煙雨。嘆如今蕩子，

｜－－｜。｜｜－－，－－－｜，｜－－｜。｜－－｜｜，

翻將釣手，遮日向、西秦路。〔註113〕

－－｜｜，－｜｜、－－｜。

《御製詞譜》於其後並云：「此亦秦詞體，惟後段結句，添二字異。」〔註114〕比較兩詞譜，格律皆相同，惟《詞律拾遺》所列較寬矣。

（二）起句七字

1、

　　《詞律拾遺》與《御製詞譜》皆記載趙長卿「韶華迤邐三春暮」詞，其詞上片十句五仄韻，下片九句四仄韻。其詞爲：

〔註111〕　徐本立：《詞律拾遺》，頁508。

〔註112〕　徐本立：《詞律拾遺》，頁508。

〔註113〕　清聖祖敕撰：《御製詞譜》，頁540。

〔註114〕　清聖祖敕撰：《御製詞譜》，頁540。

韶華迤邐三春暮。飛盡繁紅無數。多情爲與，牡丹長約，

－－－｜－－｜。－｜－－－｜。－－｜｜，｜－－｜，

年年爲主。曉露凝香，柔條千縷，輕盈清素。最堪憐、

－－－｜。｜｜－－，－－－｜。－－｜、

玉質冰肌婀娜，江梅譚休爭妒。

｜｜－－｜｜，－－｜－－｜。

翠蔓扶疏掩映，似碧紗籠罩，越溪遊女。從前愛惜嬌姿，

｜｜－－｜｜，｜｜－、－｜－｜｜。－－｜｜－－，

終日愁風怕雨。夜月一簾，小樓魂斷，有思量處。

－｜－－｜｜。｜｜－－，｜－－｜，｜－－｜。

恐因循易嫁東風，爛熳暗隨春去。〔註115〕

｜－－、｜｜－－，｜｜｜－－｜。

《御製詞譜》則云：「此詞與蘇詞較，前段起句用韻，第九十句作九字一句，後段第二句多二字，第三、四、五句作六字兩句，第九句以下，攤破句法異。」〔註116〕

《詞律拾遺》亦載此詞，然格律稍有異同，其下云：「前半與萬氏所收一百二字陸詞同，結十五字分句稍異，後起句不叶，第二、三句，一五一四；第四、五俱六字，分句又異，且多二字。」〔註117〕

－－－｜－－｜。－｜－－－｜。－－｜｜，｜－－｜，

－－－｜。｜｜－－，－－－｜，－－－｜。｜－－、

｜｜－－｜，－－｜－－｜。

｜｜－－｜｜，｜｜－、－｜｜－－｜。－－｜｜－－，

－｜－－｜。｜｜｜－，｜－－｜，｜－－｜。

｜－－｜｜，－－｜｜，｜－－｜。

兩者之不同處爲下片第八、九、十句之句讀，《御製詞譜》作「恐因循、易嫁東風，爛熳暗隨春去。」《詞律拾遺》作「恐因循易嫁，東

〔註115〕　清聖祖敕撰：《御製詞譜》，頁537。
〔註116〕　清聖祖敕撰：《御製詞譜》，頁537。
〔註117〕　徐本立：《詞律拾遺》，頁509。

風爛熳，暗隨春去。」《詞律辭典》採《御製詞譜》之譜，〔註118〕《詞範》亦採《御製詞譜》之譜。〔註119〕

　　2、

　　《御製詞譜》載趙長卿「酒潮勻頰雙眸溜」詞，此體上片十一句五仄韻，下片十句四仄韻，其詞爲：

　　　酒潮勻頰雙眸溜。眉映遠山橫秀。風流俊雅，嬌癡體態，
　　　｜ー一｜ーー｜。ー｜｜ーー｜。ーー｜｜，ーー｜｜，
　　　眼前稀有。蓮步彎彎，移歸拍裏，凌波難偶。對仙源醉眼，
　　　｜ーー｜。ー｜ーー，ーー｜｜，ーー｜｜。｜ーー｜｜，
　　　玉纖籠巧，撥新聲、魚紋皺。
　　　｜ーー｜，｜ーー、ーー｜。
　　　我自多愁多病，對人前、只推傷酒。瞞他不得，詩情懶倦，
　　　｜｜ーーー｜，｜ーー、｜ー｜｜。ー｜ーー，ーー｜｜，
　　　沈腰銷瘦。多謝東君，殷勤知我，曲翻紅豆。拚來朝、
　　　｜ーー｜。ー｜ーー，ーーー｜，ー｜ーー。ーーー、
　　　又是扶頭不起，江樓知不。〔註120〕
　　　｜｜ーー｜｜，ーーー｜。

《御製詞譜》其下云：「此與蘇詞同，惟前段起句押韻，後段起句不押韻，第九、十句，作九字一句異。」〔註121〕

五、一百〇六字體

　　〈水龍吟〉一百〇六字體，《御製詞譜》載秦觀「亂花叢裏曾攜手」詞，此體上片十一句四仄韻，下片十句四仄韻，其詞爲：

　　　亂花叢裏曾攜手，窮豔景、迷歡賞。到如今、
　　　｜ーー｜ーー｜，ー｜｜、ーー｜。｜ーー、

〔註118〕　潘慎主編：《詞律辭典》，頁 1068～1069。
〔註119〕　嚴賓杜：《詞範》，頁 66。
〔註120〕　清聖祖敕撰：《御製詞譜》，頁 535。
〔註121〕　清聖祖敕撰：《御製詞譜》，頁 535。

誰把雕鞍鎖定，阻遊人來往。好夢隨春遠，從前事、
－｜－－｜｜，｜－－－｜。｜－－－｜、－－｜、

不堪思想。念春閨正杳，佳歡未偶，難留戀、空惆悵。
｜－－｜。｜－－｜｜，－－｜｜，－－｜、、｜－｜。

永夜嬋娟未滿，歎玉樓、幾時重上。那堪萬里，卻尋歸路，
｜｜－－｜｜，｜｜、－｜－－｜。－－｜｜，｜－－｜，

指陽關孤唱。苦恨東流水，桃源路、欲回雙槳。
｜－－－｜。｜｜｜－－｜，－－｜、｜－－｜。

仗何人、細與叮嚀問呵，我如今怎向。〔註122〕
｜－－、｜｜－－｜－，｜－－｜｜。

《御製詞譜》云：「此添字水龍吟也，又兼攤破句法，前段第三、四、
五句，添二字攤破四句三句，作九字一句，五字一句，第六、七、八
句，攤破四字三句，作五字一句，七字一句，後段第五句，添一字，
第六七八句，亦攤破四字三句，作五字一句，七字一句，結句又添一
字，若刪去添字便與諸家無異矣。」〔註123〕

　　一般說來，短調詞的別體較多，長調詞的別體較少；五體以下的
詞牌較多，十體以上的詞體少見。〔註124〕《御製詞譜》中別體數目
多於〈水龍吟〉者，僅有〈洞仙歌〉四十體及〈何傳〉二十七體，今
將其體例整理於下表：

作　者	調名（雙調）	字數	句　　型	體式類型
趙長卿	〈水龍吟〉「淡煙輕霧濛濛」	101	67664445433‧674445757	秦體攤破
蘇　軾	〈水龍吟〉「霜寒煙冷蒹葭老」	101	76444444446‧67444444544	
		102	76444444546‧67444444544	正體
趙長卿	〈水龍吟〉「天教占得如簧巧」	101	76444444546‧6744444457	蘇詞同楊无咎詞同
辛棄疾	〈水龍吟〉「楚天千里清秋」	102	674444445433‧67444444544	正體

〔註122〕清聖祖敕撰：《御製詞譜》，頁538。
〔註123〕清聖祖敕撰：《御製詞譜》，頁538。
〔註124〕朱承平：《詩詞格律教程》，頁278。

吳文英	〈水龍吟〉「有人獨立空山」	102	674444445433・247444444544	秦詞體
吳文英	〈水龍吟〉「謫仙狂客何如」	102	674444445433・6744444476	秦詞體
黃機	〈水龍吟〉「晴江滾滾東流」	102	67444444546・6744444476	秦詞體
秦觀	〈水龍吟〉「小樓連苑橫空」	102	67444444546・6744444494	正體
程垓	〈水龍吟〉「夜來風雨匆匆」	102	67444444546・6744457544	秦詞攤破
吳文英	〈水龍吟〉「夜分溪館漁燈」	102	67444444546・674445776	程垓體 秦詞攤破
吳文英	〈水龍吟〉「望春樓外滄波」	102	6744457546・24744457544	秦詞攤破
曹組	〈水龍吟〉「曉天穀雨晴時」	102	67444444546・6766444544	秦詞攤破
無名氏	〈水龍吟令〉「洞天景色長春」	102	67444444446・67444444446	秦詞體
趙長卿	〈水龍吟〉「先來天與精神」	102	6744444496・676657544	曹組體 秦詞攤破
無名氏	〈水龍吟慢〉「玉皇金闕長春」	102	64755777・446757577	秦體衍慢式
晁端禮	〈水龍吟〉「夜來深雪前村路」	102	76444444546・6744457544	蘇詞攤破
楊无咎	〈水龍吟〉「西湖天下應如是」	102	76444444546・67444444544	同蘇詞
姜夔	〈水龍吟〉「夜深客子移舟處」	102	76444444546・24744444476	蘇詞體
陸游	〈水龍吟〉「摩訶池上追游路」	102	764444445433・67444444544	蘇詞體
趙長卿	〈水龍吟〉「煙姿玉骨塵埃外」	102	766644496・67665776	蘇詞攤破
辛棄疾	〈水龍吟〉「聽兮清佩瓊瑤些」	102	7648444546・674844458	仿楚辭體
李之儀	〈水龍吟〉「晚風輕拂」	102	44544444496・67444444544	
蔣捷	〈水龍吟〉「醉兮瓊瀣浮觴些」	103	76444444546・67544444544	仿楚辭體

張孝祥	〈水龍吟〉 「竹輿曉入青陽」	104	67444444546 · 67444444546	秦詞體
趙長卿	〈水龍吟〉 「酒潮勻頰雙眸溜」	104	76444444546 · 6546644494	蘇詞體
趙長卿	〈水龍吟〉 「韶華迤邐三春暮」	104	76444444546 · 65466444544 7644444496 · 696644476	蘇詞攤破
秦　觀	〈鼓笛慢〉 「亂花叢裡曾攜手」	106	769557546 · 674455795	添字水龍吟

第四章　水龍吟之用韻探析

　　填詞既稱倚聲之學，不但它的句度長短，韻位疏密，必須與所用詞調的節拍相諧，也就是歌詞所要表達的各種情感得與每一曲調的聲情相融合，這樣才能引發共鳴，使人留下深刻的印象。

　　劉勰《文心雕龍・聲律》曾說：「是以聲畫妍蚩，寄在吟詠；吟詠滋味，流於字句。氣力窮於和韻。異音相從謂之和，同聲相應謂之韻。韻氣一定，故餘聲易遣；和體抑揚，故遣響難契。屬筆易巧，選和至難；綴文難精，而作韻甚易。雖纖意曲變，非可縷言；然振其大綱，不出茲論。」〔註1〕句韻的和諧但求「同聲」，句中聲調的布置卻要做到抑揚有致，所以「選和至難」，而「作韻甚易」。戈載《詞林正韻・發凡》也說：「詞之諧不諧，恃乎韻之合不合。韻各有其類，亦各有其音，用之不紊，始能融入本調，收足本音耳。」〔註2〕強調藉著韻腳的「同聲」作用，達到和諧的層次感，使讀者和聽者產生共鳴。

　　詞韻不如詩韻嚴格，詞又有許多越部之例，推究其因，主要是地方方言融入所致，也因為如此，造就了詞韻在地域性與時間性上之差別，而使詞韻分部因時代而異，值得探究；大抵來說，詞較多的因素

〔註1〕〔梁〕劉勰：《文心雕龍》（臺北：臺灣商務印書館，1986年3月影印文淵閣《四庫全書》本），冊1478，頁47。

〔註2〕戈載：《詞林正韻》（臺北：文史哲出版社，1991年12月），頁26。

仍受音樂影響，即不同詞境造就出不同的用韻，每一韻部也有合適的
聲情，唯有詞韻聲情諧美，才是完美的詞作。

　　本章首在探析〈水龍吟〉用韻分佈的情形，再就〈水龍吟〉越部
出界的現象，探究其原因及影響，再而把〈水龍吟〉用韻與情感表現
相互比對，勾畫出詞調聲情的概況；最末討論〈水龍吟〉和韻的情形
與特色。

第一節　用韻分佈的情形

　　詞盛於宋，但宋代卻無詞韻韻書，戈載云：「古無詞韻，古人之
詞，即詞韻也。」〔註3〕南宋初年朱敦儒擬作《應制詞韻》十六條，
爲詞韻韻書之始，然不傳。其後，沈謙、趙籲、李漁、胡文煥等，都
有韻書之作，但韻部分合不一，影響不大。直到清代仲恒的《詞韻》
和戈載的《詞林正韻》問世，詞韻才有公認的用韻參考。

　　《詞林正韻》以沈謙《詞韻略》爲基礎編寫而成，原則爲「取古
人之名詞參酌而審訂之」，〔註4〕分詞韻爲十九部，平上去聲合部，共
分十四部，入聲單立，分五部。雖寬於詩韻，但有一定的參考價值。

　　〈水龍吟〉的用韻，大部份是在上片的第二、五、八、十二句，
與下片第一、三、六、九、十二句上。所押韻腳，除了辛棄疾「聽兮
清珮瓊瑤些」詞押第八部平聲韻，蔣捷「醉兮瓊瀣浮觴些」押第二部
平聲韻；曹勛「傍偕紅藥」詞押十一部（廷）青攝及史達祖〈龍吟曲〉
「道人越布單衣」押第八部撓（爻）攝，爲平仄聲通押外，其餘均押
仄聲韻，而且大都爲上、去聲通押。

　　爲求全面了解〈水龍吟〉用韻的全貌，筆者以《詞林正韻》分部、
《廣韻》分目爲準，分別查明該字所屬的韻目位置，來探究〈水龍吟〉
的用韻分布情形。然後，再按照所在韻部，歸納出與之相對應的韻攝，

〔註3〕　戈載：《詞林正韻》，頁26。
〔註4〕　戈載：《詞林正韻》，頁25。

以利多方面探討出韻、落韻的原委。若遇一字多音而分屬不同韻目者，則根據詞意而查其字義，來判定其所屬之韻目。茲將統計歸納後所獲得的詞韻分部成果，其選用韻字及使用次數，臚列於下：

【第一部】

一董：動（3）

二腫：擁（1）捧（1）聳（1）

一送：鳳（3）夢（3）凍（2）弄（2）楝（1）

二宋：宋（1）

三用：重（2）共（2）縱（1）供（1）種（1）

【第二部】

十陽：陽（1）裳（1）方（1）廂（1）涼（1）香（1）傷（1）

十一唐：黃（1）蒼（1）

三十六養：賞（2）像（2）想（2）槳（1）丈（1）享（1）往（1）

三十七蕩：莽（1）

四十一漾：上（2）將（1）仗（1）帳（1）悵（1）唱（1）漾（1）杖（1）漲（1）相（1）

四十二宕：浪（2）

【第三部】

四紙：倚（11）是（9）此（6）蕊（4）委（4）紙（3）綺（3）髓（1）

五旨：水（51）比（16）美（4）死（2）指（2）旨（1）鄙（1）履（1）

六止：起（33）里（28）裏（28）子（16）耳（7）喜（7）史（6）李（6）已（5）矣（4）理（3）止（3）市（2）似（2）齒（2）你（1）鯉（1）址（1）己（1）紀（1）芷（1）始（1）

恥（1）

七尾：幾（6）尾（4）葦（1）偉（1）

十一薺：底（10）洗（8）氏（2）蠡（1）陛（1）米（1）體（1）

十四賄：罪（2）適（1）

五寘：避（10）吹（10）寄（9）睡（9）戲（6）瑞（3）易（3）
騎（2）義（1）被（1）賜（1）

六至：醉（33）地（31）淚（22）翠（13）墜（12）致（8）至（7）
悴（6）媚（5）利（4）膩（3）治（3）愧（2）寐（2）贄
（2）視（1）懟（1）器（1）鼻（1）轡（1）冀（1）四（1）
畀（1）

七志：意（30）記（14）思（11）事（10）字（5）試（4）侍（4）
志（2）異（1）寺（1）餌（1）

八未：氣（17）未（8）味（8）胃（2）貴（2）渭（1）卉（1）

十二霽：閉（15）計（9）麗（5）髻（3）細（3）霽（3）繼（3）
濟（3）翳（2）褉（2）繫（1）唳（1）砌（1）婿（1）
儷（1）桂（1）

十三祭：際（15）歲（10）世（10）綴（9）衛（3）裔（3）憩（2）
厲（2）袂（2）說（1）誓（1）曳（1）滯（1）例（1）
製（1）勢（1）脆（1）

十四太：會（9）外（8）旆（2）酹（1）蛻（1）鱠（1）

十八隊：碎（14）退（5）對（5）隊（1）珮（1）佩（1）內（1）

【第四部】

八語：語（21）許（20）舉（9）楚（8）緒（5）與（5）去（4）
竚（3）暑（3）處（3）黍（2）墅（2）醑（2）炬（1）礎
（1）泞（1）渚（1）汝（1）俎（1）女（1）楮（1）旅（1）
宁（1）潀（1）

> 九噳：雨（31）舞（17）主（14）取（6）武（5）縷（4）宇（4）
> 　　　柱（3）數（2）乳（1）斧（1）輔（1）拄（1）鵡（1）聚
> 　　　（1）侮（1）甫（1）府（1）羽（1）栩（1）庾（1）

> 十姥：苦（8）戶（7）土（7）古（6）浦（5）虎（4）圃（3）吐
> 　　　（3）鼓（3）塢（2）艣（2）否（2）午（2）五（1）祖（1）
> 　　　魯（1）虜（1）譜（1）部（1）

> 九御：去（41）處（33）絮（6）據（6）踞（2）覷（2）耡（2）
> 　　　助（1）颿（1）預（1）箸（1）馭（1）曙（1）

> 十遇：住（10）句（8）樹（8）數（7）賦（6）霧（6）付（4）
> 　　　注（4）遇（3）駐（3）趣（2）附（1）寓（1）懼（1）聚
> 　　　（1）屨（1）

> 十一暮：路（18）露（16）暮（10）度（10）步（9）鷺（6）妒
> 　　　（6）故（5）顧（5）素（5）渡（4）誤（4）污（4）訴
> 　　　（3）負（2）兔（2）蠹（1）寤（1）吐（1）做（1）富
> 　　　（1）護（1）富（1）

【第五部】

> 十二蟹：罷（3）買（1）

> 十三駭：駭（1）

> 十五海：載（1）綵（1）海（1）

> 十四太：奈（3）帶（1）

> 十七夬：快（1）

> 十九代：在（4）愛（2）黛（2）態（2）載（1）慨（1）戴（1）
> 　　　礙（1）再（1）

【第六部】

> 十六軫：盡（6）緊（2）

> 十七準：準（1）

十八吻：粉（1）

十九隱：隱（2）

二十一混：損（3）

二十一震：信（6）認（4）鬢（3）晉（1）印（1）刃（1）陣（1）

二十二稕：潤（2）俊（1）

二十三問：問（6）韻（2）分（1）

二十四焮：近（4）

二十六圂：困（2）搵（2）寸（1）嫩（1）

二十七恨：恨（5）

【第七部】

二十阮：遠（10）晚（8）苑（3）卷（2）幰（1）誕（1）

二十三旱：懶（3）

二十四緩：暖（7）管（4）滿（3）浣（1）煖（1）

二十六產：眼（2）限（1）琖（1）

二十八獮：淺（8）翦（2）轉（1）軟（1）捲（1）展（1）遣（1）

二十五願：怨（7）勸（1）

二十八翰：散（7）漢（4）岸（2）看（2）汗（2）按（1）粲（1）
歎（1）燦（1）翰（1）

二十九換：斷（10）伴（4）館（4）觀（2）亂（2）半（2）換（2）
喚（1）畔（1）煥（1）冠（1）

三十諫：雁（3）慣（1）

三十一襇：盼（1）幻（1）

三十二霰：見（9）燕（6）宴（5）殿（3）遍（3）綻（2）片（2）
蒨（1）電（1）甸（1）霰（1）

三十三線：面（4）眷（3）轉（3）院（3）彥（1）扇（1）變（1）

濺（1）線（1）囀（1）

【第八部】

三蕭：聊（1）

四宵：瑤（1）瓢（1）

五爻：撓（1）

六豪：毫（1）蒿（1）猱（1）濤（1）高（1）醪（1）膏（1）

二十九篠：曉（15）了（9）鳥（3）杳（2）窈（2）嫋（2）皎（1）

三十小：少（21）繞（7）表（7）小（6）杪（5）悄（2）沼（1）
紗（1）擾（1）趙（1）眇（1）渺（1）矯（1）

三十一巧：巧（3）拗（3）

三十二皓：老（23）好（12）早（12）草（11）道（10）掃（7）
惱（6）倒（4）考（3）抱（3）島（3）保（2）皓（1）
棗（1）討（1）造（1）

三十四嘯：嘯（5）調（4）釣（4）眺（2）弔（1）

三十五笑：笑（11）照（7）詔（5）妙（4）峭（2）召（2）耀（1）
少（1）嶠（1）燎（1）廟（1）

三十六效：覺（2）教（1）棹（1）

三十七号：到（10）號（6）帽（4）傲（2）報（2）蹈（1）纛（1）
好（1）

【第九部】

三十三哿：我（4）舸（1）

三十四果：鎖（5）麼（4）墮（1）火（1）瑣（1）朵（1）

三十八箇：大（4）

三十九過：過（5）和（5）破（5）座（1）

【第十部】

三十五馬：也（5）社（4）寫（3）馬（3）者（2）啞（2）灑（2）
雅（1）寡（1）把（1）野（1）舍（1）

十五卦：畫（3）挂（2）

四十禡：夜（6）下（6）借（3）舍（2）瀉（2）話（2）暇（2）
抹（2）化（1）射（1）價（1）姹（1）砑（1）卸（1）亞
（1）賈（1）咤（1）

【第十一部】

十五青：廷（1）

三十八梗：影（10）冷（9）景（6）永（4）省（3）梗（1）

三十九耿：耿（1）

四十靜：井（5）靜（5）整（3）嶺（2）領（2）頃（1）

四十一迥：醒（5）艇（3）並（3）頂（2）茗（1）鼎（1）迥（1）

四十三等：肯（1）

四十三映：鏡（6）映（1）命（1）

四十五勁：聘（1）清（1）性（1）政（1）淨（1）盛（1）勁（1）
另（1）

四十六徑：聽（3）定（3）暝（2）徑（1）逕（1）瑩（1）

四十七證：興（7）凝（2）稱（1）

【第十二部】

四十四有：酒（18）手（17）首（15）有（12）否（10）柳（5）
守（4）久（4）友（3）九（3）受（2）授（2）肘（1）舅
（1）負（1）朽（1）

四十五厚：斗（16）口（5）走（5）厚（2）叟（2）狗（1）偶（1）

四十九宥：壽（19）舊（16）晝（15）又（9）瘦（8）秀（8）袖

（7）驟（6）就（4）右（3）皺（3）繡（3）岫（2）甃（2）咒（1）胄（1）酎（1）祐（1）僽（1）疚（1）覆（1）富（1）

五十候：後（10）候（8）透（6）奏（5）漏（2）寇（1）句（1）

【第十三部】

四十七寢：錦（1）甚（1）枕（1）

【第十四部】

四十八感：慘（1）

四十九敢：覽（1）

五十一忝：點（1）簟（1）

五十三豏：減（2）黯（1）

五十三勘：纜（1）暗（1）

五十四闞：淡（2）

五十五艷：焰（1）

五十七驗：劍（1）斂（1）

【第十五部】

一屋：復（1）木（1）腹（1）竹（1）目（1）福（1）

三燭：玉（1）屬（1）

【第十六部】

四覺：角（3）幄（1）

十八藥：酌（3）約（3）鵲（2）弱（1）爵（1）腳（1）著（1）略（1）藥（1）

十九鐸：樂（3）閣（3）薄（2）索（2）萼（2）鶴（2）壑（2）橐（1）漠（1）箔（1）郭（1）廓（1）落（1）

【第十七部】

> 五質：日（3）
>
> 六術：出（1）
>
> 二十陌：白（7）客（6）屐（4）碧（1）宅（1）伯（1）格（1）
> 　　　　百（1）額（1）澤（1）
>
> 二十一麥：隔（3）
>
> 二十二昔：跡（7）役（4）夕（3）脊（1）尺（1）惜（1）昔（1）
> 　　　　席（1）積（1）
>
> 二十三錫：笛（9）狄（4）歷（4）鶂（1）壁（1）
>
> 二十四職：職（4）色（4）息（3）翼（1）識（1）憶（1）側（1）
> 　　　　偪（1）極（1）
>
> 二十五德：國（5）特（4）北（3）得（3）
>
> 二十六緝：立（2）溼（1）入（1）蟄（1）吸（1）及（1）

【第十八部】

> 九迄：屹（1）
>
> 十月：月（2）越（1）發（1）闕（1）髮（1）歇（1）
>
> 十一沒：骨（2）
>
> 十六屑：潔（1）切（1）結（1）節（1）咽（1）
>
> 十七薛：別（2）滅（1）說（1）劣（1）雪（1）絕（1）
>
> 三十帖：蝶（1）

【第十九部】

> 三十三狎：押（1）

總合上列所得，可以發現〈水龍吟〉除了跨韻部不討論外，除了辛棄疾「聽兮清珮瓊瑤些」詞押第八部平聲韻，蔣捷「醉兮瓊瀣浮觴些」押第二部平聲韻外，用韻全屬仄聲韻，且幾乎集中在第三、四、八、十

二、七、十七部；而第十三、十五、十九部則未見詞人單獨使用之。

　　若從韻腳來探討，就韻部來說，第三、四、八、十二部幾乎每一韻目都被多次運用，尤以第三部之「五旨」水攝（51）、「六止」起攝（33）、「六至」醉攝（33）、地攝（31）、「七志」意攝（30），第四部之「九噳」雨攝（31）、「九御」去攝（41）、處攝（33）等為最。第十九部僅「三十三狎」一韻腳、第十三部僅「四十七寑」三韻腳，使用頻率最低。

　　而完全未被使用的韻目則有：

　　第二部：「三講」「四絳」

　　第三部：「二十廢」

　　第五部：「十五卦」「十六怪」

　　第六部：「二十二很」

　　第七部：「二十五潸」「二十七銑」

　　第十一部：「四十二拯」「四十四靜」「四十八隥」

　　第十二部：「五十一幼」

　　第十三部：「五十二沁」

　　第十四部：「五十梜」「五十二儼」「五十四檻」「五十五范」「五十六悿」「五十八陷」「五十九鑑」「六十梵」

　　第十五部：「二沃」

　　第十七部：「七櫛」

　　第十八部：「八勿」「十二曷」「十三末」「十四黠」「十五鎋」「二十九葉」

　　第十九部：「二十七合」「二十八盍」「三十一業」「三十二洽」「三十四乏」

　　考究其原因，或許是因為這三部韻字太少，如第十三部上聲及去聲，各僅只有一韻目，而字義又較偏狹，故第十三、十五、十九部多與其他韻部跨用。

　　影響詞人選擇韻部的原因，不外乎詞調本身的屬性、時代背景的

影響、詞意的聲情表現，甚至是詞人的偏好等，從〈水龍吟〉所用韻部（跨越韻部者不計），可由下表得知：以第三部、第四部、第八部及十二部所佔比例最多，四部總合比例幾超過百分之八十。其次依序是第七部、第十七部、第十一部、第二部、第十部、第一部。而詞人鮮少使用，比例甚至低於百分之一的則有：第五、六、九、十四、十六、十八部。

　　第三部比例最高，幾達百分之三十五，第四部亦佔百分之二十三，二者所用韻部已超過〈水龍吟〉詞作的二分之一；可見，第三部與第四部最受宋代〈水龍吟〉作者愛用。也可說〈水龍吟〉的用韻上聲以「紙」、「旨」、「止」、「尾」、「薺」、「語」、「噳」、「姥」，去聲以「寘」、「至」、「志」、「未」、「霽」、「祭」、「太」、「隊」、「御」、「遇」、「暮」等韻為主。

　　用韻統計（跨越韻部者不計）

韻　部	一	二	三	四	五	六	七	八	九	十
數　量	3	4	86	59	1	2	14	29	1	4
比例（％）	1.2	1.6	34.3	23.5	0.4	0.8	5.6	11.6	0.4	1.6
評　比	8	7	1	2	10	9	4	3	10	7

韻　部	十一	十二	十三	十四	十五	十六	十七	十八	十九
數　量	7	29	0	1	0	2	10	2	0
比例（％）	2.8	11.6		0.4		0.8	4.0	0.8	
評　比	6	3					5		

第二節　越出部界的觀察

　　在三百一十一闋〈水龍吟〉中，同時使用兩個韻部以上的詞，共計五十四闋。其交會類型主要有：「第三部與第五部」、「第六部與第七

部」、「第十五部與第十六部」、「第九部與第十部」、「.第十七部與第十
八部」、「第十六部與第十九部」、「第十八部與第十六部」、「第六部與第
十一、十三部」、「第六部與第十一部」、「第七部與第十四部」、「第六、
七、十四部」、「第三部與第四部」、「第三部與第七部」、「第三部與第十
部」、「第八部與第十二部」、「第五部與第十部」、「第四部與第九部」計
十七種。其中，以「第六部與第十一部通叶」與「第三部與第四部」兩
類最多，各有八闋；其次是「第八部與第十二部」，有七闋。

　　關於詞韻的互通混同，王力在《漢語詩律學》中，於《詞韻》十
九部外，還按照距離正軌的遠近，分爲「變而不離其宗」、「-t-p-k 相
混」、「-n-ng-m 相混」、以及「特別變例」四種。〔註5〕士會的《詩詞
契領》，則將詞的混韻分爲六類：分別爲：「以元音 i 爲韻尾者」、「尾
輔音-n 的韻語」、「尾輔音-n 和-ng 的韻語」、「尾輔音-m 和-n、-ng 的
韻語」、「尾輔音-t、-p、-k 的韻語」、「同爲-k 尾輔陰的韻語」。〔註6〕
筆者以王力的分法爲主，輔以士會的說法，並依〈水龍吟〉實際越部
的情形，予以分析如下：

一、變而不離其宗

　　王力所謂「變而不離其宗」是指那些雖在《詞韻》爲不同部，然
而在《切韻》系統中爲同類者。王力又細分爲「第三部與第五部通叶」
（韻尾皆爲 i）、「第六部與第七部通叶」（韻尾皆爲 n）、「第十五、十
六兩部與十七部通叶」（韻尾皆爲 k）、「第十七、十八兩部與第十九
部通叶」（韻尾皆爲-p）四類。〈水龍吟〉除「第十七、十八兩部與第
十九部通叶」（韻尾皆爲-p）外，都有例子屬之。

（一）第三部與第五部通叶

　　〈水龍吟〉中有五闋詞屬此類用法。

〔註5〕王力：《漢語詩律學》（上海：上海教育出版社，1988 年 1 月），頁
　　　546～564。
〔註6〕士會：《詩詞契領》（香港：萬里書店，2001 年 4 月），頁 256～259。

1. 韓元吉－「五谿深鎖煙霞」：世（祭）對（隊）寐（至）桂（霽）
洗（薺）氣（未）碎（隊）載（海）醉（至）

2. 趙長卿－「先來天與精神」：態（代）綵（海）奈（太）外（太）
買（蟹）會（太）在（代）對（隊）

3. 盧祖皋－「杜鵑啼老春紅」：奈（太）佩（隊）退（隊）在（代）
翠（至）醉（至）海（海）會（太）戴（代）

4. 黃　昇－「少年有志封侯」：外（太）礙（代）蛻（太）對（隊）
在（代）罪（賄）快（夬）會（太）

5. 無名氏－「玉皇金闕長春」：載（代）慨（代）會（太）對（隊）
黛（代）隊（隊）珮（隊）退（隊）愛（代）

從韻攝的角度來看，祭、霽、薺、未、海、代、太、蟹、隊、海、賄、夬同屬「蟹」攝，它們在《詩韻》上早已相通，只是有開口、合口的區別。而至、未雖屬於「止」攝，但是從董同龢《漢語音韻學》擬音來分析，至〔-juei〕未〔-Jwi〕、海〔-Ai〕、代〔-Ai〕、賄〔-uAi〕、隊〔-uAi〕、太〔-Ai〕〔-uAi〕、蟹〔-éi〕、夬〔-uai〕、祭〔-jéi〕、霽〔-iuEi〕薺〔-iEi〕，同樣以元音〔i〕為韻尾。

（二）第六部與第七部通叶

〈水龍吟〉中，第六、第七部相通者有兩闋，是:吳文英「滄雲籠月微黃」詞與真知柔「碧霄彩斾垂鈴」詞，韻腳如下：

1. 吳文英－「滄雲籠月微黃」：緊（軫）遠（阮）面（線）線（線）
苑（阮）鬢（震）蒨（霰）盡（軫）怨（願）

2. 真知柔－「碧霄彩斾垂鈴」：燦（翰）煥（換）電（霰）眷（線）
翰（翰）甸（霰）殿（霰）冠（換）嫩（慁）其中
軫與慁屬「臻」攝，擬音為〔-ien〕與〔-uWn〕；線、霰、願、翰、換則屬「山」攝，以擬音來看線〔-jén〕、霰〔-iEn〕、願〔-ju̇n〕、翰〔-iAn〕、換〔-uAn〕。

比較兩部擬音，可見它們同樣具有尾輔音〔-n〕，所以可證第六部與第七部通叶。

（三）第十五部與第十六部通叶

〈水龍吟〉第十五部與第十六部通叶的僅有一闋詞，爲王邁的「橙黃橘綠佳期」詞，所押韻字如下：

1. 王　邁－「橙黃橘綠佳期」：復（屋）木（屋）鶴（鐸）腹（屋）
玉（燭）竹（屋）屬（燭）目（屋）福（屋）

其中鐸爲「宕」攝，擬音爲〔-Ak〕，屋與燭屬「通」攝，擬音分別爲〔-uk〕與〔-juok〕。比較兩音韻，可見鐸、屋、燭同樣具有尾輔音〔-k〕，所以第十五、十六部兩部相通。

（四）第九部與第十部通叶

吳文英「幾番時事重論」詞中，其中一韻腳「舸」，屬第九部「哿」韻，與其他韻字不同部，爲第九與第十部混用，就唐韻來看「哿」屬「歌」部上聲，「馬」屬「麻」部上聲、「禡」屬「麻」部去聲，王力在分析古體詩通韻時，曾經說過：「歌麻在六朝相通，故唐人偶爾也用歌麻通韻。」〔註7〕其全部韻字如下：

1. 吳文英－「幾番時事重論」：下（禡）也（馬）話（禡）寫（馬）
暇（禡）舸（哿）寡（馬）借（禡）夜（禡）

詞中韻字「馬」、「禡」爲第十部，屬「假」攝，擬音爲馬〔-ja〕和〔-ua〕，禡爲〔-a〕和〔ja〕；而第九部「哿」韻字，就韻攝來說，「哿」屬「果」攝，擬音爲〔-A〕，但董同龢曾說：「從多數方言來看，這一攝（果）總像有個較高的元音，不過，高麗、日本和安南譯音都是〔a〕類元音，而且在佛經的對音中，我們也總是用歌戈韻的字代替梵文的-A。」〔註8〕由這兩方面可見「歌」、「麻」早在宋代之前已有通用之例。

〔註7〕王力：《漢語詩律學》，頁332。
〔註8〕董同龢：《漢語音韻學》（臺北：文史哲出版社，1996年10月），頁174。

（五）第八部與第十二部通叶

在〈水龍吟〉跨韻部混韻的整理中，出現七闋詞出現同一現象為：第八部與第十二部混用的情形，其全部韻字如下：

1. 周紫芝－「楚山木落風高」：瘦（宥）秀（宥）矯（小）老（皓）表（小）杪（小）少（小）曉（篠）

2. 趙長卿－「淡煙雲靄濛濛」：畫（宥）了（篠）少（小）透（候）手（有）又（宥）峭（笑）後（候）

3. 劉　過－「謫仙狂客何如」：好（皓）緲（小）小（小）少（小）棹（效）道（皓）否（有）草（皓）老（皓）

4. 劉　過－「晚晴一碧天如水」：掃（皓）表（小）斗（厚）奏（候）悄（小）嶠（笑）少（小）曉（篠）老（皓）

5. 危　積－「洛陽九老圖中」：小（小）壽（宥）少（小）了（篠）又（宥）老（皓）首（有）好（皓）酒（有）

6. 姚　勉－「芰荷香雨初收」：曉（篠）候（候）詔（笑）少（小）笑（笑）召（笑）耀（笑）照（笑）

7. 周　密－「燕翎誰寄愁牋」：草（皓）峭（笑）酒（有）後（候）驟（宥）袖（宥）透（候）句（候）否（有）

這七闋〈水龍吟〉所押韻字，第八部為：小、篠、皓、效，第十二部為：宥、候、有、厚。就韻攝來說，小、篠、皓、效屬「效」攝，擬音：小〔-jéu〕、篠〔-iEu〕、皓〔-Au〕、效〔-au〕；宥、候、有、厚屬「流」攝，擬音宥〔-ju〕、候〔-u〕、有〔-ju〕、厚〔-u〕，都有共同的〔-u〕韻尾，故兩部應相通。

二、-t-p-k 相混

王力認為：「本來，在詞韻第十六十七兩部中，-t-p-k 已經相混。現在認為變例的，是因為它們比詞韻相混的情況更為突出，連不同的

韻部的也混了。」〔註9〕並分「第十七部與第十八部通叶」、「第十七部第十八部第十九部通叶」、「第十六部與第十九部通叶」、「第十五部和第十七部的職韻字通叶」四類。

士會則指此類變例是：「這主要是指第十七、十八兩部相混，有時還連及第十九部。」〔註10〕並說明「這種情形大概是由於宋人已經分不清-t、-p、-k 三個爆破尾音的差別，同時這幾部的韻目的元音音素又在各韻目中交錯出現的緣故。」〔註11〕〈水龍吟〉在此類-t-p-k相混的越部界通叶，共分「第十七部與第十八部通叶」、「第十六部與第十九部通叶」、「第十六部與第十八部通叶」三類，其韻字如下：

（一）第十七部與第十八部通叶

1. 京　鏜－「推移隨牒紅塵裏」：息（職）屹（迄）昔（昔）憶（職）席（昔）鶒（錫）立（緝）吸（緝）日（質）

2. 辛棄疾－「昔時曾有佳人」：立（緝）國（德）得（德）側（職）滅（薛）客（陌）澤（陌）色（職）及（緝）

3. 程　珌－「道家弱水蓬萊」：得（德）骨（沒）出（術）闕（月）髮（月）積（昔）偪（職）極（職）

（二）第十六部與第十九部通叶

1. 翁溪園－「鎮淮樓下旌旗」：閣（鐸）壑（鐸）略（藥）漠（鐸）箔（鐸）藥（藥）押（狎）郭（鐸）

（三）第十六部與第十八部通叶

1. 秦　觀－「禁煙時侯風和」：薄（鐸）索（鐸）樂（鐸）閣（鐸）落（鐸）抹（末）鵲（藥）酌（藥）角（覺）

2. 秦　觀－「瑣窗睡起門重閉」：薄（鐸）索（鐸）樂（鐸）閣

〔註9〕王力：《漢語詩律學》，頁540。
〔註10〕士會：《詩詞契領》，頁258。
〔註11〕士會：《詩詞契領》，頁258。

（鐸）落（鐸）抹（末）鵲（藥）酌（藥）角（覺）

竺家寧在講解《詩集傳》的叶音提及：「朱子對於《詩經》中，-p、-t、-k 入聲字互相押韻的詩，都未加改叶，可證這三種韻尾在朱子的語言裡已經沒有分別，和其他宋代語料所呈現的一樣，已經變成了喉塞音韻尾。」〔註12〕金周生《宋詞入聲字之分部》說明：

> 詞中主要元音相同而韻尾有-p-t-k 分別之入聲字，因歌詞配合音樂，尾音所佔時間甚短，或僅具收勢，對於聽者音感並無不協，是以作者多通押；唯其字音實有區分，故仍可視為韻部不同而分用。〔註13〕

故可知此-t-p-k 相混，在宋詞入聲字裡越部相叶。

三、-n-ng-m 相混

王力《漢語詩律學》云：「宋代，一般說來，-n-ng-m 三個系統仍舊是分明的，直到現在，北方官話還能保留-n-ng-m 的分別；不過，詞人既可純任天籟，就不免為方音所影響，而當時有些方音已分不清楚-n-ng-m 的系統了，所以它們不能不混用了。」〔註14〕邱耐久〈詞律來源新考〉亦云：「通押的韻部有兩類。一類是入聲韻部，如十六部與十九部通押，十七部與十八、十九部通押。一類是以鼻輔音收尾的陽聲韻中，en、in 韻部與 eng、ing 韻部通押；an 韻部與 am 韻部通押。如六部和十三部通押；六部和十一部通押；七部和十四部通押。」〔註15〕宛敏顥《詞學概論》也提及：「根據宋詞用韻的情況來看，當時的語言應已開始打破這三者界限，所以沈謙謂庚、青、真、文、侵可以合并。因知三類分列者尚拘於韻書，比較保守；而三類合并的基

〔註12〕竺家寧：《聲韻學》（臺北：五南圖書出版有限公司，1995 年 11 月），頁 436。

〔註13〕金周生：《宋詞音系入聲韻部考》（臺北：文史哲出版社，1985 年 4 月），頁 335。

〔註14〕王力：《漢語詩律學》，頁 552。

〔註15〕邱耐久：〈詞律來源新考〉，《廣東社會科學》第 2 期（1988 年），頁 128。

本符合於舊詞協韻的實際。」〔註16〕

在〈水龍吟〉中，〔-n〕〔-ng〕〔-m〕相互通押的類型有「第六部第十一部第十三部通叶」、「第六部第十一部通叶」、「第七部第十四部通叶」、「第六、七、十四通叶」四種。各闋詞所押韻字臚列於下：

（一）第六部第十一部第十三部皆通叶

1. 李曾伯－「此花迥絕他花」：盛（勁）井（靜）錦（寢）陣（震）鏡（映）潤（稕）興（證）甚（寢）

2. 丁　宥－「雁風吹裂雪痕」：影（梗）聽（徑）枕（寢）永（梗）井（靜）冷（梗）領（靜）韻（問）暝（徑）

（二）第六部與第十一部通叶

1. 辛棄疾－「倚闌看碧成朱」：粉（吻）潤（稕）損（混）恨（恨）整（靜）盡（軫）冷（梗）問（問）

2. 馬子嚴－「東君直是多情」：盡（軫）靜（靜）映（映）稱（證）鏡（映）並（迥）迥（徑）韻（問）恨（恨）

3. 高觀國－「舊家心緒如雲」：定（徑）景（梗）影（梗）問（問）準（準）恨（恨）凝（證）暝（徑）信（震）

4. 吳文英－「夜分溪館漁燈」：定（徑）影（梗）興（證）緊（軫）省（梗）隱（隱）茗（迥）近（焮）信（震）

5. 洪　瑹－「經年不見書來」：問（問）近（焮）信（震）困（圂）命（映）鬢（震）損（混）認（震）搵（圂）

6. 何夢桂－「分知白首天寒」：隱（隱）凝（證）近（焮）認（震）恨（恨）另（勁）問（問）信（震）

7. 王沂孫－「淡妝不掃峨眉」：鏡（映）影（梗）井（靜）艇（迥）

迥（迥）認（震）醒（迥）冷（梗）頃（靜）

8. 李居仁－「蕊仙群擁宸遊」：冷（梗）盡（軫）鏡（映）影（梗）

聽（青）艇（迥）醒（迥）瑩（庚）並（迥）

（三）第七部與第十四部通叶

1. 孔　榘－「數枝凌雪乘冰」：點（忝）觀（換）晚（阮）燕（霰）

見（霰）盼（襉）怨（願）限（產）

2. 陸　游－「樽前花底尋春處」：減（豏）遠（阮）畔（換）轉

（獮）院（線）斷（換）燕（霰）扇（線）見（霰）

3. 張紹文－「日遲風軟花香」：懶（旱）暗（勘）淡（闞）斷（換）

展（獮）燕（霰）眼（產）遠（阮）晚（阮）

4. 莫崙－「鏡寒香歇江城路」：懶（旱）瑗（產）黯（豏）雁（諫）

遣（獮）斷（換）眼（產）管（緩）伴（換）

（四）第六、七、十四部通叶

1. 盧祖皋－「蕩紅流水無聲」：遠（阮）懶（旱）暖（緩）晚（阮）

減（豏）散（翰）院（線）見（霰）恨（恨）

〔-n〕〔-ng〕〔-m〕的混用的詞作共有十五闋。在〈水龍吟〉跨韻部通叶的詞作中，佔很大的比例，可推知此種混用情形是宋代詞人常使用的。金周生《宋詞音系入聲韻部考》謂：

> 陽聲韻之-m、-n、-ng 皆屬『餘音』，快板中所佔第位極微，故有時只須主要元音相同，即已具有音質重複出現之押韻感，當爲異部陽聲韻字偶現互押之原因。〔註17〕

可見，詞的唱法也會影響詞的押韻，尤其在快板中，只要主要元音相同即可，不同韻部亦可混用了。張世彬〈詞調研究撮要〉也認爲：

> 在歌曲裡，凡閉口的字最難唱，因其音甫發，即雙唇齊合，僅餘一微弱的鼻音。實爲吃力而難討好。……而歌者遇閉

〔註17〕金周生：《宋詞音系入聲韻部考》，頁 343。

口韻，則或稍變其唱法，即音初發音不閉口，至音終結時
始閉口，此亦爲有可能的事情。苟如此，則該音於閉口之
前，所發的音，即與〔N〕收的字音極接近。〔註18〕

歌者若隨意改變唱法，則〔m〕、〔n〕兩者的發音就容易混用了！

四、特別變例

　　王力將詞混韻別立一類爲「特別變例」，所謂的特別變例，是因
爲那種押韻是出於常理之外的。並述及：

　　依現在所能發現者，則有語御與紙寘相通。這裡所謂語御，
　　包括廣韻的語嘆御遇（姥暮及輕脣字除外）；所謂紙寘，包
　　括廣韻的紙旨止尾薺寘至志未霽祭。這種通叶，有兩種可
　　能的原因。第一種可能，是當時詞人的方音語紙御寘本來
　　相混。例如現代粵語「水」「許」「翠」「去」可以通叶，吳
　　音「聚」「里」可以通叶。第二種可能，是「y」「i」兩音頗
　　有近似之處，詞人從寬通叶。〔註19〕

士會則將宋詞一些較容易發生的混韻情形分六類外，還於其下補充說
明：「有時還會遇到第三、四部相混。」〔註20〕並認爲這種情形可能
是由方言語音引起的。

　　〈水龍吟〉共有八闋詞，爲第三部與第四部相混韻：

（一）第三部與第四部通叶

1. 李　綱－「古來夷狄難馴」：子（止）利（至）渭（未）計（霽）
　　　　　　　　武（嘆）騎（寘）義（寘）至（至）誓（祭）

2. 楊无咎－「西湖天下應如是」：是（紙）子（止）雨（嘆）水
　　　　　　　　（旨）語（語）蠹（薺）麗（霽）味（未）記（志）
　　　　　　　　寺（志）

<hr />

〔註18〕張世彬：〈詞調研究撮要〉，《中華文化復興月刊》10 卷 3 期（1977
　　　　年 3 月），頁 36。
〔註19〕王力：《漢語詩律學》，頁 555～556。
〔註20〕士會：《詩詞契領》，頁 256～259。

3. 趙長卿－「葦綃開得仙花」：似（止）雨（噳）負（暮）主（噳）
   部（姥）許（語）付（遇）處（御）去（御）

4. 方味道－「綸巾少駐家山」：起（止）趣（遇）雨（噳）理（止）
   氣（未）美（旨）芷（止）歲（祭）

5. 李昴英－「碧潭新漲浮花」：至（膩）起（止）水（旨）比（旨）
   地（至）利（至）黍（語）睡（寘）

6. 陳德武－「花驄柳外頻嘶」：去（御）遇（遇）住（遇）處（御）
   易（寘）語（語）緒（語）寄（寘）

7. 楊樵雲－「多情不在分明」：午（姥）路（暮）栩（噳）舞（噳）
   醉（至）此（紙）據（御）寄（寘）

8. 楊樵雲－「一枝斜墮牆腰」：媚（至）綴（祭）際（祭）閉（霽）
   意（志）地（至）語（語）去（御）

　　張世彬〈詞調研究撮要〉也指出唐五代詞：「『語噳姥御遇暮』一組，因與『紙旨止尾薺寘至志未霽祭廢』一組通用的不止一家，故合為一部。」〔註21〕在北宋詞用韻方面，兩組通用的亦有兩詞家以上，故亦歸屬同一部；南宋亦如北宋。可見第三、四部混韻的用法，唐五代詞已有詞人使用之，宋詞亦屬常見。

（二）第五部與第十部通叶

　　〈水龍吟〉同時混用第五部與第十部韻的詞共有三闋，三闋詞都是以第十部韻為主，而以第五部韻字「卦」、「蟹」為輔，據許金枝〈詞林正韻部目分合之研究〉於詞林正韻第五部曰：

> 稼軒詞清平樂（靈皇醮罷）以蟹韻脣音開口二等之「罷」
> 字與馬禡韻相叶，洞仙歌「江頭父老」以卦韻喉音合口二
> 等之「畫」字與馬禡相叶，由此可證，佳韻之通入麻，不
> 純為牙音字也。〔註22〕

〔註21〕張世彬：〈詞調研究撮要〉，頁28～31。
〔註22〕許金枝：〈詞林正韻部目分合之研究〉，《中正嶺學術研究集刊》第5

於第十部，又說：

> 清真詞韻及稼軒詞韻本部均見蟹韻之「罷」字相叶韻。戈氏
> 既將平聲佳之半，去聲卦之半通入本部，何以獨遺蟹之半？
> 戈氏損益之間判定，實未見精審也，故本文以爲詞林正韻本
> 部仄聲應包含蟹之半、卦之半及馬禡二韻全部。〔註23〕

可知：此三闋〈水龍吟〉詞的越部界，應歸因於戈載《詞林正韻》分
部之缺失，依其說法，應全歸第十部韻，其韻字如下：

1. 趙長卿－「危樓橫枕江上」：畫（卦）夜（禡）野（馬）下（禡）
   也（馬）罷（蟹）寫（馬）馬（馬）

2. 辛棄疾－「稼軒何必長貧」：瀉（禡）舍（馬）也（馬）者（馬）
   下（禡）馬（馬）罷（蟹）啞（馬）

3. 辛棄疾－「被公驚倒瓢泉」：瀉（禡）舍（馬）也（馬）者（馬）
   下（禡）馬（馬）罷（蟹）啞（馬）

周祖謨《問學集》曾謂：

> 《廣韻》佳韻字本與皆韻爲一類，然自唐代佳韻之牙音
> "佳、涯、崖"等字即已與麻韻相合，如故宮所藏王仁昫
> 《刊謬補缺切韻》佳與歌、麻同次，即是一證。而洛陽元
> 結宿丹崖翁宅以"崖、家、車"爲韻，亦其類也。宋代語
> 音佳韻去聲卦韻之牙音字亦同麻韻去聲。夬韻匣母之
> "話"字亦然，與今音並同。考"話"之入禡，蓋五代時
> 即已如是。〔註24〕

竺家寧《聲韻學》在說明宋代詩詞的用韻時，也說：「宋代麻韻和歌
戈分開，卻和佳韻合流了。」〔註25〕並舉史達祖〈賀新郎〉以「下（馬）、
社（馬）、者（馬）、樹（禡）、惹（馬）、罷（蟹）」相押，及吳夢窗
〈龍山會〉、周清真〈解語花〉、張昇〈離亭燕〉等爲例，皆是以第五

　　　期（1986 年 8 月），頁 6～10。
〔註23〕許金枝：〈詞林正韻部目分合之研究〉，頁 6～10。
〔註24〕周祖謨：《問學集》（北京：中華書局，2004 年 7 月），頁 606。
〔註25〕竺家寧：《聲韻學》，頁 437。

部與第十部相叶，可見此一混韻用法，在宋代已屬常理。

五、其　他

〈水龍吟〉的越部用韻，除了上述四類較有跡可循或是合乎音韻衍變的合理發展外，尚有六闋混韻詞，應是個人的用韻結果；

（一）第三部與第七部通叶

　1.　黃　裳－「五城中鎖奇書」：喚（換）子（止）漢（翰）伴（換）
　　　　　　　　　　　　　幻（襉）斷（換）館（換）歎（翰）

黃裳「五城中鎖奇書」一詞，其中「子」字隸屬止韻，擬音爲〔-i〕，與「山」攝之翰〔-An〕換〔-uAn〕襉〔-uén〕，在音韻上並沒有相近的關係，故本詞應是作者個人隨意押取的結果。

（二）第三部與第十部通叶

　1.　劉辰翁－「閒思十八年前」：紀（止）水（旨）偉（尾）里（止）
　　　　　　　　　　　　　旨（旨）已（止）綺（紙）鄙（紙）社（馬）

劉辰翁「閒思十八年前」詞，全詞用第三部上聲韻，唯末字「社」字用第十部上聲馬韻，就韻攝來說，「止」攝的止、旨、尾、紙，擬音分別爲止〔-i〕旨〔-juei〕尾〔-juWi〕紙〔-je〕，與「假」攝的馬，擬音爲〔-ja〕較相近者，只有介音〔-j〕〔-i〕耳，所以，本闋詞應是詞人隨意押取的結果。

（三）第四部與第九部通叶

張榘有四闋次韻詞，其韻字都是：過、污、露、大、鎖、破、我、和、麼。其詞如下列：

　1.　張　榘－「暮天絲雨輕寒」：過（過）污（暮）露（暮）大（箇）
　　　　　　　　　　　　　鎖（果）破（過）我（哿）和（過）麼（果）

　2.　張　榘－「晝長簾幕低垂」：過（過）污（暮）露（暮）大（箇）
　　　　　　　　　　　　　鎖（果）破（過）我（哿）和（過）麼（果）

　　3. 張　槊－「先來花較開遲」：過（過）汙（暮）露（暮）大（箇）
　　　　　　　　　　鎖（果）破（過）我（哿）和（過）麼（果）

　　4. 張　槊－「近家添得園亭」：過（過）汙（暮）露（暮）大（箇）
　　　　　　　　　　鎖（果）破（過）我（哿）和（過）麼（果）

　　韻字中，「汙」與「露」屬第四部「暮」字韻，「遇」攝，擬音爲
〔-uo〕，餘皆屬第九部，「果」攝，擬音依序爲過〔-uA〕箇〔-A〕果
〔-uA〕哿〔-A〕，而竺家寧剖析宋代詩詞韻腳的韻母系統，分析「歌
戈麻韻在《切韻》時代是〔A〕類韻母，宋代韻圖有果攝、假攝的名
稱，表示其主要元音已有所不同。也就是歌戈韻的主要元音轉爲〔o〕。」
〔註26〕由此可推知：張槊可能是因爲音相近，也有可能是受個人方音
影響而以第四部與第九部通叶。

　　〈水龍吟〉越出部界的現象雖然各有不同，但是就聲調而言，是
通首限用仄聲韻的，也是〈水龍吟〉格律的常則，應該是不能混用的。
但是，在筆者分析〈水龍吟〉所有詞作時，整理出有二闋詞爲同部異
聲之韻，其詞爲：

　　1. 曹　勛－「傍階紅藥」：靜（靜）聘（勁）清（勁）廷（青）
　　　　　　　　　　性（勁）興（證）並（迥）政（勁）

　　2. 史達祖－「道人越布單衣」：嘯（嘯）少（笑）撓（爻）眺（嘯）
　　　　　　　　　　道（皓）帽（号）老（皓）早（皓）少（小）

　　曹勛「傍階紅藥」詞，題爲：慶王誕辰。韻屬第十一部，其中「廷」
屬平聲「青」韻，「並」屬上聲「迥」韻，其餘韻字皆屬去聲。史達
祖「道人越布單衣」詞，詞牌名本作「龍吟曲」，詞題爲：陪節欲行
留別社友，其中「撓」字爲平聲「爻」韻，「少」爲上聲「小」韻，
餘皆去聲韻字。兩闋詞用韻都跨及平聲、上聲及去聲三聲調。

　　詞人用韻遍及平、上、去的原因，或許是詞人爲了不以詞害義而
採取的臨時措施，也有可能是歌唱時本來就可以互通。唐代民間詞曲

　　　　────────────
〔註26〕竺家寧：《聲韻學》，頁437。

亦有平上去通押的，宋以後，這種例子增多，《詞律・發凡》曾舉出不過不少平上去通押的例子，例如黃庭堅〈鼓笛令〉、蘇軾〈曲玉管〉；辛棄疾三首〈哨遍〉甚至通首以同部平上去混押。〔註27〕而張世彬亦指出，歌者在演唱時，也會採用所謂「融字法」改變字之聲調以就旋律，〔註28〕故，此類平上去通押之例，雖爲少見之作，但平仄韻間換韻可以造成聲調舒促交錯、長短有秩的節奏感，也增強了藝術效果。

第三節　用韻聲情的關聯

　　詞原本是歌詞，寄生在音樂之上，詞所要表達的喜、怒、哀、樂，起伏變化的不同情感，除了要與每一曲調的聲情恰相諧會，也要與詞韻相配合，這樣才能取得音樂與語言、內容與形式的緊密結合，使聽者受其感染，獲致「能移我情」的效果。

　　周濟在《宋四家詞選・目錄序論》也提及：

> 東眞韻寬平，支先韻細膩，魚歌韻纏綿，蕭尤韻感慨，各具聲響，莫草草亂用。〔註29〕

　　曾永義〈影響詩詞曲節奏的要素〉亦曾曰：

> 如果韻部運用得當，可以強化意象，增進情趣，所以選韻對作詩、填詞、製曲相當重要。如果就曲韻來說，那麼大抵東鍾韻沉雄，江陽韻壯闊，車遮韻淒咽，寒山韻悲涼，先天韻輕快，魚模韻舒徐，支思韻幽微，家麻韻放達，皆來韻瀟洒。〔註30〕

　　下表爲〈水龍吟〉用韻與主題間之關係。筆者欲以此表來探討〈水龍吟〉主題與韻部的取用關係，並探究聲韻與情感間的關聯。筆者從

〔註27〕萬樹：《索引本詞律》（臺北：廣文書局，1971 年 9 月），頁 7。
〔註28〕張世彬：《中國音樂史論述稿》（香港：友聯出版社，1975 年），頁 367〜371。
〔註29〕周濟：《宋四家詞選》（北京：中華書局，1985 年《叢書集成初編》影印《滂喜齋叢書》本），頁 6。
〔註30〕曾永義：〈影響詩詞曲節奏的要素〉，《中外文學》4 卷 8 期（1976 年 1 月），頁 24。

〈水龍吟〉實際作品出發，參考王立《中國古代文學十大主題——原型與流變》〔註31〕、林鍾勇《宋人擇調之翹楚——浣溪沙詞調研究》〔註32〕二書之分類，將詞作內容共分十二類，分別爲：相思情愛、離愁別緒、家國情懷、感時傷懷、吟詠風物、寫景遊歷、游仙嚮往、隱逸閒適、宴飲歡樂、歌詠頌揚、祝壽賀詞及其他。並依聲情表達和詞境營造分爲五個主題：一、相思惆悵的聲情、二、慷慨悲憤的聲情、三、詠物寫景的聲情、四、隱逸閒適的聲情、五、歡愉祝賀的聲情。

〈水龍吟〉聲情分佈表（此表不含越部出界之作）

	相思情愛	離愁別緒	感時傷懷	家國情懷	吟詠風物	寫景遊歷	游仙嚮往	隱逸閒適	宴飲歡樂	歌詠頌揚	祝壽賀詞	其他
一					2						1	
二			1	1							1	1
三	2	1	9	10	27	8	1	4	7	5	11	1
四	1	6	10	11	13	2	1	2	1	3	7	1
五	1											
六			1					1				
七			5	1	2	3	1				2	
八		2	3		8		1		5	3	6	
九										1		
十				1		1		2				
十一		1				3		1			2	
十二	1		3	3		2		1		3	15	1
十三												
十四				1								

〔註31〕王立：《中國古代文學十大主題——原型與流變》（臺北：文史哲出版社，1994 年 7 月）
〔註32〕林鍾勇《宋人擇調之翹楚——浣溪沙詞調研究》（臺北：萬卷樓圖書股份有限公司，2002 年 9 月）

十五												
十六						1					1	
十七		1	2		1	1		5				
十八				1	1							
十九												
合計	5	11	35	29	54	18	5	21	8	15	46	4

（一）相思惆悵的聲情

表現相思惆悵者，包含相思情愛、離愁別緒、感時傷懷等主題。這些主題的韻部，分別落在第二、三、四、五、六、七、八、十一、十二、十七部，統計所得，使用次數最多的前三名韻部爲第四、第三、及第七、第八部。李綱「際天雲海無涯」詞，即是用第四部「暮」、「御」、「語」等韻，寫海邊送別好友，追憶往昔歡樂往事，期待再敘死生契闊的七年情誼。

（二）慷慨悲憤的聲情

慷慨悲憤者，此專指〈水龍吟〉詞作中的呈現黍離之悲的家國情懷。這主題分別落在第二、三、四、七、八、十、十二、十四、十八部，而以第三、四韻部偏多。如陳德武「東南第一名州」西湖懷古詞即是用第三部韻，用慷慨而不哀怨，悲壯而不淒涼的筆調，將沉痛的心情寄寓在西湖美景之上。

（三）詠物寫景的聲情

此項聲情，除了詠物、寫景之外，還包括遊歷主題，分別落在第一、三、四、七、八、十、十二、十七、十八部，而以第三、四、八部居多。周邦彥「素肌應怯餘寒」詞，用第三部去聲「至」、「寘」、「霽」「旨」等韻，來塑造花的精神風格，並譜寫出思念遠方情人之惆悵心情。

（四）隱逸閒適的聲情

隱逸閒適聲情除表露隱逸閒適風格的作品，尚包含嚮往游仙詞作。詞韻落在第三、四、六、七、八、十、十一、十二、十七部，而

以第三、八、十七部佔大多數。劉克莊「不須更問旁人」詞，三用第八部「皓」、「笑」韻，寫詞人在生日有感而發，期勉自己拋棄玉帶金貂，任返漁樵耕讀生活，別再自尋煩惱。張鎡「這番真箇休休」詞亦用第八部韻用「效」、「皓」、「笑」等去聲韻，來描述自己嚮往歸隱山林、掙脫名利牢籠，返回任真自得、無拘無束的生活。

（五）歡愉祝賀的聲情

呈現歡愉氣氛的主題，包含宴飲歡樂、歌詠頌揚及祝壽賀詞。它們常見的韻部有第三、四、、十二部。胡寅「玉梅衝臘傳香」用第三部「至」、「志」、「祭」等韻字來祝壽，將壽星的出身貴冑、少有英才、文武功蹟等，仔細記載稱揚，文字華麗而精煉。李彌遜「化工收拾芳菲」詞記載宴遊之樂，亦用第三部「霽」、「至」、「旨」等韻，描繪曲水流觴、晚林張宴的歡樂情景。

第四節　和韻的音韻特色

「和韻」是追和他詞的韻腳而作新詞，〈水龍吟〉和韻的作品中，有的是許多人同和一韻的，如蘇軾、李綱、劉鎮都有和章楶的楊花詞；有的是自己獨和多詞的，此類作品以劉克莊、李曾伯最多；更有後人追和前賢者，如管鑑「小舟橫截西江」詞和蘇軾之「小舟橫截春江」，樓枎「素娥洗盡繁妝」和周邦彥「素肌應怯餘寒」。透過對和韻作品的觀察，可以得知當時詞人間相互酬作的情形，也可得知詞人常用或喜用的韻部、韻腳為何，進而歸納統計出公認的〈水龍吟〉韻腳。

〈水龍吟〉的和韻作品共計四十四闋。尚有多首作品雖於詞序指為「次韻」、「和韻」，但卻查無和韻原唱，可能原唱已經亡佚，無從比較，所以不列入統計中。而作品分布在第三、四、八、十二、十七部，亦有跨韻部的作品，為第四、九部通叶及第十六、十八部通叶。茲將歸納所得作品臚列於下：

（一）第三部

1. 墜（至）、思（志）、閉（霽）、起（止）、綴（祭）、碎（隊）、水（旨）、淚（至）章粢「燕忙鶯懶花殘」、蘇軾「似花還似非花」、李綱「晚春天氣融和」、劉鎮「弄晴臺館收煙候」

2. 起（止）、醉（至）、水（旨）、裏（止）、里（止）、子（止）、記（志）、是（紙）蘇軾「小舟橫截春江」、管鑑「小舟橫截西江」

3. 地（至）、避（寘）、閉（霽）、淚（至）、底（薺）、吹（寘）、起（止）、思（志）、比（旨）周邦彥「素肌應怯餘寒」、樓枎「素娥洗盡繁妝」

4. 閉（霽）、紙（紙）、水（旨）、尾（尾）、寐（至）、裏（止）、胃（未）、未（未）、里（止）楊无咎「小軒瀟灑清宵午」、楊无咎「夜來六出飛花」

5. 地（至）、屬（祭）、氣（未）、繼（霽）、里（止）、濟（霽）、世（祭）、水（旨）、記（志）袁去華「漢家經略中原」、袁去華「漢江流入蒼煙」

6. 事（志）、至（至）、思（志）、睡（寘）、贅（至）、氏（薺）、字（志）、裔（祭）、會（太）劉克莊「年年歲歲今朝」、劉克莊「病翁一榻蕭然」

7. 委（紙）、里（止）、碎（隊）、起（止）、裏（止）、比（旨）、耳（止）、史（止）、喜（止）李曾伯「元英燕罷瑤臺」、李曾伯「玉龍飛下殘鱗」、李曾伯「琅琅環佩三千」

（二）第四部

1. 去（御）、楚（語）、語（語）、步（暮）、許（語）、虎（姥）、取（噳）、緒（語）、苦（姥）李曾伯「江頭雨過黃花」、李曾伯「天涯舍我先歸」

2. 主（噳）、妒（暮）、雨（噳）、舞（噳）、去（御）、覷（御）、

訴（暮）、處（御）陳著「好花天也多慳」、陳著「百花開徧園林」

（三）第四、九部

1. 過（過）、污（暮）、露（暮）、大（箇）、鎖（果）、破（過）、我（哿）、和（過）、麼（果）張榘「暮天絲雨輕寒」、.張榘「晝長簾幕低垂」、張榘「先來花較開遲」、張榘「近家添得園亭」

（四）第八部

1. 早（皓）、號（号）、傲（号）、好（号）、嘯（嘯）、報（号）、笑（笑）、帽（号）、考（皓）劉克莊「先生放逐方歸」、劉克莊「平生酷愛淵明」

2. 照（笑）、拗（巧）、詔（笑）、釣（嘯）、妙（笑）、道（皓）、老（皓）、惱（皓）、號（号）劉克莊「不須更問旁人」、劉克莊「當年玉立清揚」、劉克莊「病夫鬢禿顏蒼」

（五）第十二部

1. 手（有）、舊（宥）、首（有）、否（有）、斗（厚）、晝（宥）、走（厚）、酒（有）、壽（宥）韓元吉「南風五月江波」、辛棄疾「渡江天馬南來」、辛棄疾「玉皇殿閣微涼」

2. 手（有）、授（有）、首（有）、否（有）、有（有）、晝（宥）、口（厚）、叟（厚）、斗（厚）李曾伯「黃旗吉語飛來」、李曾伯「荊州咫尺神州」

（六）第十六、十八部

1. 薄（鐸）、索（鐸）、樂（鐸）、閣（鐸）、落（鐸）、抹（末）、鵲（藥）、酌（藥）、角（覺）秦觀「禁煙時侯風和」、秦觀「瑣窗睡起門重閉」

（七）第十七部

1. 客（陌）、白（陌）、屐（陌）、國（德）、職（職）、迹（昔）、

特（德）、狄（錫）、笛（錫）劉克莊「即令七十平頭」、劉克
莊「行藏自決於心」、劉克莊「先生避謗山樓」、劉克莊「此
翁飽閱人間」

2. 白（陌）、色（職）、隔（麥）、北（德）、跡（昔）、役（昔）、
歷（錫）、夕（昔）、笛（錫）李曾伯「舉杯長揖常娥」、李曾
伯「少年管領良宵」、李曾伯「歸來袖手江湖」

從主題分佈來看，和韻詞中以以詠物詞及祝壽詞兩類最多，主要
是因為〈水龍吟〉在宋代多作為祝壽賀詞用，在歡樂慶賀的氛圍下，
詞人應酬往來，便多和韻之作。而詠物之作，在章楶「燕忙鶯懶花殘」
詞作出現，而有了東坡「似花還似非花」和韻詞更搶風采後，賦詠花
草之作興，和韻之作便更迭而起。

就韻部而言，和韻作品的多寡依序是第三部、第十七部、第八部、
第四部、第十二部、第四、九部通叶及第十六、十八部通叶。和韻最
多的第三部，亦是〈水龍吟〉詞作使用率最高的韻部。而在十七組和
韻作品中，只有四組屬兩人以上的相和之作，其餘皆為個人重唱的次
韻作品。其中，以劉克莊和韻詞所佔最多，共有十一闋；其次為李曾
伯，計有十闋，再次為張榘四闋。

〈水龍吟〉最早的次韻作者為蘇軾，其〈水龍吟・次韻章質夫楊
花詞〉是詠物名作，〈水龍吟〉冠軍作品。其後，更有李綱「晚春天
氣融和」、劉鎮「弄晴臺館收煙候」的次韻之作，致使王國維《人間
詞話》評：「東坡〈水龍吟〉詠楊花，和韻而似原唱。章質夫詞，原
唱而似和韻。才之不可強也如是。」〔註33〕東坡之才情由此可見。

同為詠楊花詞，章楶選用第三部韻營造慵懶幽怨的哀婉之情，春
日燦爛繽紛的楊花飄墜，更襯托幽閨少婦的孤寂無歡。東坡的楊花，
化作了春日尋郎無蹤的可憐女子，她那寸寸柔腸，受盡了離愁的痛苦
折磨，思念無望，將楊花的感情色彩，調和得更濃郁。

〔註33〕唐圭璋：《詞話叢編》，（臺北：中華書局，1996 年 6 月），冊四，頁
4247。

　　李綱「晚春天氣融和」詞則延用蘇軾楊花詞中「美人傷春」意象，景愈麗而情愈深罷了；而劉鎮「弄晴臺館收煙候」詞則於清明用〈水龍吟〉調詠桃花，借用「人面桃花」及「司馬相如」故事，摹寫春景點綴輕愁，清麗幽雅，又跳脫東坡詞的穠麗情調。

　　辛棄疾亦有兩闋自和詞，「渡江天馬南來」詞序題「爲韓南澗尙書壽甲辰歲」，「玉皇殿閣微涼」詞則爲「次年南澗用前韻爲僕壽。僕與公生日相去一日，再和以壽南澗」，韓元吉「南風五月江波」詞則題「壽辛侍郎」。一來一往的祝壽詞，除了記載兩人深厚的情誼外，更一反一般壽詞的善頌善禱，流露對國事的憤慨，抒發豪情壯志。詞人用「有」、「宥」、「厚」三韻字，寫出沉痛的的呼喚、滿腔的悲憤，蒼涼、感慨的聲情，娓娓道出。

　　詞人之間的追和之詞尙有二組，蘇軾「小舟橫截春江」詞、管鑑「小舟橫截西江」詞，同寫遊賞景色，首句只差一字，蘇軾記夢中宴飲歡樂，醒來難免增添惆悵；管鑑也記遊，但攜家共遊的滿足，富貴難換，閒適中有歡樂，二者造語皆細緻，但詞境卻是開闊的。另一組是樓枌「素娥洗盡繁妝」詞追和周邦彥「素肌應怯餘寒」詞，同爲越調詠梨花詞，詞人選用「寘」、「至」、「旨」等三部韻，詞人的情深、愁遠都在韻字間表露無遺。

　　〈水龍吟〉和韻詞中，劉克莊的自和詞最多，共有十一闋。「年年歲歲今朝」、「病翁一榻蕭然」二詞，用第三部去聲韻自壽二首，祝壽本該是歡樂慶賀的，襯托出詞中年老貧病的無奈，下片語鋒一轉，期勉自己「寬夫彥國，入耆英會」、「年年強健，插花高會」又有奮發氣象，凸顯「去聲韻勁切」的特質。「先生放逐方歸」、「平生酷愛淵明」二詞則用第八部韻，吐露對陶淵明閑靜澹泊的隱居生活嚮往不已，「号」、「嘯」二韻交錯，更顯語氣堅定，瀟灑奔放。「即令七十平頭」、「行藏自決於心」、「先生避謗山樓」、「此翁飽閱人間」四闋詞則皆爲「丁巳生日」的自壽詞與贈答友朋的次韻詞，輪用第十七部的「陌」、「德」、「錫」韻，語氣鏗鏘、情感激昂，雖年已七十，但仍盼

王師早復、太平無事,可縱情詩酒,難掩曠達豪放之雄。

　　張榘有一組四闋的次韻詞,用韻更混用第四部與第九部,「暮天絲雨輕寒」、「晝長簾幕低垂」詞寫初春乍暖還寒、鶯語杏花頭、梁燕築巢,春意盎然,美景當前卻無知音共賞,只能自歌自和,徒留一首悵然。末句「又還知麼」、「早來開麼」問句,無人能答,更顯情愁,將第四部「魚模韻舒徐」的特色彰顯無遺。「先來花較開遲」詞為次前人「頑雪欺春」題,亦寫春景,但情感是樂觀積極的,同是放聲歌唱,卻熱情邀約西湖「肯同遊麼」,春意熱鬧。「近家添得園亭」詞則次韻「丁經之用韻詠園亭」,以閒適安逸的口吻,敘寫安居之樂;上聲韻的「抑揚」、去聲韻的「勁切」互相交織而成的聲情,造成張榘〈水龍吟〉的特殊風情。

　　總的來看,〈水龍吟〉的和韻作品,主要分佈在第三、第四、第八、第十二、第十七部,它與整體的用韻大致相同。這可以顯示,無論是一般詞人的偏好,或是全體詞人的共同意識,基本上,詞人所常用的和所認定的〈水龍吟〉詞韻,正是第三、第四、第八、第十二、第十七部;換句話說,〈水龍吟〉的聲情是近乎這些韻部的。

第五章　水龍吟之名家名作

　　詞，是一種配合音樂的文學，它本爲歌唱而作。詞調，是規定一首詞的音樂腔調。詞調聲情必須要和所要表達的感情相配合，這首作品才能夠達到它的音樂效果。但是，自從詞和音樂逐漸脫離之後，一般詞人不復爲應歌而填詞，而以爲抒情表意，不顧它的音樂性，並忽略掉了詞調的聲情；會影響詞人選調的因素，除了詞調本身的音樂性外，另一原因可能是經由某位詞人帶動下的結果，這種帶動，應該包含數量與質量兩個層面。

　　所謂數量者，是指某位詞家獨鍾某一詞調，於是運用此一詞牌，大量創作詞作。所謂質量者，則是某一詞調出現了著名的作品，引起其他詞家爭相仿作，相繼跟進的結果。在時代的考驗下，這些大家、名作的情思表現，反而成爲這個詞調的主流。

　　現存三百一十一闋〈水龍吟〉，分別是由一百三十三個詞人所寫（無名氏詞不計），平均每個詞人不到三首。但有一百五十闋詞卻是掌握在二十個詞家的手中。這些詞人對〈水龍吟〉的寫作內容、表現方式、聲情展現，一定會對本詞調造成相當程度的影響。因此，無論是在寫作內容，或寫作手法，〈水龍吟〉多多少少會受到這些常填詞人所牽制。

　　本文重點是對〈水龍吟〉名家名作的討論，在材料的選取與根據

方面，筆者分成常塡詞人與著名作品兩方面。常塡詞人主要在統計出
選擇〈水龍吟〉的名家，它包含數量與選評兩個部份，在數量上，可
從「附錄一」得出結果。選評方面，則與〈水龍吟〉名作的擷取條件
相同，爲了求出較具公正客觀的結果，筆者分別從歷來較具地位的二
十五本詞選集進行統計分析，宋迄清選集十二種，分別是：

一、樂府雅詞（及拾遺），〔宋〕曾慥編，影印文淵閣四庫全書本，臺
　　北，臺灣商務印書館，1986 年 3 月。

二、花庵詞選（及續集），〔宋〕黃昇編，影印文淵閣四庫全書本，臺
　　北，臺灣商務印書館，1986 年 3 月。

三、陽春白雪，〔宋〕趙聞禮編，叢書集成初編本，北京，中華書局，
　　1985 年。

四、絕妙好詞，〔宋〕周密編、〔清〕查爲仁、厲鶚箋，影印文淵閣四
　　庫全書本，臺北，臺灣商務印書館，1986 年 3 月。

五、草堂詩餘，佚名編，影印文淵閣四庫全書本，臺北，臺灣商務印
　　書館，1860 年 3 月。

六、詞林萬選，〔明〕楊愼編，四庫全書存目叢書據明末毛氏汲古閣
　　刻詞苑英華本，臺北，莊嚴文化事業公司，1997 年 6 月。

七、花草粹編，〔明〕陳耀文編，影印文淵閣四庫全書本，臺北，臺
　　灣商務印書館，1986 年 3 月。

八、詞綜，〔清〕朱彝尊編，影印文淵閣四庫全書本，臺北，臺灣商
　　務印書館，1986 年 3 月。

九、蓼園詞選，〔清〕黃蘇編，《清人選評詞集三種》，濟南，齊魯書
　　社，1988 年 9 月。

十、宋四家詞選，〔清〕周濟編，叢書集成初編本，北京，中華書局，
　　1985 年。

十一、御選歷代詩餘，〔清〕沈辰垣、王奕清等奉敕編，影印文淵閣
　　　四庫全書本，臺北，臺灣商務印書館，1986 年 3 月。

十二、歷朝名家詞選，〔清〕夏秉衡編，掃葉山房石印本，臺北，廣

文書局 1972 年 9 月。

近代選集十三種，分別是：

一、藝蘅館詞選，梁令嫻編，臺北，臺灣中華書局，1970 年 10 月。

二、宋詞三百首箋注，朱祖謀編、唐圭璋箋注，臺北，臺灣學生書局，
1976 年 9 月。

三、唐五代兩宋詞選釋，俞陛雲編，上海，上海古籍出版社，1985
年 9 月。

四、唐宋名家詞選，龍沐勛編，臺北，臺灣開明書店，1975 年 4 月。

五、唐宋詞選釋，俞平伯編，俞平伯全集，石家莊，花山文藝出版社，
1997 年 11 月。

六、宋詞選，胡雲翼編，上海，上海古籍出版社，1982 年 10 月。

七、唐宋詞簡釋，唐圭璋編，上海，上海古籍出版社，1986 年 11 月。

八、全宋詞簡編，唐圭璋編，上海，上海古籍出版社，1981 年 7 月。

九、詞選，鄭騫編，臺北，中國文化大學出版部，1982 年 5 月。

十、續詞選，鄭騫編，臺北，中國文化大學出版部，1982 年 5 月。

十一、詞選註，盧元駿著，臺北，正中書局，1988 年 10 月。

十二、唐宋詞選，中國社會科學院文學研究所編，北京，人民文學出
版社，1981 年 1 月。

十三、唐宋詞選，夏承燾、盛韜青選注，北京，中國青年出版社，1987
年 2 月。

經由如此廣泛的搜羅與統計結果（見附錄二），所得出的〈水龍
吟〉名作，應該是頗具客觀性及代表性的。

名家名作不僅對詞調的內涵，有著一定程度的啟發，名家名作也
具帶動詞調流行的影響力，當名家創作或名作出現時，往往會成為時
人應和，或後人和韻的對象，在唱和酬作中，漸漸伴演詞調傳播的推
手，因此，對名家名作的分析統計，有助於了解：〈水龍吟〉在宋代
流行的原因、哪些詞人喜歡選擇〈水龍吟〉創作、哪些題材受到重視，
進而得出〈水龍吟〉的代表人物與代表作品。

第一節　選評標準

欲評選出〈水龍吟〉之名家，牽涉到兩個重點，一是作品數量的多寡，二是作品本身的評價。前者關係著影響層面的大小，並左右著詞調本身的聲情，甚至於形式；後者則與作品的流傳度息息相關。

就第一點來看，〈水龍吟〉填作最多的前三十一名詞人，分別是：

李曾伯（23）	劉克莊（17）	趙長卿（11）
吳文英（10）	曹　勛（7）	劉辰翁（7）
蘇　軾（6）	李　綱（6）	楊无咎（6）
陳　著（6）	張　榘（5）	王沂孫（5）
晁端禮（4）	秦　觀（4）	晁補之（4）
韓元吉（4）	盧祖皋（4）	周　密（4）
陳德武（4）	周紫芝（3）	呂渭老（3）
史　浩（3）	袁去華（3）	京　鏜（3）
史達祖（3）	高觀國（3）	劉　鎮（3）
嚴　仁（3）	李昴英（3）	張　炎（3）

再就第二點來看，筆者分析二十五種選集後發現，入選〈水龍吟〉所佔比例最高的詞人，分別是：

蘇　軾（100%）	張　榘（100%）	王沂孫（100%）
晁端禮（100%）	晁補之（100%）	呂渭老（100%）
史達祖（100%）	劉　鎮（100%）	嚴　仁（100%）
張　炎（100%）	楊无咎（83%）	秦　觀（75%）
周　密（75%）	李　綱（67%）	周紫芝（67%）
辛棄疾（54%）	韓元吉（50%）	盧祖皋（50%）
趙長卿（36%）	袁去華（33%）	高觀國（33%）
李昴英（33%）	吳文英（30%）	陳德武（25%）
劉克莊（18%）	劉辰翁（14%）	

從這兩項統計中，筆者再找出它們共同的區域。假若詞人的作品

數量既多，評價的數目比例亦是最高，則此位詞人即是〈水龍吟〉的名家。若是作品數量最多者，其所入選的比例卻不一定最高；或是，入選比例最高者，而詞人的作品卻不是最多。若遇兩者之間差遇過大的話，筆者認爲該取決於作品入選詞集的數目。因爲作品的數目多，雖有助於詞調的傳播，但是作品若不能受到讀者的共鳴，或是詞評家的青睞，那影響層面也是有限的。

　　但是，基於選取品質的維持，作品的數量至少得超過所有詞作的平均值。依此條件，兩相對照之下，可得出〈水龍吟〉主要名家十位，包含辛棄疾、蘇軾、王沂孫、晁端禮、晁補之、秦觀、周密、劉鎮、嚴仁、張炎。次要名家十位，包括張榘、呂渭老、史達祖、楊无咎、李綱、韓元吉、盧祖皋、趙長卿、吳文英、劉克莊（見下表）。

〈水龍吟〉常填詞人與入選作品比對表

類　　別	詞作總數	詞作入選數（名次）	比例	入選詞集數	評比
李曾伯	23	0	0%	0	
劉克莊	17	3	18%	4（11）	△
辛棄疾	13	7（2）	54%	32（1）	○
趙長卿	11	4	36%	4（11）	△
吳文英	10	3	30%	6（9）	△
曹　勛	7	0	0%	0	
劉辰翁	7	1	14%	2（12）	
蘇　軾	6	6（1）	100%	23（2）	○
李　綱	6	4	67%	4（11）	△
楊无咎	6	5	83%	4（11）	△
陳　著	6	0	0%	0	
張　榘	5	5	100%	5（10）	△
王沂孫	5	5（3）	100%	22（3）	○
晁端禮	4	4（4）	100%	15（4）	○
秦　觀	4	3	75%	7（8）	○
晁補之	4	4（5）	100%	10（6）	○

韓元吉	4	2	50%	6（9）	△
盧祖皋	4	2	50%	5（10）	△
周　密	4	3	75%	8（7）	○
陳德武	4	1	25%	2（12）	
周紫芝	3	2	67%	2（12）	
呂渭老	3	3	100%	4（11）	△
史　浩	3	0	0%	0	
袁去華	3	1	33%	1（13）	
京　鏜	3	0	0%	0	
史達祖	3	3	100%	5（10）	△
高觀國	3	1	33%	1（13）	
劉　鎮	3	3	100%	11（5）	○
嚴　仁	3	3	100%	7（8）	○
李昴英	3	1	33%	1（13）	
張　炎	3	3	100%	6（9）	○

第二節　名家特色

　　名家作品對〈水龍吟〉內容的影響，除了受到當時時代風氣、文學氛圍的影響外，作者本身的個人風格，也深深影響〈水龍吟〉的聲情與風革。以下就〈水龍吟〉前三名的主要名家，分別予以選評討論，以見不同詞人對〈水龍吟〉的特別詮釋。

一、塡作〈水龍吟〉之聖手──辛棄疾

　　塡作〈水龍吟〉之聖手，首推辛棄疾。辛棄疾（1140～1207）字幼安，號稼軒，歷城（今山東濟南）人。其詞抒寫力圖恢復國家統一的愛國情懷，傾訴壯志難酬的悲憤，對南宋主政派的屈辱投降進行揭露和批判；也有不少吟詠祖國河山的作品。藝術風格多樣，而以豪放爲主。熱情洋溢，慷慨悲壯，筆力雄厚，與蘇軾並稱「蘇辛」。

　　辛棄疾存詞，據鄧廣銘《稼軒詞編年箋注》所載共六百二十六首，

存詞豐富，所用律調亦因之而繁，凡一百零二調。其中雖長短皆具，但大抵以長調爲主，而長調之中，又以〈賀新郎〉、〈念奴嬌〉、〈水調歌頭〉、〈滿江紅〉、〈水龍吟〉篇什最富，勝作亦最多。〔註1〕其〈水龍吟〉共有十三首，內容包涵祝壽賀詞、吟詠花木、勝地風光、歌詠頌人及與友人送別之情誼，用韻亦遍及第三、四、八、一○、十二、十四、十七、十八部，但幾乎每一闋都迴盪著辛棄疾熾熱的愛國熱情，與令人敬佩的忠臣孤憤激昂的情操。

　　辛棄疾抗金報國的壯志難伸，抑鬱苦悶的心情都表現在詞作中，是繼岳飛等人之後，形成了動人的南宋愛國主義豪放詞派昂揚奮發而又沉鬱頓挫的特有風格。〔註2〕辛棄疾是在南渡以後開始詞的創作，早期最知名的即是在孝宗乾道五年（1169）秋，辛棄疾通判建康府時所作的〈水龍吟〉登建康賞心亭，筆者將此詞介紹於下一節。

　　而，一般人認爲〈水龍吟·登建康賞心亭〉最能展現辛棄疾詞「沉鬱頓挫」風格的悲壯豪氣。〔註3〕而〈水龍吟·爲韓南澗尙書壽甲辰歲〉雖名爲壽詞，但其實是借題發揮，感嘆韓元吉長才未及施展卻致仕家居，甚爲惋惜，也是憂傷國事而抒發憤慨。〈水龍吟·過南劍雙溪樓〉亦是以淡靜的寫景之詞，抒發自己勉強抑遏的飛騰壯志，雖然表面看來，情緒似乎低沉，但隱藏在詞句背後的，又正是不能忘懷國事的憂憤。「老來曾識淵明」詞，更是一位曾有過崇高理想、執著的追求、艱苦的奮鬥而又遭致澈底失敗、破滅經歷的志士，所唱出的一曲悲歌，對過去應該追悔而不想追悔的憂恨悲歌。不同於一般的愛國詞人，辛棄疾要求恢復中原的意志和願望極其強烈，但是一生都處在不得意得陰暗政治環境裏，事與願違，一腔忠憤都寄之於詞，那種沉鬱悲涼的複雜心情在〈水龍吟〉諸篇裡，屢屢見之，可見〈水龍吟〉

〔註1〕 鄧廣銘：《稼軒詞編年箋注》（上海：上海古籍出版社，1998 年 12 月），頁 45。
〔註2〕 金諍：《宋詞綜論》（成都：巴蜀書社，2001 年 11 月），頁 168。
〔註3〕 金諍：《宋詞綜論》，頁 168～170。

長調，正適合紓發辛棄疾激昂慷慨之緒，悲涼縣邈之情。

在十三首作品中，〈水龍吟‧題雨巖〉一作，是辛詞中別具一格的寫景傑作。

> 補陀大士虛空，翠巖誰記飛來處。蜂房萬點，似穿如礙，玲瓏窗戶。石髓千年，已垂未落，嶙峋冰柱。有怒濤聲遠，落花香在，人疑是、桃源路。
>
> 又說春雷鼻息，是臥龍、彎環如許。不然應是，洞庭張樂，湘靈來去。我意長松，倒生陰壑，細吟風雨。竟茫茫未曉，只應白髮，是開山祖。〔註4〕

此詞作於帶湖閑居期間，描摹雨巖瑰麗、神秘的勝境。上片寫雨巖穴中玲瓏剔透、似穿如礙的洞竅，嶙峋怪異、將落未落的石鐘乳，總歸於桃源仙境。下片以臥龍鼻息、洞庭仙樂、湘靈鼓瑟、松吟風雨，具體摹擬飛泉音聲，使人「耳」不暇給，美不勝收。最後以讚嘆茫茫難曉的大自然造物主作結，渲染出一派神幻迷離氣氛，令人驚奇之餘，不禁頓生一探為快之心。辛棄疾這首〈水龍吟〉，以細膩的觀察、奇異的想像、磅礴的氣勢，狀寫鬼斧神工般的自然美景，抒發自己暢遊雨巖的體會、感受。雖然隱約可感覺詞作中仍表達了對祖國山水的摯愛之情，但用清麗淡雅的筆調來狀寫風景，一掃憂憤之情，是辛棄疾〈水龍吟〉詞作中，少見的通篇寫景作品，在宋詞中亦屬少見。

在韻式體例上，辛棄疾十三首〈水龍吟〉共用三體。一體前段四仄韻，後段五仄韻，凡五首，為「渡江天馬南來」、「玉皇殿閣微涼」、「楚天千里清秋」、「昔時曾有佳人」、「老來曾識淵明」。一體前後段各四仄韻，凡七首，「斷崖千丈孤松」、「倚欄看碧成朱」、「補陀大士虛空」、「稼軒何必長貧」、「舉頭西北浮雲」、「只愁風雨重陽」屬之。一體前後段各五仄韻，僅一首，「聽兮清珮瓊瑤些」此詞採入《御製詞譜》，注云：「此詞仿楚辭體，每韻下用一『些』字，採以備體。」其中，最特別為仿效屈原楚辭體的〈水龍吟‧用些語再題瓢泉〉：

〔註4〕 唐圭璋編：《全宋詞》，頁1893。

聽兮清珮瓊瑤些。明兮鏡秋毫些。君無去此，流昏漲膩，
生蓬蒿些。虎豹甘人，渴而飲汝，寧猿猱些。大而流江海，
覆舟如芥，君無助、狂濤些。

路險兮、山高些。愧休獨處無聊些。冬槽春盎，歸來爲我，
製松醪些。其外芳芬，團龍片鳳，煮雲膏些。古人既往，
嗟余之樂，樂簞瓢些。〔註5〕

這首詞在詞體中是一種特殊形式，它不同於一般以句子的最後一個字
做韻腳的慣例，而是用語尾字「些」作爲後綴的尾字，又另用平聲「蕭、
肴、豪」韻部的字作實際的韻腳，這就是所謂的長尾韻。這種格律聲
韻具有和諧回應之美，像是有兩個韻腳在起作用。

　　辛棄疾在詞調下題文曰：「用些語再題瓢泉，歌以飲客，聲韻甚
諧，客爲之釂。」瓢泉，泉水清洌，風景優美，爲稼軒的隱居地。作
者以寄言泉水的形式，寓寫自己對現實環境的感受。上片從視覺、聽
覺引發，對泉水表達欣賞、讚美之情，如玉珮聲清、如鏡之明淨，接
下來根據泉水所處的三種不同境遇，來反應作者對泉水命運的設想、
擔憂及警告，勸阻泉水不要出山去流昏漲膩，生長蓬蒿；不要供虎豹
飲水、不要推波助瀾地助水覆舟，這些都是設想泉水不能自守而主動
混入惡濁當中，遭到損害而又害人的危險，這恰與辛棄疾當時所處的
社會現實符合。下片爲作者自敘，抒寫貞潔自守，憤世嫉俗。「路險
兮、山高些。愧休獨處無聊些。」說明作者對當時所處污濁險惡環境
的認識，故小隱於瓢泉，以期求得飲酒、品茶、安貧之樂。

　　詞的上下片恰巧形成對比，清泉的「三險」對比無聊而想到的「三
樂」，其實是因胸中積鬱而飲酒澆愁，因不受重用而能閒居品茗，只能
享安貧生活如顏回。綜觀全詞，可以用劉辰翁〈辛稼軒詞序〉的評語：
「讒擯銷沮，白髮橫生，亦如劉越石。限絕失望，花時中酒，托之陶寫，
淋漓慷慨。」〔註6〕瓢泉的閒居並不能使辛棄疾的心情平定下來，而是

〔註5〕唐圭璋編：《全宋詞》，頁1894
〔註6〕劉辰翁：《須溪集》(臺北：臺灣商務印書館，1986年《影印文淵閣

鬱積了滿腔的憤怒。對官場混濁、世運憎惡所流露出來的並不是哀婉之調,而是一種激昂之聲。寓悲憤於歡樂之中,益感其悲憤的沉重。

　　一般說來,難以從現實生活中覓到知音的辛棄疾,就常常把的自己的精神慰藉寄託到了歷史或傳說人物的身上。從而,也就構成了辛棄疾詞作中擅長用典、喜以歷史或傳說中的人物入詞這一顯著特點。其所用典故遍及神仙道佛、歸隱逸民、聖君賢臣、不遇之士、作家學者、誤國權奸,〔註7〕十三首〈水龍吟〉皆援引典故來寄寓自己難以言喻的心志,如〈水龍吟・登建康賞心亭〉用晉人張翰、〔註8〕三國許汜、〔註9〕東晉桓溫故事,〔註10〕〈水龍吟・爲韓南澗尚書壽甲辰歲〉更連用「新亭對泣」、〔註11〕晉代王衍、〔註12〕唐朝裴度、〔註13〕李德裕、〔註14〕東晉謝安〔註15〕等多項典故,〈水龍吟・過南劍雙溪樓〉則採晉張華、雷煥尋干將、莫邪劍、三國陳登〔註16〕高臥典故,「老來曾識淵明」詞,更是多次提及辛棄疾最喜用的陶淵明事蹟,〔註17〕來表達自己亦嚮往陶淵明貌似渾身靜穆,胸中卻蘊積著浩然正氣的質樸形象,「聽兮清珮瓊瑤些」詞則用《楚辭・招魂》虎豹食人〔註18〕典故。

四庫全書》本),卷6,頁
〔註7〕 程自信:〈試論辛棄疾詞的文化淵源〉,《江淮論壇》第5期(1995年1月),頁103～105。
〔註8〕 見房玄齡《晉書斠注・文苑傳》(臺北:藝文印書館,1973年9月),頁15588～1559。
〔註9〕 見房玄齡《晉書斠注・元帝紀》,頁129。
〔註10〕見劉義慶:《世說新語・輕詆》(臺北:華聯出版社,1969年10月),頁26。
〔註11〕見劉義慶:《世說新語・言語》,頁29。
〔註12〕見劉義慶:《世說新語・輕詆》,頁26。
〔註13〕見劉昫《舊唐書・裴度傳》,頁4432。
〔註14〕見劉昫《舊唐書・李德裕傳》,頁4528。
〔註15〕見房玄齡《晉書斠注・謝安傳》,頁1366。
〔註16〕見裴松之注《三國志集解・魏志・陳登傳》卷七,頁259。
〔註17〕程自信謂:「在辛詞中出現次數最多的是晉代大詩人陶淵明,約在三十四次以上。」見程自信:〈試論辛棄疾詞的文化淵源〉,《江淮論壇》第5期(1995年1月),頁103。
〔註18〕見朱熹:《楚辭集注》(臺北:國立中央圖書館,1991年2月),頁

在用語方面，辛棄疾承繼東坡以詩為詞之遺風，而更發揚光大，〈水龍吟〉遍用經史子集之古語，如〈水龍吟‧題瓢泉〉「樂天知命，古來誰會，行藏用舍？」用《易經》語，〔註19〕「人不堪憂，一瓢自樂，賢哉回也。」用《論語》句，〔註20〕「被公驚倒瓢泉」詞「但銜杯莫問：人間豈有，如孺子、長貧者？」用《史記‧陳丞相世家》語，〔註21〕「割肉懷歸，先生自笑，又何廉也。」出《漢書‧東方朔傳》中句，〔註22〕「斷崖千丈孤松」詞「野馬塵埃，扶搖下視，蒼然如許。」則語出《莊子‧逍遙遊》篇，〔註23〕顯示辛棄疾〈水龍吟〉詞不僅豪放而已，不僅無意不可入，無事不可言，而且能入「言」，變化多端，足以稱豪放一派之巨擘，無怪乎劉熙載《藝概》云：「稼軒詞龍騰虎擲，任古書中理語、瘦語，一經運用，便得風流。天姿是何敻異。」〔註24〕稼軒作詞，極其用心而已矣。

綜觀辛棄疾〈水龍吟〉，在創作數量上為宋代詞人之最，在內容風格上，豪放沉鬱與溫麗雋逸兼具，用典造語包容古今，各闋詞亦受歷代選集重視，〈水龍吟‧登建康賞心亭〉「楚天千里清秋」與〈水龍吟‧過南劍雙溪樓〉「舉頭西北浮雲」過南劍雙溪樓兩詞更是備受詞評讚賞的名作，故稱辛棄疾為〈水龍吟〉寫作之聖手。

二、〈水龍吟〉詞境開創之推手——蘇軾

蘇軾（1036～1101），字子瞻，自號東坡居士，宋眉州眉山人（今四川省眉山縣）人。現存《東坡樂府》共計三百五十一詞，七十六調。

165～166。

〔註19〕見南懷瑾、徐芹庭註釋：《周易今註今譯》（臺北：臺灣商務印書館，1986 年 4 月），頁 392。

〔註20〕見程樹德：《論語集釋》（北京：中華書局，1997 年 9 月），頁 36。

〔註21〕見瀧川龜太郎：《史記會注考證》（臺北：萬卷樓圖書有限公司，1993 年 8 月），頁 811。

〔註22〕見顏書古注：《漢書補注》，頁 1296。

〔註23〕見馬美信：《莊子》（臺北：錦繡出版社，1992 年 9 月），頁 25。

〔註24〕唐圭璋：《詞話叢編》（北京：中華書局，1996 年 6 月），冊四，頁 3693。

　　蘇軾也是繼柳永、張先之後，大量使用長調的詞人。在長調中，蘇軾最喜用的詞調，依序為：〈水調歌頭〉、〈念奴嬌〉、〈滿庭芳〉、〈水龍吟〉、〈永遇樂〉及〈滿江紅〉，〈水龍吟〉名佔第四。〔註25〕蘇軾共作六首〈水龍吟〉，六闋詞皆受到歷代詞集選錄，其中〈水龍吟・次韻章質夫楊花詞〉「似花還似非花」有十八本詞集選錄，居宋代〈水龍吟〉之冠，為宋詞詠物名篇，在〈水龍吟〉創作的評價上歷來與辛棄疾各擅勝場，故列為名家第二。

　　在內容方面，蘇東坡的〈水龍吟〉中，「似花還似非花」和「楚山修竹如雲」皆為詠物佳作。其詠楊花詞為：

> 似花還似非花，也無人惜從教墜。拋家傍路，思量卻是，無情有思。縈損柔腸，困酣嬌眼，欲開還閉。夢隨風萬里，尋郎去處，又還被鶯呼起。不恨此花飛盡，恨西園、落紅難綴。曉來雨過，遺蹤何在，一池萍碎。

> 春色三分，二分塵土，一分流水。細看來，不是楊花點點，是離人淚。〔註26〕

詠笛詞為：

> 楚山修竹如雲，異材秀出千林表。龍須半剪，鳳膺微漲，玉肌勻繞。木落淮南，雨晴雲夢，月明風裊。自中郎不見，桓伊去後，知孤負、秋多少。

> 聞道嶺南太守，後堂深、綠珠嬌小。綺窗學弄，梁州初遍，霓裳未了。嚼徵含宮，泛商流羽，一聲雲杪。為使君洗盡，蠻風瘴雨，作霜天曉。〔註27〕

張炎《詞源》謂兩詞皆為「清麗舒徐，高出人表」之作。〔註28〕水龍吟・次韻章質夫楊花詞〉這首詞雖是和詞，卻能夠超越原詞，另闢蹊

〔註25〕黃文吉：《宋南渡詞人》（臺北：臺灣學生書局，1985 年 5 月），頁 98。
〔註26〕唐圭璋編：《全宋詞》，頁 277。
〔註27〕唐圭璋編：《全宋詞》，頁 277。
〔註28〕張炎《詞源》卷下〈雜論〉：「東坡詞如〈水龍吟〉詠楊花，詠聞笛，又如〈過秦樓〉……，皆清麗舒徐，高出人表。」見唐圭璋：《詞話叢編》，冊一，頁 267。

徑，有所突破、有所發展。面對自然飄零的楊花，作者能夠「應目會心」，遺神態而取情魂，將詠物與抒情完美結合，既詠楊花，又惜春、惜花。作者把刻畫楊花與楊花人格化的思緒相結合，既展現楊花獨有的特性，又開拓出更深刻的情思。全詞寫物又寫人，在寫物時能夠抓住楊花的特徵來表現人的主觀感情，使自己的思想感情得以自然流露，卻沒有表現自我的痕跡。想像巧妙，構思精細。〔註29〕〈水龍吟・詠笛材〉則是用嚴謹的結構，曲盡詠笛之妙。依序寫出笛之質、時、事、人、音。將寫笛與寫景、寫人與寫情巧妙的結合起來，蘊藉自然、富於意境。楊慎讚其：「結在嶺南太守上，妙。」〔註30〕結句之精妙，乃東坡之天才之橫溢。

想像和擬人，是東坡構思及其具體表現中得力的兩手。〈水龍吟・次韻章質夫楊花詞〉「縈損柔腸，困酣嬌眼，欲開還閉。」作者把細軟的柳枝比作柔腸，將幼嫩的柳枝擬為嬌眼，暗自想像多情的佳人溫柔心腸為離思折磨，嬌媚雙眼被春夢纏繞。因為人賦花姿、花蘊人態，花兒與少婦為一體，已不可分離了。「夢隨風萬里，尋郎去處，又還被鶯呼起。」一個作夢想要追尋情郎的深情女子形象飄忽出現，更是直接以女子的口吻道出，自然而不覺突兀。〈水龍吟・詠笛材〉更是以「玉肌勻繞」狀寫笛之外表，以稱賞女子之詞來寫笛外表如凝脂般白淨無瑕，似能見東坡的憐惜之情。用「嚼徵含宮，泛商流羽，一聲雲杪」來寫笛之音，更像是由女子口中娓娓唱出清麗舒徐、婉轉動人的曲調，寫音聲更像寫歌者，啟人無限想像。

蘇軾亦善用「觸景傷情」來感染人心，於是乎，在他的筆下，楊花的殘景便被寄寓了少婦的傷情，濃鬱的感情色彩染浸於客觀景物裏。楊花自飄自墜、「拋家傍路」的情景，飽含著人深感孤獨、「也無人惜」的愁思。「曉來雨過」、「一池萍碎」、「二分塵土，一分流水」；

〔註29〕李錫鵬：〈從應目會心到邊想妙得——以詠物詞的觀點看蘇軾、章淥的水龍吟〉，《寶山師專學報》第20卷第1期（2001年3月），頁57。
〔註30〕唐圭璋：《詞話叢編》，冊一，頁469。

作者寫出了春色的淒清、零落、支離破碎而無法收拾，那少婦悽楚哀怨、不能自持的傷春之情也就隨之而出，用語含蓄而情深縣邈。而「自中郎去後，桓伊去後，知辜負，秋多少。」用擬人口吻來表達笛之怨，自阮籍、桓伊之後，難遇吹奏能手，辜負多少美景良宵，頗有少婦嬌嗔吐怨之姿，情態鮮明。

　　月是東坡中不可缺少的意象，六闋〈水龍吟〉中，僅「古來雲海茫茫」詞及詠楊花詞未提及。「小舟橫截春江」詞：

　　　　小舟橫截春江，臥看翠壁紅樓起。雲間笑語，使君高會，
　　　　佳人半醉。危柱哀弦，豔歌餘響，繞雲縈水。念故人老大，
　　　　風流未減，獨回首、煙波裏。

　　　　推枕惘然不見，但空江、月明千里。五湖聞道，扁舟歸去，
　　　　仍攜西子。雲夢南州，武昌南岸，昔游應記。料多情夢裏，
　　　　端來見我，也參差是。〔註31〕

其中之「推枕惘然不見，但空江、月明千里」。

　　「小溝東接長江」詞：

　　　　小溝東接長江，柳堤葦岸連雲際。煙村瀟灑，人閑一哄，
　　　　漁樵早市。永晝端居，寸陰虛度，了成何事。但絲蓴玉藕，
　　　　珠粳錦鯉，相留戀，又經歲。

　　　　因念浮丘舊侶，慣瑤池、羽觴沈醉。青鸞歌舞，鈌衣搖曳，
　　　　壺中天地。飄墮人間，步虛聲斷，露寒風細。抱素琴，獨
　　　　向銀蟾影裏，此懷難寄。〔註32〕

其中「抱素琴，獨向銀蟾影裡，此懷難寄」，都顯現出東坡對高潔的明月的強烈渴望。〔註33〕

　　「露寒煙冷蒹葭老」詞：

　　　　露寒煙冷蒹葭老，天外征鴻寥唳。銀河秋晚，長門燈悄，

〔註31〕唐圭璋編：《全宋詞》，頁278。
〔註32〕唐圭璋編：《全宋詞》，頁330。
〔註33〕李泓泊：〈東坡詞中月的意象〉，《文學前瞻》第3期（2002年6月），
　　　　頁65。

一聲初至。應念瀟湘，岸遠人靜，水多菰米。望極平田，
徘徊欲下，依前被、風驚起。

須信衡陽萬里，有誰家、錦書遙寄。萬重雲外，斜行橫陣，
才疏又綴。仙掌月明，石頭城下，影搖寒水。念征衣未搗，
佳人拂杵，有盈盈淚。〔註34〕

其中「仙掌月明，石頭城下，影搖寒水」更寫望月懷遠，相思難寄，
只能望著明月落下盈盈淚珠，聊表慰藉。

　　在用韻方面，只有「古來雲海茫茫」詞用第四部韻來，記李白與
司馬子微談論游仙之事。〔註35〕「楚山修竹如雲」詞押第八部韻來詠
笛材；其餘四闋詞都用第三部韻來寫楊花、感時傷懷及相思情懷。

　　宋詞到蘇軾開創以詩為詞之風氣後，他把詞體當作一種新詩體，
於是日常生活各種事物無一不可入詞，胡適《詞選・序》也說：「詞
體到了他手裏，可以詠古，可以悼亡，可以談禪，可以說理，可以發
議論。」〔註36〕這是詞體內容的一大解放，無論在寫作對象、寫作情
志、寫作題材、或寫作時空都比以前擴大了。〔註37〕

　　在寫作對象上，「小舟橫截春江」寫思念朋友之情，打破詞體一
向以異性間情愛為描寫中心的習慣；在寫作情志方面，「古來雲海茫
茫」則可以很清楚看到東坡超然的處世態度與曠達的人生觀，拋棄了
傳統詞都在悲哀裡打轉的傳統；在寫作時空上，「小溝東接長江」詞
中的「煙村瀟灑，人間一閬，漁樵早市」寫農村生活的面貌，讓詞走
出閨閣小樓，走出帝里京城，顯示出空間的擴大，「古來雲海茫茫」
詞中的「行盡九州四海，笑紛紛，落花飛絮。臨江一見，謫仙風采，
吳無言心許。八表神遊，浩然相對，酒酣箕踞」也很明顯可以看出表

〔註34〕唐圭璋編：《全宋詞》，頁330。
〔註35〕見清聖祖敕編：《全唐詩》（臺北：盤庚出版社，1979年2月），頁
　　　　168。
〔註36〕胡適：《詞選》（臺北：臺灣商務印書館，1975年7月），序，頁6。
〔註37〕黃文吉：《北宋十大詞家研究》（臺北：文史哲出版社，1996年3月），
　　　　頁165～176。

現極廣大的空間；在寫作時間上，蘇軾也常把歷史寫入進詞中，這也是對時間的超越，而詠笛材詞中，寫石崇妾綠珠善笛之事，擴大了晚唐五代詞的僅止於「今夜」、「此夕」、「昨夜」、「去年」的描寫。在寫作題材上，「小舟橫截春江」詞敘寫奇異夢境，〈水龍吟‧詠笛材〉則為東坡酬贈侍兒之詞，將詞體與文人的日常生活緊密結合在一起，詞的實用功能增多了，寫作的題材也擴大了。

總的來說，蘇軾六首〈水龍吟〉，其中「古來雲海茫茫」記子微、太白之事，語調清新，情感含蓄，輕點游仙之嚮往。「似花還似非花」和「楚山修竹如雲」雖都為詠物詞，但一情韻幽深、憂傷滿懷，一清麗舒徐、描摹多方。「小舟橫截春江」則寫夢境，空靈淒麗、詞筆高渾。「小溝東接長江」和「露寒煙冷蒹葭老」又在寫景中隱約透露淡淡的憂愁，不直接說愁，而已淒清的景色渲染難以言喻的輕愁，藝術手法表現之高超可見一斑。東坡的〈水龍吟〉詞中充滿了樂觀精神，他心胸曠達，受挫折而不悲觀，他的曠達詞風與其他詞人的詞風截然不同，為豪放詞家辛棄疾打破婉約派詞風起了承前啟後的重要作用。

三、〈水龍吟〉詠物之作手──王沂孫

王沂孫是宋元之際詞人，字聖與，號碧山，又號中仙、玉笥山人，會稽(今浙江省紹興市)人。有《碧山樂府》又名《花外集》一卷傳世。宋亡後與周密、張炎同結詞社，碧山之詞長於詠物，後世詞家多稱其詞有君國之憂，興亡之感。周濟《介存齋論詞雜著》云：「中仙最多故國之感，故著力不多，天分高絕，所謂意能尊體也。」〔註38〕

碧山詞的黍離之悲，更多表現在詠物詞中。不過多用比興寄托的筆法，表現得就更為纖徐隱晦了，現存的六十五首碧山詞中，詠物之作就有三十四首，所作五闋〈水龍吟〉，亦全屬詠物之作，分別詠落葉、白蓮、牡丹及海棠，以不同的形式，纖徐隱晦地反映了宋元交替的社會現實，飽含了詞人離亂麥秀之悲。這種家國之恨，與人生艱辛

〔註38〕唐圭璋：《詞話叢編》，冊二，頁 1635。

的感受緊密牽連，組成一曲淒咽低廻的時代悲歌，展示了一個亂世詞人的苦難心曲，折射出詞人的憂患意識。

　　國破家亡的變易，使他備受亂世人生的艱辛，飽嘗了悲劇時代帶給他的一切苦果。身世之悲和屈節之恨鬱結一身，伴隨他走完了艱難的人生。政治上的失足，成了他終生的遺恨。因而他的詞，通過對自然物象的描繪，隱曲地表達了他的兩難心境，留下了時代的印記。

　　借物言志的碧山詠物詞，用比興之體，寓「君國之憂」，是其主要特點。〔註39〕最有名的當屬〈水龍吟・落葉〉：

　　　　曉霜初著青林，望中故國淒涼早。蕭蕭漸積，紛紛猶墜，
　　　　門荒徑悄。渭水風生，洞庭波起，幾番秋杪。想重崖半沒，
　　　　千峰盡出，山中路，無人到。

　　　　前度題紅杳杳，遡宮溝、暗流空繞。啼螿未歇，飛鴻欲過，
　　　　此時懷抱。亂影翻窗，碎聲敲砌，愁人多少。望吾廬甚處，
　　　　只應今夜，滿庭誰掃。〔註40〕

詞人把客觀事物和主觀情感和諧地融合在一起，借自然界時序代移的蕭瑟景象，隱曲地表達出人世盛衰變故，抒發「望中故國淒涼早」的搖落之悲。王沂孫是南宋遺民，經歷了亡國之痛，對故國的懷戀之情，時時蘊蕩在心。當看到秋杪的蕭索淒涼的景象，便會自然地聯想到故國的搖落、江山易主的現實。為此，詞人以「渭水」、「洞庭」、「重崖」等超越時空地域的意念，抒發對故國的思念之情。「前度題紅杳杳」，借紅葉題詩的故事，寄寓故宮冷落三宮盡散的哀傷。引起今昔之感。隨風凋零的滿階落葉，淒苦愁人，使我們感受到亡國的歷史悲劇深沉彌蓋在詞人身上的巨大陰影。陳廷焯認為：「此中無限怨情，只是不露，令讀者怦怦然。」〔註41〕、「筆意幽冷，寒芒刺骨，其有慨於崖

〔註39〕張惠言《詞選》云：「碧山詠物諸篇，並有君國之憂。」見唐圭璋：
　　　　《詞話叢編》，冊二，頁1616。
〔註40〕唐圭璋編：《全宋詞》，頁3355。
〔註41〕陳廷焯：《白雨齋詞話》（濟南：齊魯書社，1983年10月）頁182～
　　　　183。

山乎。」〔註42〕

其次，王沂孫的〈水龍吟〉雖是詠物之作，表現出來的氛圍卻盡是一片難以捉摸的哀怨，一片消極絕望的哀愁。如〈水龍吟・白蓮〉：

> 淡妝不掃蛾眉，爲誰佇立羞明鏡。眞妃解語，西施淨洗，
> 娉婷顧影。薄露初習，纖塵不染，移根玉井。想飄然一葉，
> 颼颼短髮，中流臥、浮煙艇。

> 可惜瑤台路回，抱淒涼、月中難認。相逢還是，冰壺浴罷，
> 牙床酒醒。步襪空留，舞裳微褪，粉殘香冷。望海山依約，
> 時時夢想，素波千頃。〔註43〕

上片寫白蓮清新脫俗的高雅姿態，亭亭玉立的身影，出淤泥而不染。下片「可惜」二字，一轉情緒，「悽涼」、「空留」、「殘」、「冷」各字用得深刻，由此而領悟到自然界的規律變化是無法逆轉的，縱觀一切人世滄桑之變，都顯得那樣短促，世事無常，興衰枯榮不是由人的意志爲轉移的，表達出詞人幽深的憂患意識，反襯出宋亡前夕讀書人無可奈何的感傷心緒。然而「望海山依約，時時夢想，素波千頃」卻寄託了對南宋君臣的一線希望，盼望他們在國土沒有完全淪喪之前，能重整旗鼓，收復殘局。由此看出詞人希望南宋君臣復興宋室的願望，表現了對風雨飄搖中的南宋的微茫希冀，也隱約流露出不可名狀的哀怨愁懷。

王沂孫的〈水龍吟〉也喜歡用一些淒冷的字面，多用落葉、夕陽秋月、苦風冷雨、寒露秋霜來渲染氣氛。如兩首〈水龍吟・白蓮〉中「薄露初習」、「抱淒涼、月中難認」、「步襪空留，舞裳微褪，粉殘香冷。」、「太液荒寒。海山依約，斷魂何許？」「三十六陂煙雨。舊淒涼、向誰堪訴。」〈水龍吟・落葉〉中「曉霜初著青林，望中故國淒涼早。」、「蕭蕭漸積，紛紛猶墜，門荒徑悄。」〈水龍吟・海棠〉中：「一庭芳景，清寒似水」、「小雨濛濛，便化燕支淚」及〈水龍吟・牡丹〉詞：其中的「曉寒慵揭珠簾，牡丹院落花開未。」清冷的詞境，

〔註42〕陳廷焯：《白雨齋詞話》，頁 182～183。
〔註43〕唐圭璋編：《全宋詞》，頁 3355。

組成一幅幅幽冷淒清的畫面，表現出淒槍哀怨之悄。這些自然景物，本身就有陰冷的一面，再經過作者以憂鬱的筆觸織情入景，使其抹上了一層清冷的色彩；更顯現出作者飄泊的心境，甚或國勢的飄零無依，營造出一首悽咽低迴的悲歌。

王沂孫的〈水龍吟〉還喜歡用一些神奇幽幻的文字，描繪怪異神奇、瑰麗多彩的藝術境界，常用美人妃子、秋蟲多雲來表現時代風貌，寄託故國之情，使之更爲神異俊俏。如〈水龍吟・落葉〉中「啼螿未歇，飛鴻欲過」、〈水龍吟・白蓮〉的「眞妃解語，西施淨洗」、「翠雲遙擁環妃，夜深按徹霓裳舞」，〈水龍吟・海棠〉也用了「玉環未破東風睡」、〈水龍吟・牡丹〉則有「自眞妃舞罷，謫仙賦後」，藉著對過往繁華美景、盛朝美人的緬懷嘆賞，和深秋寒螿、雪地飛鴻的描繪，讓自己對復國大夢仍可懷報抱夢想，但同時也暗暗提醒自己，這一切也恐繁華夢盡、只是空夢一場，心酸難以言喻。

大抵王沂孫生當南宋之末，親睹亡國，不能無感。清周濟《宋四家詞選序論》說：「碧山胸次恬談，故黍離、麥秀之感，只以唱嘆出之，無劍拔弩張習氣。詠物最爭托意隸事處，以意貫串，渾化無痕，碧山勝場也。」〔註44〕〈水龍吟・牡丹〉的「把酒花前，剩拚醉了，醒來還醉。怕洛中春色，匆匆又入，杜鵑聲裏。」正是記載了一個失時落荒仕人的苦難心曲。王沂孫感時傷事的悲嘆，搖落之感的情懷，在五闋〈水龍吟〉詞中處處可見；正如張惠言《詞選》所說：「碧山詠物之篇，並有君國之憂。」〔註45〕王沂孫的哀怨與悲嘆，屬於兩個不同的時代。他在詞中所表現的希冀和幽怨，隨著宋王朝的覆亡而消失，悲嘆哀傷卻隨之而醞生，這時家國敗亡之恨成爲詞人最關注的話語，因而自然界的寒霜冰雪，落葉春花，一草一物的細微變化，都能引發觸動他的故國之思，亡國之痛。

詠物詞是王沂孫詞中的精品，也是作者悲劇人生和審美情趣的結

〔註44〕唐圭璋：《詞話叢編》，冊二，頁 1644。
〔註45〕唐圭璋：《詞話叢編》，冊二，頁 1616。

晶。他所作〈水龍吟〉又全借自然物象寄託自己的情志，在所詠物象中寄離了易代之悲、故國之思，也開拓了〈水龍吟〉詞的較少見的冷雋沉鬱的藝術境界，形成了自己獨特的藝術風格。無怪乎陳廷焯要大力讚揚：「王碧山詞品最高，味最厚，意境最深，力量最重。感時傷世之言，而出以纏綿忠愛，詩中之曹子建、杜子美也。」〔註46〕

第三節　名作析評

在「附錄二」中，筆者統計二十五種選集，得出〈水龍吟〉入選詞作一百四十六闋，此一百四十六闋詞，可稱得上是歷代詞評家心目中的〈水龍吟〉代表。但是，歷代詞選編輯者的選評標準不一，同一闋詞甚至評價兩極，因此，筆者將〈水龍吟〉名作的篩選標準訂為「三本」，只要有三本以上的選集選錄此闋詞，便視之為〈水龍吟〉名作。依此標準，統計而得〈水龍吟〉名作四十三闋。

〈水龍吟〉名作四十三闋中，雖選定標準訂為三本，但歸納所得，有若干首作品，所入選選集之數量，遠遠超過平均值，表示這闋詞受到歷代詞評家的重視與賞識，它所散發出的聲情與表現主題，更可看出歷代詞集編輯者所認定的〈水龍吟〉本色。筆者茲選列入選次數前六名，加以探討研析，分別為：蘇軾「似花還似非花」詞有十八本詞集選錄，辛棄疾「楚天千里清秋」詞入選十七本，陳亮「鬧花身處層樓」則有十四本，而章楶「燕忙鶯懶花殘」詞、辛棄疾「舉頭西北浮雲」詞、王沂孫「曉寒初著青林」則皆有十本詞集選錄之。然為敘述之便，以下按照年代先後順序，予以論述之。

一、章楶　柳花「燕忙鶯懶花殘」

> 燕忙鶯懶花殘，正隄上柳花飛墜。輕飛亂舞，點畫青林，全無才思。閒趁游絲，靜臨深院，日長門閉。傍珠簾散漫，

〔註46〕陳廷焯：《白雨齋詞話》，頁 182～183。

垂垂欲下，依前被、風扶起。

蘭帳玉人睡覺，怪春衣、雪霑瓊綴。繡床漸滿，香毬無數，
才圓卻碎。時見蜂兒，仰黏輕粉，魚吞池水。望章臺路杳，
金鞍遊蕩，有盈盈淚。

此闋詞約作於宋神宗元豐四年（1081 年）。蘇軾元豐三年二月遭貶黃
州，章楶寫信勸慰蘇軾時附上此詞，讓蘇軾見此詞，而有「柳花詞妙絕，
使來者何以措詞」之嘆，〔註 47〕如同李白「黃鶴樓之嘆」般，〔註 48〕
讓人見識到以慷慨豪邁著稱的陳亮，其委婉詞亦有可觀之作。雖王國維
評其「原唱而似和韻」，〔註 49〕但沈雄《古今詞話》云：「章質夫楊花詞，
命意用事，瀟灑可喜。東坡和之，若豪放不入律呂，徐而視之，聲韻諧
婉，反覺有隻織繡工夫。」〔註 50〕許昂霄《詞綜偶評》也讚：「東坡〈水
龍吟〉與原作均是絕唱，不容妄為軒輊。」〔註 51〕

　　一開篇，詞人就把時間、空間和主題點明。首句「燕忙鶯懶花殘」，
燕忙於營巢，鶯懶於啼唱，繁花紛紛凋殘，表明季節已是暮春。「隄
上」點明地點，「柳花飛墜」說明主題。破題之後，用「輕飛亂舞，
點畫青林，全無才思」緊接上句，把柳花飄墜的形狀做了一番渲染。
章楶和蘇軾都同時用了韓愈〈晚春〉詩：「草樹知春不久歸，百般紅
紫鬥芳菲。楊花榆莢無才思，惟解漫天作雪飛。」的典故，韓愈表面
上是貶楊花，實際上卻是暗喻自己潔白清高、灑脫不羈、不事奔競的
形象；章楶亦以此自比，並未下文鋪敘，起了蓄勢的作用。

〔註 47〕蘇東坡〈與章楶書〉云：「承喻甚靜以處憂患，非心愛我之深，何以
　　　　及此，謹置之座右也。柳花詞妙絕，使來者何以措詞！」見馬興榮、
　　　　劉乃昌、劉繼才編：《全宋詞廣選新注集評》（遼寧：遼寧人民出版
　　　　社，1997 年 8 月），頁 339。
〔註 48〕見清聖祖敕編：《全唐詩》，頁 168。
〔註 49〕王國維《人間詞話》：「東坡〈水龍吟〉詠楊花，和韻而似原唱。章
　　　　質夫詞，原唱而似和韻。才之不可強也如是。」見唐圭璋：《詞話叢
　　　　編》，冊四，頁 4247。
〔註 50〕見唐圭璋：《詞話叢編》，冊一，頁 949。
〔註 51〕見唐圭璋：《詞話叢編》，冊二，頁 1552。

　　「閑趁游絲，靜臨深院，日長門閉」寫到此，詞人神思飛躍、想像馳騁，柳花竟被虛擬成一群天眞無邪、愛嬉鬧的孩子，悠閒的趁著春天的游絲，像盪鞦韆似的悄悄進入了深邃的庭院。春日漸長，而庭院門卻整天閉鎖著。柳花如同好奇的孩子，鬼靈精怪的想一探究竟。貼切的轉化修辭將楊花活化了。

　　「傍珠簾散漫，垂垂欲下，依前被、風扶起」寫柳花緊倚著珠箔做的窗簾散開，緩緩的想進到閨房去，卻一次又一次的被旋風吹起來。南宋黃昇和魏慶之等都特別欣賞這幾句。黃昇說它「形容盡矣」，〔註52〕魏慶之也說它「曲盡楊花妙處」，甚至認爲蘇軾的和詞「恐未能及」，〔註53〕章棨這幾句除了刻畫出柳花的輕盈體態外，還把它擬人化了，賦予它維妙維肖的神情，做到了所謂的形神俱似。並且爲過片埋下伏筆。

　　下片改從「玉人」寫起，女主角翩然出現，楊花成了陪襯的配角。透過了閨中少婦的心眼，進一步摹寫柳花的形貌神態。柳花終於飄進了閨房中，黏在少婦的春衣上頭，少婦的繡花床很快的被落絮堆滿，柳花像無數香球似的飛滾著，一會兒圓潤，一會兒卻破碎了。這段描寫不僅把柳花寫得栩栩如生，同時也把少婦恍惚迷離的內心世界顯現出來。柳花在少婦的心目中竟然變成了輕薄子弟，千方沾惹，萬般追逐，若即若離，反覆無常。能將女子心境如此細緻纖巧的呈現出來，實令人讚嘆。

　　「時見蜂兒，仰黏輕粉，魚吞池水」詞人更進一層拓展，引出蜂兒和魚的形象；既著意形容柳花飄空墜水時爲蜂兒和魚所貪愛，又反襯幽閨少婦的孤寂無歡。「望章臺路杳，金鞍遊蕩，有盈盈淚」章臺爲漢代長安街名，梁朝詩人費昶〈和蕭記室春旦有所思〉云：「楊柳

<hr />

〔註52〕黃昇《花庵詞選》卷五：「傍珠簾散漫數語，形容盡矣。」見《影印文淵閣四庫全書》本（臺北：臺灣商務印書館，1986 年 3 月）

〔註53〕魏慶之《魏慶之詞話》：「余以爲質夫詞中，所謂『傍珠簾散漫，垂垂欲下，依前被，風扶起』亦可謂曲盡楊花妙處。東坡所和雖高，恐未能及。」見唐圭璋：《詞話叢編》，冊一，頁 209。

何時歸，裊裊復依依，已映章臺陌，復掃長門扉。」〔註54〕唐代傳奇〈柳氏傳〉又有「章臺柳」的故事。〔註55〕詞人把這兩個典故結合起來用做雙關；既摹寫柳花飄墜似淚花，又刻畫少婦望不見正在「章臺走馬」的游冶郎時的痛苦心情。

　　張炎《詞源‧詠物》云：「詩難於詠物，詞爲尤難。體認稍眞，則拘而不暢；模寫差遠，則晦而不明。要須收縱聯密，用事合題，一段意思，全在結句，斯爲絕妙。」〔註56〕此詞之成功處，亦正在此。

二、蘇軾　次韻章質夫楊花詞「似花還似非花」

> 似花還似非花，也無人惜從教墜。拋家傍路，思量卻是，
> 無情有思。縈損柔腸，困酣嬌眼，欲開還閉。夢隨風萬里，
> 尋郎去處，又還被、鶯呼起。
>
> 不恨此花飛盡，恨西園、落紅難綴。曉來雨過，遺蹤何在，
> 一池萍碎。春色三分，二分塵土，一分流水。細看來不是，
> 楊花點點，是離人淚。

此詞題作「次韻章質夫楊花詞」，是一首詠楊花的作品。平常詞人，都是以花擬人，此詞則以人擬花，取神遺貌，最不可及。

　　起筆從空處著眼，說它「非花」，它卻名爲「楊花」，與百花同開同落，共同裝飾春光，又一起送走春色。說它「似花」，它色淡無香，型態碎小，隱身枝頭，從不爲人注目愛憐，故云：「似花還似非花」。次句一個「墜」字，賦楊花未離開枝頭前，亦無可玩賞之處，沒人憐惜它，一任它隨便飄落。一個「惜」字，有濃郁的感情色彩，「無人惜」說天下惜花者雖多，惜揚花者卻少。

　　「拋家傍路，思量卻是，無情有思」三句承上「墜」字，寫潔白的楊花離枝墜地，無人憐惜任它隨便飄落的現象，不說「離枝」卻說

〔註54〕王雲五：《玉臺新詠》（臺北：臺灣商務印書館，1967年9月），頁36。
〔註55〕東忱、張宏生注釋：《新譯唐傳奇選》（臺北：三民出版社，1988年9月），頁36。
〔註56〕見唐圭璋：《詞話叢編》，冊一，頁261。

「拋家」，看似無情，猶如韓愈〈晚春〉詩所謂「楊花榆莢無才思，惟解漫天作雪飛」，實則「有思」，也似杜甫〈白絲行〉所稱的「落絮游絲亦有情」。詠物至此由無情說到有情，已見擬人端倪，似有一個清白孤高，卻無人憐惜、了解的美人寂寞形象隱隱呈現。

「縈損柔腸，困酣嬌眼，欲開還閉」這三句寫楊花的動人情態，緊承「有思」而來，詠物而不滯於物，大膽的馳騁想像力，將抽象的「有思」楊花，化作了具體的春日尋郎無蹤的可憐女子。她那寸寸柔腸受盡了離愁的痛苦折磨，她的一雙嬌眼因為思念的愁緒使她困極難開展。

接下來四句妙筆天成，作者把楊花的遠飄狀成閨婦內心對征人的思念，把楊花在鶯聲隨風高下狀成怨婦的魂夢藉風飄送、到處尋郎，萬里尋郎未至情郎身邊，卻又被啼鶯驚醒美夢。取意於唐人金昌緒〈春怨〉「打起黃鶯兒，莫教枝上啼。啼時驚妾夢，不得到遼西。」﹝註57﹞詩意，蘇軾寫來備覺纏綿哀怨而又輕靈飛動，就詠物象而言，描繪楊花那種隨風飄舞、欲起旋落、似去又還之狀，生動真切，給人帶來無限的廻思。

下片開始，作者加入了自己的情思和意見，以落紅陪襯楊花，語轉悲涼，蓋無論萬紅凋零，抑或楊花飛盡，都意味著花事已盡，春色將逝。「不恨」乃是承上片「非花」、「無人惜」而言。其實正如「無人惜」實即「有人惜」一樣，說「不恨」實即「有恨」，是所謂的曲筆傳情。接下來由「曉來雨過」春水覓蹤，可謂一往情深，楊花已不見蹤影，唯有一池浮萍在目，這就進一步加深了人的春恨。蘇軾自注云：「楊花落水為浮萍，驗之信然。」此說自然不合科學，但是癡心的無理之詞更顯濃郁的惜花之情和春去之恨。

情不足，恨未盡，於是繼之以「春色三分，二分塵土，一分流水」，春色居然可「分」，這是一種想像奇妙而極度誇張的手法，東坡化用了葉清臣〈賀聖朝〉的「三分春色二分愁，更一分風雨」的詞句，﹝註58﹞

﹝註57﹞ 見清聖祖敕編：《全唐詩》，頁 8724。

﹝註58﹞ 李調元《雨村詞話》卷一〈春色三分〉：「宋初葉清臣字道卿，有〈賀聖朝〉詞云：『三分春色二分愁，更一分風雨。』東坡〈水龍吟〉演

寫出楊花沾泥入水，歸途無定，而溷入泥土者較多，更令人爲之惋惜不已。「二分塵土」與上片「拋家傍路」相呼應，「一分流水」與東坡自注「一池萍碎」一意相承；花盡難覓，春歸無跡，詞人的滿腔惜春之情如流水滾滾汩出。結尾「細看來，不是楊花點點，是離人淚」三句畫龍點睛，以「情中景、景中情」總收全詞，餘韻無窮。詞由眼前的流水，聯想到思婦的淚水；又由思婦的點點淚珠，映照出空中的紛紛楊花。離人淚似楊花綿綿成串，楊花也似離人淚情歸無處，虛中有實，實中見虛，詞在虛實之間、似與不似之間，「蓋不離不即也」。〔註59〕

　　這闋詞充滿了美妙的想像與構思，內容飄忽超脫，文字精細秀美，既不傷於儇薄，亦不傷於纖巧，藝術刻畫極爲細膩，無怪乎《詞潔》稱他「眞是化工神品」，〔註60〕張炎詞源推爲「壓倒古今」的詠物詞。〔註61〕就詠物詞的技巧來說，自是「體物得神」，寫得虛實變幻，既貼切所詠之物，又題外生意，想像入奇。王國維評此詞爲詠物詞最工，〔註62〕故列爲〈水龍吟〉名作第一。

三、辛棄疾　登建康賞心亭「楚天千里清秋」

　　　楚天千里清秋，水隨天去秋無際。遙岑遠目，獻愁供恨，
　　　玉簪螺髻。落日樓頭，斷鴻聲裡，江南游子。把吳鉤看了，
　　　欄干拍遍，無人會，登臨意。

　　　爲長句云：『春色三分，二分塵土，一分流水。』神意更遠。」見唐
　　　圭璋：《詞話叢編》，冊二，頁1392。
〔註59〕劉熙載《藝概》卷四：「東坡〈水龍吟〉起云：『似花還似非花。』
　　　此語句可作全詞評語，蓋不離不即也。」見唐圭璋：《詞話叢編》，
　　　冊四，頁3690。
〔註60〕唐圭璋：《詞話叢編》，冊二，頁1365。
〔註61〕張炎《詞源》卷下〈雜論〉云：「東坡次韻章質夫楊花〈水龍吟〉韻，
　　　機鋒相摩，起句便合讓東坡出一頭地，後片愈出新奇，眞是壓倒古
　　　今。」見唐圭璋：《詞話叢編》，冊一，頁265。
〔註62〕王國維《人間詞話》卷上云：「東坡〈水龍吟〉詠楊花，和而似元唱，
　　　章質夫詞，元唱而似和韻，才之不可強也如是。又詠物之詞，自以
　　　東坡〈水龍吟〉爲最工。」唐圭璋：《詞話叢編》，冊五，頁4248。

休說鱸魚堪膾。儘西風、季鷹歸未。求田問舍，怕應羞見，
劉郎才氣。可惜流年，憂愁風雨，樹猶如此。倩何人喚取，
盈盈翠袖，搵英雄淚。

這首詞是辛棄疾於宋孝宗乾道五年（1169）通判建康府時寫的。當時，
他南下已有七、八年了。由於南宋王朝主和派長期當政，壓制抗戰力
量，他本是意氣風發的青年抗金戰士，卻一直遭受壓抑未受到朝廷的
重視。這首詞正是抒寫他因壯志未酬、國事日非而抑鬱悲憤的心情。
陳廷焯《白雨齋詞話》云：「落落數語，不數王粲登樓賦。」〔註 63〕
但，作者憂懷國事的哀愁應當比王粲〈登樓賦〉更深廣些。

　　建康即今南京市。賞心亭是建康西面城樓上的一個亭子，面臨秦
淮河。作者登臨北望，眼前祖國半壁河山，尚為金異族統治者所蹂躪，
這不能不引起詩人的感歎和憤慨。詞的開頭兩句就寫作者登高遠望，
一目千里。「楚天千里清秋，水隨天去秋無際」天高雲淡的秋天是多
麼的空曠開闊啊！滾滾的長江向天邊流去，更是一望無際。古代長江
中、下游各省均屬楚國，這裏的「楚天」泛指南方的天空。上句從四
周景況落筆，極寫江天的遼闊；下句視線慢慢集中到江水上去，極寫
其秋色無邊。這兩句是寫景，但那開闊的境界，爽朗的氣氛，對下文
所寫的那深廣的感慨起了有力的映襯作用。

　　而「遙岑遠目，獻愁供恨，玉簪螺髻」三句既是寫景，又是抒情。
作者極目北望，遠處的山峰，看起來很像美人頭上的碧玉簪和青螺髻那
樣的美觀，可是它卻偏偏引起人們的憂愁和憤恨。「遙岑」，即遠山。山
哪懂得「獻愁供恨」！這是擬人化的手法。「愁」「恨」是人的感覺而已。
但作者這樣寫，含義深遠。言外之意就是說，淪陷區的山川在向人們傾
訴它在金異族統治者鐵蹄蹂躪下的「愁」和「恨」。山猶如此，人何以
堪！而偏安江左的南宋王朝卻不圖收復中原，即使力圖進取，國力亦不
足為。作者寫的是山，其實是人；寫的是淪陷區人民的「愁」「恨」，其
實也是南宋愛國人民的「愁」「恨」，其實也是南宋愛國人民的「愁」「恨」。

―――――――――――

〔註63〕唐圭璋：《詞話叢編》，冊四，頁 3792。

以上種種，是恨之深者，愁之大者，借言山水之獻供，一寫內心之擔負，作者巧妙地把情和景融合在一起，毫無痕跡。

接著「落日樓頭，斷鴻聲裏，江南遊子」三句，作者筆鋒一轉，就直接抒發他的不可遏止的憤懣之情了。他空懷報國之志，到而今，只能悲傷地站在賞心亭上，看落日西沉，聽孤雁的聲聲哀鳴，此時渲染著一種蒼涼、悲壯的氣氛，更加引起作者對遠在北方的故鄉的思念。看似景語，實則情語。通過夕陽西下，暗喻南宋局勢的衰頹；通過離群孤雁的哀鳴，暗喻自己飄零的身世和孤寂的心境。「江南遊子」，是作者自指，原是以宋朝為自己的故國，以江南為自己的家鄉的，可是當政者卻處處猜忌排擠，使辛棄疾覺得自己真的是成了遊子了。這幾句充滿了作者的家園之感，失意之悲。

情感的進一步發展，就是「把吳鉤看了，欄杆拍遍，無人會，登臨意」幾句了。「吳鉤」，是古代吳地出產的一種寶劍。看刀撫劍，已足夠表現了他殺敵立功之意，可是本是戰場上殺敵的銳利武器，現在卻閒置不用，無處用武，再加上拍遍欄杆，把作者那種「報國欲死無戰場」的英雄無用武之地、憤憤不平的苦悶神態，烘托出來了。在苟且偷安的南宋朝廷裏，那些醉生夢死的統治者，誰能夠理解他登亭望遠的感受呢？這就使他不能不喊出「無人會，登臨意」了。

上片借景物抒寫他懷念中原、報國無路的悲憤。下片則轉入借歷史人物抒發他抑鬱的情懷，失意的悲痛。「休說鱸魚堪膾，盡西風，季鷹歸未。」三句出自《晉書·張翰傳》，〔註64〕說張翰見秋風起，因思吳中菰菜、蓴羹和鱸魚膾，便辭官歸隱。這裏，反用其意，旨在說明自己並不像張翰那樣貪圖家鄉風味，表達了他抗敵的決心。至於底下三句「求田問舍，怕應羞見，劉郎才氣」，則含有對現實的不滿，不僅僅是表白自己了。它出自《三國志·陳登傳》，〔註65〕說許汜見陳登，陳登自己上大床睡，叫許汜臥下床。後來許汜把這事告訴劉備，

〔註64〕見房玄齡《晉書斠注·張翰傳》，頁 1558～1559。
〔註65〕見裴松之注《三國志集解·魏志·陳登傳》卷七，頁 259。

說：「陳元龍湖海之士，豪氣不除。」劉備對他說：「你沒有憂懷家國之意，只是求田問舍，語言無味，你若來看我，我要自己臥在百尺樓上，叫你臥在地上。陳登這樣對你還算客氣的呢！」這裏作者引用這一故事，意思是說，像許汜那樣只知購置田產房舍，作個人打算，毫無憂國救世之心的人，是應該爲有才能氣魄的劉備所恥笑的。南宋偏安後，土地兼併還不斷地進行，官僚地主大肆霸佔荒田，以賤價收買官田，用各種非法手段侵奪農民土地，造成南宋境內土地空前集中。臨安到處是高樓臺閣，宋高宗在臨安大造宮殿，僅花園就多到四十餘所。那麼，辛棄疾責問求田問舍的人應羞見劉郎，難道與此無關嗎？

辛棄疾始終懷著收復中原的雄心。他表示絕不像張翰那樣貪戀家鄉風味而棄官還鄉，也不像許汜那樣不顧家國而求田問舍。可是，自從南歸以來，何曾有機會施展這一抱負呢？這就使他不得不像桓溫那樣深深歎息：「木猶如此，人何以堪！」所謂「可惜流年，憂愁風雨，樹猶如此」就是這個意思。這種英雄遲暮之感，深刻地體現了作者對國家命運和中原失地的關懷，體現了作者反對民族壓迫的堅決意志和高尚精神。「樹猶如此」句，出自劉義慶《世說新語・言語》：「桓公北征，經金城，見前爲琅邪時種柳，皆已十圍，慨然曰：『木猶如此，人何以堪！』攀枝執條，泫然流淚。」〔註66〕

結句更表現出作者沉重的悲憤：「倩何人、喚取盈盈翠袖，搵英雄淚」這幾句意思是說：要請誰來叫歌女替我這英雄擦拭失意的眼淚呢？這是一個胸懷大志而沉淪下僚的英雄人物，面臨著國事艱危，不免熱淚盈眶，深感英雄報國無路的慨歎。這慨歎是和國家民族命運聯繫在一起的。因此，它給讀者的印象更多的是激動而不是傷感。無怪乎譚獻《譚評詞辨》認爲該詞：「裂竹之聲，何嘗不潛氣內轉。」〔註67〕

由上看來，這詞主要是抒寫作者恢復祖國山河的抱負和願望無從實現的英雄失意的感慨。它相當深刻地描繪了一個英雄志士壯志難

〔註66〕劉義慶：《世說新語》（臺北：藝文印書館，1992年8月），頁83。
〔註67〕見唐圭璋：《詞話叢編》，冊四，頁3994。

伸、抑鬱悲憤的苦悶心情，直到今天仍然具有極其強烈的感染力量，使人們百讀不厭。

四、辛棄疾　過南劍雙溪樓「舉頭西北浮雲」

　　舉頭西北浮雲，倚天萬里須長劍。人言此地，夜深長見，
　　斗牛光焰。我覺山高，潭空水冷，月明星淡。待燃犀下看，
　　憑闌卻怕，風雷怒，魚龍慘。

　　峽束蒼江對起，過危樓，欲飛還斂。元龍老矣，不妨高臥，
　　冰壺涼簟。千古興亡，百年悲笑，一時登覽。問何人又卸，
　　片帆沙岸，繫斜陽纜。

這是辛詞中愛國思想表現十分強烈的名作之一。作者在紹熙五年（1149）秋自福建安撫使罷任回江西途中過南劍州時所作。是首攬景抒情詞。

　　吳越的柔青軟黛，自然是西子的化身；閩粵的萬峰刺天，又仿佛森羅萬象的武庫。古來多少詩人詞客，分別爲它們作了生動的寫照。作者途經南劍州，登覽歷史上有名的雙溪樓，作爲一個愛國詞人，他自然要想到被金人侵佔的中原廣大地區，同時也很自然地要聯想到傳說落入水中的寶劍。在祖國遭受敵人宰割的危急存亡之秋，該是多麼需要有一把能掃清萬里陰霾的長劍啊！此詞一開頭「舉頭西北浮雲，倚天萬里須長劍」，就像從天外飛來的將軍一樣，凌雲健筆，爬上入青冥的高樓，千丈崢嶸的奇峰，掌握在手中，寫得寒芒四射，凜凜逼人。而在宋室南渡時，作者一人支柱東南半壁，企圖進而恢復神州的理想，將其又隱然蘊藏於詞句裏，這是何等的筆力。

　　「人言此地，夜深長見，斗牛光焰」以下三句，從延平津雙劍故事翻騰出劍氣上沖鬥牛的詞境。又把山高、潭空、水冷、月明、星淡等清寒景色，彙集在一起，以「我覺」二字領起，給人以寒意搜毛髮的感覺。然後轉到要「燃犀下看」，一探究竟。「風雷怒，魚龍慘」一個怒字，一個慘字，緊接著上句的怕字，從靜止中進入到驚心動魄的境界，字裏行間，跳躍著虎虎的生氣。

　　這「雷」、「魚龍」爲何？顯然是藉以指代南宋朝廷裏反對抗金的投降派、主和派，而且當時他們把持朝政，作爲主張抗金的辛棄疾來說，取劍殺敵只是一個美好的幻想罷了。這裏就南劍、雙溪樓的地名，地理形勢，歷史傳說鋪敍開來，「西北浮雲」暗指中原淪淪陷；「山高、水冷」，分明喻指時勢險峻。這些都是詞人要「須長劍」的現實背景，只是風雷魚龍又是更現實的背景，兩相比較，詞人才苦悶頓生，憤恨頓起。詞人的無奈也是當時愛國者共有的感受，國勢本來就風雨飄搖，妖邪奸佞卻從中作梗，阻撓抗金，兩種截然相反的歷史態度卻映照出了詞人的崇高氣節，那就是危難之時、國難當頭，不可苟活於世，只求一己平安！

　　下片寫所覽之景及登臨之感，「峽束蒼江對起，過危樓，欲飛還斂」三句，盤空硬語，實寫峽、江、樓。詞筆剛勁中帶韌性，極富烹煉之工。蒼江本來是自由流動之河流，卻因爲兩岸的峽榖而受束縛，可謂是「華山天險一條道」，除此別無他路，這「蒼水」似乎有詞人自身的影子在裏面，他把個人的感受充分地融入所覽之景中，在景中實現心靈的共鳴。「欲飛還斂」一句，激越中還有一點壓抑，想一展雙翼卻又收緊了翅膀，這其實是詞人處境艱難，心情鬱憤，從熾烈的民族鬥爭場合上被迫退下來的悲涼心情。

　　「元龍老矣，不妨高臥，冰壺涼簟」以元龍（陳登）自喻，欲高臥雲煙，飲冷水，睡涼席，過一種舒適閒散的隱居生活，辛棄疾企圖以淡靜之詞，勉強抑制自己飛騰的壯志。顯然，愛國詞人是做不到，也是不願意的，這只是他的憤激語罷了。

　　「千古興亡，百年悲笑，一時登覽」千古興亡的感慨，低廻往復，表面看來，情緒似乎低沉，但隱藏在詞句背後的，又正是不能忘懷國事的憂憤。既看透了屈膝偏安的必然敗亡的命運；也看透了自己理想與抱負中成泡影的結局，只能付諸宿命了。

　　結句「問何人又卸，片帆沙岸，繫斜陽纜」，沐浴著夕陽的航船卸落白帆，在沙灘上擱淺拋錨。詞人把自己更深地融入了景中，從中可以看出詞人有歸隱之意，但是其中充滿了更多對中原父老與國家前

途無限的關懷。

　　這首詞洋溢著愛國熱情，讀之有金石之音，風雲之氣，令人魄動魂驚。陳廷焯云：「詞直氣盛，寶光燄燄，筆陣橫掃千軍，雄奇之景，非此雄奇之筆，不能寫得如此精神。」〔註68〕詞中並採用當地傳說，並關合眼前奇幻蒼茫的景色，寄寓了壯志不酬，抑鬱蒼涼的心情，委婉頓挫，展現了詞人矛盾與莫可奈何的心情。前人常用「沉雄」評辛詞，此闋〈水龍吟〉很能代表辛詞雄渾豪放、慷慨悲涼的風格。

五、陳亮　春恨「鬧花深處層樓」

> 鬧花深處層樓，畫簾半捲東風軟。春歸翠陌，平莎茸嫩，垂楊金淺。遲日催花，淡雲閣雨，輕寒輕暖。恨芳菲世界，游人未賞，都付與、鶯和燕。
>
> 寂寞憑高念遠。向南樓、一聲歸雁。金釵鬥草，青絲勒馬，風流雲散。羅綬分香，翠綃封淚，幾多幽怨。正銷魂，又是疏煙淡月，子規聲斷。

陳亮詞本以雄放恣肆、慷慨豪健著稱，論者往往忽視其比較委婉含蓄之作。實則作為一個大家，他也和他的摯友辛棄疾一樣，〔註69〕存詞中也還有些以婉約之筆抒情的別具風格的作品，如這首〈水龍吟〉便是。

　　這首詞借春日登樓有感，抒發思念中原失地的懷遠之情。清代的陳廷焯《詞則》說此詞：「淒豔。」〔註70〕明代的李攀龍《草堂詩餘集》亦謂：「春光如許，游賞無方，但愁恨難消，不無觸景生情。」〔註71〕表面上看起來是情詞，其實卻是感慨萬千。

　　一開始，作者便用清麗的彩筆勾勒出一個繁花似錦而又十分深遠幽靜的居處，為詞中主人公凝思沉想創造條件。首句「鬧花」二字雖

〔註68〕見唐圭璋：《詞話叢編》，冊四，頁3916。
〔註69〕劉熙載《藝概》說：「陳同甫與稼軒為友，其人才相若，詞亦相似。」見唐圭璋：《詞話叢編》，冊四，頁3694。
〔註70〕唐圭璋：《詞話叢編》，冊四，頁3794。
〔註71〕李攀龍：《草堂詩餘集》（臺北：臺灣商務印書館，1986年影印文淵閣《四庫全書》本），集部。

取意于宋祁〈玉樓春〉名句「紅杏枝頭春意鬧」，作者用意卻不在寫盛開的春花，而要用它來襯托「層樓」的深邃。「深處」二字將層樓與喧囂的人世隔離開來，此花愈「鬧」則其深處之層樓便愈隱蔽愈幽靜。接寫「畫簾半卷東風軟」，雖未點出主人公，而實是用以刻畫樓中人在此景物中所產生的感覺與心境。作者極盡鋪陳之能事，以賦的筆法來描繪這大好春光。

　　「春歸翠陌，平莎茸嫩，垂楊金淺」是目之所見；「遲日催花，淡雲閣雨，輕寒輕暖」是心之所感。從客觀的描寫環境，轉而再寫「春恨」，這方是作者欲表現的主題。爲寫此，「恨芳菲世界，遊人未賞，都付與、鶯和燕」三句，在詞意上來了一個大轉折。清劉熙載《藝概·詞曲概》說此「言近指遠，直有宗留守大呼『渡河』之意」，〔註72〕言其意與抗金名將宗澤臨死時還大呼「渡河，渡河」一樣，無時不想到北伐收復失地的夙願。

　　下片徑承上片之意，言「恨」之所來，卻又把作者與樓中人合而爲一：「寂寞憑高念遠，向南樓，一聲歸雁」，既惝恍迷離，又明白無隱。首先，對首句「鬧花深處層樓」加以補充，前句寫樓，這句寫樓上之人；而此人正處「鬧花深處」，遠離世人，故而「寂寞」；加之視線不能遠至，就只好以心代目，「憑高念遠」了。春季大雁是回歸北方的，從「一聲歸雁」四字可以推知，樓上之人的「念遠」是思念北方的中原故國。

　　這裏所用「南樓」一典，乃是指東晉元老重臣庾亮鎮守武昌，秋夜登南樓的故事，〔註73〕暗取其敵禦外侮之意。上片所鋪敍的春景，便可明白原來作者筆下所寫的並非江南水鄉春雨融融的景致，而全然是一派中原春回大地的景象。那遲遲未落下的「淡雲閣雨」，那長滿莎草的平原，還有那中原舉目皆是的「垂楊」，這些都是作者「寂寞憑高念遠」所涉想到的，也正是「恨」「遊人未賞」的「芳菲世界」

〔註72〕唐圭璋：《詞話叢編》，冊四，頁 3694。
〔註73〕見房玄齡《晉書斠注·庾亮傳》，頁 1277。

－146－

的眞景實物。然而,「恨」還不止於此。

　　「金釵鬥草,青絲勒馬,風流雲散」和「羅綬分香,翠綃封淚,幾多幽怨」是兩組相對偶的排比句,它們以對比的方式表現出登樓人離亂前留下的美好記憶和如今的痛苦心情。大意是:「當年賭以金釵的鬥草遊戲和勒馬春遊,那是何等愜意;如今,只有贈別的羅帶尚存餘香、翠綠的絲貼還殘留有離別的淚痕,其他均煙消雲散,惟餘無限幽怨而已。這無疑是借男女別情來抒發自己對故國的懷念與悵恨。

　　最後三句從「念遠」回到現實之中,用煙月迷蒙、杜鵑聲斷的春夜景色烘托作者此時寂寞魂銷的淒苦心境,給讀者留下無可名言的幽想餘思。

　　在這首詞中,作者與抒情主人公時分時合,或虛或實,不能確指,也不需嚴爲區別。總之,都是爲抒發作者情懷而設。正因如此,作品更顯得格外隱約曲折、耐人尋味。這在《龍川詞》中是較爲特殊的。清人徐釚《詞苑叢談》道:「陳同甫開拓萬古之心胸,推倒一世之豪傑,其〈水龍吟〉詞,乃復幽秀。」〔註74〕正是指此而言。

六、王沂孫　落葉「曉寒初著青林」

　　曉霜初著青林,望中故國淒涼早。蕭蕭漸積,紛紛猶墜,
　　門荒徑悄。渭水風生,洞庭波起,幾番秋杪。想重崖半沒,
　　千峰盡出,山中路,無人到。

　　前度題紅杳杳。遡宮溝、暗流空繞。啼螿未歇,飛鴻欲過,
　　此時懷抱。亂影翻窗,碎聲敲砌,愁人多少。望吾廬甚處,
　　只應今夜,滿庭誰掃。

落葉是在此闋〈水龍吟〉中所吟詠的主題,王沂孫在描寫景物中自始至終滲透著作者的感情,詠物和抒情熔於一爐,使這闋詞充滿了無限生機。

　　「曉霜初著青林」以景帶情,用筆簡練,而輪廓頓明。作者在不

〔註74〕徐釚:《詞苑叢談》(上海:上海古籍出版社,1981年2月),頁23。

經意如實地描摹出來自然景色：青林遭早霜，秋風掃落葉，本是自然界秋冬更迭時常見之景象，但對作者來說，卻因景生情，心中升起一股莫名的淒涼之情。「望中故國淒涼早」無限心事，隱藏其中。「故國淒涼早」猛一看，借秋初大自然的蕭索景象，寫朝代之替換。這景象不但指自然景象，也應包括社會景象在內，這是第一層。而淒涼的景象正應照詞人的萬端愁緒，這是第二層。此詞似詠落葉，實則藉以抒發心中對故國的思念，同時寄寓自己的身世之感。

　　爲將「淒涼」落到實處，上片連用幾個與落葉有關的典故，使言辭雖簡，但寓意深刻而豐富。「蕭蕭漸積」這裏借指落葉，實暗用杜甫〈登高〉：「無邊落木蕭蕭下」〔註75〕詩意。「紛紛猶墜」類與范仲淹〈御街行〉中：「紛紛墜葉飄香砌」，〔註76〕「渭水風生」用賈島〈憶江上吳處士〉：「秋風吹渭水，落葉滿長安」〔註77〕詩意；「洞庭波起」則借用屈原〈九歌·湘夫人〉「嫋嫋兮秋風，洞庭波兮木葉下」詩意。〔註78〕幾個典故緊扣落葉，有著內在聯繫，毫無游離之感，而且補足上句「故國淒涼早」。胡應麟《詩藪》曾謂：「古人用典以婉轉清空，了無痕跡，縱橫變化，莫測端倪爲高。王沂孫詞中用典大多能達到如此境界。」〔註79〕所以周濟《宋四家詞選序論》稱讚云：「詠物最爭託意，隸事處以意貫串，渾化無痕，碧山勝場也。」〔註80〕

　　「想重厓半沒，千峰盡出，山中路，無人到」用「想」作領字，領「重厓」數句。陳廷焯分析此詞，推斷「重厓」或即指宋亡時陸秀夫負帝昺赴海自殺的厓山，〔註81〕以此詞寫時南宋則亡，則或有此意。

〔註75〕見清聖祖敕編：《全唐詩》，頁 2467～2468。
〔註76〕見朱寶模等編：《全宋詩》（北京：北京大學出版社，1999 年 9 月），頁 3369。
〔註77〕見清聖祖敕編：《全唐詩》，頁 6647。
〔註78〕見朱熹：《楚辭集注》，頁 42。
〔註79〕胡應麟：《詩藪》（上海：上海古籍出版社，1979 年 10 月），頁 327。
〔註80〕見唐圭璋：《詞話叢編》，冊二，頁 1644。
〔註81〕見唐圭璋：《詞話叢編》，冊四，頁 3811。

　　上半闋著力于寫景。下半闋重在抒情。「前度題紅杳杳」借用紅葉題詩的故事，暗示故宮的冷落。細加揣摩，就會發現這一典故運用得十分巧妙。「前度」說明象從前那樣宮女題紅之事已不再見，故宮的冷落表明朝代更迭，給人們留下更加廣闊的聯想餘地。

　　「前度題紅杳杳，逆宮溝、暗流空繞」兩句是虛寫，「啼螿未歇，飛鴻欲過，此時懷抱。亂影翻窗，碎聲敲砌，愁人多少」六句則是實寫，近處，寒蟬低吟；遠處，飛鴻哀鳴。蟬吟鴻鳴彷彿交織成一首深秋寒夜的協奏曲。眼前的翻窗亂影，滿階枯葉，使人愁思滿腸！「愁人」當然不單指詞人自己，還包括與他一樣經歷苦難的人們。

　　此詞結尾「望吾廬甚處，只應今夜，滿庭誰掃」連用兩個問句，提出問題，而不作回答，留下空白，作者是讓讀者自己通過想像加以補充。「滿庭誰掃」字淺意深，悲愁中摻雜著惆悵，哀怨中挾帶著孤獨，複雜的情感，也難以卒言。

　　宋亡後，在內心深處揮之不去的仍是深沉的故國之思。在這首詞中，作者運用嫻熟的筆法，使主觀和客觀融洽，構成一個完整的整體，通過這種境界的創造，表現了詞人在南宋末期對現實難排的抑鬱之情和淒涼境地，無怪乎陳廷焯《白雨齋詞話》云：「王碧山詞品最高，味最厚，意境最深，力量最重。感時傷世之言，而出以纏綿忠愛，詩中之曹子建，杜子美也。」〔註82〕

〔註82〕見唐圭璋：《詞話叢編》，冊四，頁3811。

第六章　結　論

　　詞源於唐五代，起於民間，至宋繼有文士插手，調由粗至精，情由露而隱，故詞體大盛，爲宋代文學代表，堪與唐詩並列。然詞由民間以至於文人，體制或有變異，格律或有轉易，聲情亦有出入，故探析詞調之源由、演變，方可知其體製、平仄、用韻、聲情之更迭。

　　〈水龍吟〉詞調源於笛曲，故其聲情屬於激昂奮舉、情韻緜遠；內容則隨著詞人之感情起伏，幻化出多彩多姿的風貌。〈水龍吟〉的主題，因爲受宋代青樓歌妓的繁盛、士人唱和酬贈風氣盛行、時代環境的劇變，及詞成爲宗教傳播的工具等因素影響下，使〈水龍吟〉的主題呈現多元化的開展，而分爲相思情愁、詠物寫景、家國之思、歡愉祝壽、隱逸閒適及其他等六類。

　　宋〈水龍吟〉詞作，大都分布於南渡時期。北宋時期作品，尚著力於描寫男女情感之相思情愁，宋室南遷之後，詞人筆鋒一轉，採〈水龍吟〉之韻律特色，以慷慨激昂之調，寫家國之思、黍離之悲，其中尤以辛棄疾之詞作引領風潮，亦使此類家國情懷之作品，成爲後人認識〈水龍吟〉詞作內容之主調。而詞人驚覺復國無望、歸鄉日遙，轉以避世隱遁擬有「隱逸閒適」主題之詞作，亦可視爲與「家國之思」詞之一體兩面之作。

　　而佔〈水龍吟〉最大宗者，爲「吟詠風物」主題之詞作，此類作

品首見章粢詠楊花詞，其後因東坡和韻之作，而使詠物作品大量興起，且以詠花之詞佔了約五分之三強，其中又以詠梅花之作最多，其冰清玉潔之姿，成爲宋代詞人理想典型之寄託，亦可視爲理學思潮風行之下的產物。

南北宋之交，寫作祝壽賀詞之風氣興盛到極點，〈水龍吟〉壽詞亦多達四十六闋，詞人利用〈水龍吟〉長調的特性，對壽誕者極力稱揚、高聲慶賀。亦爲〈水龍吟〉詞作中，少見的歡愉嬉樂之詞。

〈水龍吟〉本爲笛曲，且深受詞人喜愛，其優美的韻律形式，吸引著詞人們不斷填作。而此一韻律形式，同時也左右了內容情感的表達，它包括體制格律與用韻特色兩方面。

常見的〈水龍吟〉格律，主要有三種，起句六字、第二句七字者，辛棄疾的「楚天千里清秋」詞之「六七四四四四四四五四三三・六七四四四四四五四四」體式，與秦觀「小樓連苑橫空」「六七四四四四四四五四六・六七四四四四四四九四」體式，當同屬之「正體」。而起句七字、第二句六字者，則以蘇軾「霜寒煙冷蒹葭老」詞之「七六四四四四四四五四六・六七四四四四五四四」句式爲正格。

歷來詞人和詞譜家，意見多所紛呈，分別以秦觀詞與蘇軾爲基本式，將其作「攤破」、「加襯」、「衍慢」等變化，再加上辛棄疾與蔣捷各有一闋仿楚辭體，故〈水龍吟〉詞作，以詞作字數分爲一百○一字、一百○二字、一百○三字、一百○四字、一百○六字等五類，合計格律類型有二十八體之多。但大體爲雙調、仄韻之一百○二字體爲最多。

韻腳是調節樂拍，造成和諧層次的重要韻律組織。藉由詞調用韻的觀察，能見出時代推移與才人交替下的詞韻變化。它深受詞調特性及聲情需求等因素影響。就第一點言，〈水龍吟〉的用韻上聲以「紙」、「旨」、「止」、「尾」、「薺」、「語」、「噳」、「姥」，去聲以「寘」、「至」、「志」、「未」、「霽」、「祭」、「太」、「隊」、「御」、「遇」、「暮」等韻爲主，說明其激越豪邁、慷慨悲憤之特性。和韻亦是以押第三部爲最多。

　　其次，各韻部所蘊含的聲情效果，大抵閒適之懷用清新、細膩之韻；怨恨惆悵採悲涼、幽微之音；歡愉祝賀韻以爽朗、輕快；詠物寫景韻選壯闊、寬平；而黍離之悲韻以蒼涼、深沉，各具美感藝術。

　　此外，〈水龍吟〉的越部用韻，突顯了詞人方音對詞韻分布的影響；和韻之例則見出本調多吟詠風物主題的原因，並由往來的酬酢中，一窺〈水龍吟〉盛行的概況。

　　詞人與詞調的關係，除了方音用韻外，亦帶動了詞調的創作風氣。尤其是名家、名作，往往會引發後人的仿效跟進，久而久之，便成為該詞調的聲情主流，值得注目。

　　為求出公認的〈水龍吟〉名家、名作，本文從二十五種詞選著手統計，首先求得名作四十三闋，然後將此評選結果，配合詞人填作的數量，選拔出名家十位。大體上，名家作品的主題，與〈水龍吟〉整體主題間，存在著「共同性」。這意味著名家填作〈水龍吟〉時，受到時代氛圍的節制。本文就前三名主要名家：辛棄疾、蘇軾、王沂孫，作更深入的探討，藉以管窺名家作品的個別風貌。

　　而在名作的選評上，本文則取蘇軾「似花還似非花」詞、辛棄疾「楚天千里清秋」詞、陳亮「鬧花身處層樓」詞、章棨「燕忙鶯懶花殘」詞、辛棄疾「舉頭西北浮雲」詞、王沂孫「曉寒初著青林」詞等六闋〈水龍吟〉詞，來追溯名作內蘊的情感意含，亦可呈現〈水龍吟〉名作的寫作特色。

　　〈水龍吟〉的特色，如上所云。若將〈水龍吟〉置回詞史的洪流中，去重新定位它的價值，反思它對詞體發展的重要貢獻，進而提煉出〈水龍吟〉的詞史地位，以及影響層面。可由下列幾點看出：
第一，它帶動了填作慢詞的風氣。〈水龍吟〉在形式上足足有二十八
　　　體之多，字數亦有一百○一字、一百○二字、一百○三字、一百
　　　○四字、一百○六字，五種之多，起首亦有四字、六字、七字
　　　之別，在格律體式上，給與詞人極大的發揮空間，故帶動了詞
　　　人填作慢詞長調的風氣。

第二，它代表了南方文化的特質。安史之亂後，隨著經濟重心的南移，
　　　一般繁榮的城市多興起於江南沿岸及運河途經之地，例如杭
　　　州、蘇州、京口、揚州等。〈水龍吟〉詞作有近九成都作於宋
　　　室南渡之後，詞作中充滿了南方色彩，雖聲調激昂，但用語之
　　　細緻仍展現了江南地區那種纖柔細膩、典雅斯文的人文習俗。
第三，它可看出主題與時局的關聯。〈水龍吟〉早期的主題多男女相
　　　思之情，其後，隨著政局的演變而開拓出家國之思、隱逸閒適、
　　　祝壽歡愉、吟詠風物等主題，諸家名作，亦能借用〈水龍吟〉
　　　詞調，呈現出個人特色，並不斷開展出令人耳目一新之風格。
第四，它可看探察出詞人選調的態度。〈水龍吟〉詞共有三百一十一
　　　闋，但確掌握在一百五十三人之手，，將詞人與詞調兩相對照，
　　　可以看出那些詞人愛用〈水龍吟〉，那些詞人卻不甚愛用，並
　　　可探求得知各詞人在選調時的態度，是因熟悉，或是因思創
　　　調，而少用此調。
第五，從研究方向的展望來說，以此單一詞調的研究進行全面性的探
　　　究，進而吾人亦可研究其他詞調，再從不同詞調中，尋得他們
　　　的相同處。這種方式，即使是在用於對形式、用韻上面，也可
　　　從中比較出異調之同異處，尤其對早期小令與後期慢詞之間的
　　　氛圍交替，有撥雲見日之效。
　　　由此觀之，一詞調之成熟，需成於大眾之手，不由一人獨成。且
經時代之更替，亦使詞調產生不同形式，除人為作用外，時間亦是助
長詞體開展之功臣，絕不可等閒視之。今日，吾人所見之〈水龍吟〉
調已為定體，唯有探其來由，明其演變，方可掌握詞體之本色，以利
賞析及塡作之用。

參考書目

一、詞　集

1. 《敦煌歌詞總編》，任半塘，收入中國地方歌謠集成，舒蘭，台北：渤海堂文化公司，1989 年 7 月。

2. 《全唐五代詞》，曾昭岷、曹濟平、王兆鵬、劉尊明，北京：中華書局，1999 年 12 月。

3. 《全宋詞》，唐圭璋編、王仲聞參訂、孔凡禮補輯，北京：中華書局，1999 年 1 月。

4. 《樂府雅詞及拾遺》，〔宋〕曾慥，影印文淵閣四庫全書本，臺北，臺灣商務印書館，1986 年 3 月。

5. 《花庵詞選及續集》，〔宋〕黃昇，影印文淵閣四庫全書本，臺北，臺灣商務印書館，1986 年 3 月。

6. 《陽春白雪》，〔宋〕趙聞禮，叢書集成初編影印粵雅堂叢書本，北京：中華書局，1985 年。

7. 《絕妙好詞》，〔宋〕周密、〔清〕查爲仁、厲鶚箋，影印文淵閣四庫全書本，台北：臺灣商務印書館，1986 年 3 月。

8. 《草堂詩餘》，〔宋〕佚名，影印文淵閣四庫全書本，台北：臺灣商務印書館 1986 年 3 月。

9. 《詞林萬選》，〔明〕楊愼，四庫全書存目叢書據清乾隆十七年曲溪洪振珂重印明末毛氏汲古閣刻詞苑英華本，台北：莊嚴文化事業公司，1997 年 6 月。

10. 《花草粹編》，〔明〕陳耀文，影印文淵閣四庫全書本，台北：臺灣商務印書館，1986 年 3 月。

11. 《詞綜》，〔清〕朱彝尊，影印文淵閣四庫全書本，台北：臺灣商務印書館，1986 年 3 月。

12. 《詞選》，〔清〕張惠言，四部備要據錢塘徐氏校本校刊，台北：中華書局，1981 年。

13. 《續詞選》，〔清〕董毅，四部備要據錢塘徐氏校本校刊，台北：中華書局，1981 年。

14. 《蓼園詞選——清人選評詞集三種》，〔清〕黃蘇，濟南，齊魯書社，1988 年 9 月。

15. 《宋四家詞選》，〔清〕周濟輯，叢書集成初編影印滂喜齋叢書本，北京：中華書局，1985 年。

16. 《御選歷代詩餘》，〔清〕沈辰垣、王奕清等奉敕編，影印文淵閣四庫全書本，台北：臺灣商務印書館，1986 年 3 月。

17. 《歷朝名人詞選》，〔清〕夏秉衡，據掃葉山房石印，台北：廣文書局，1972 年 9 月。

18. 《藝蘅館詞選》，梁令嫻，台北：臺灣中華書局，1970 年 10 月。

19. 《唐宋名家詞選》，龍沐勛，台北：臺灣開明書店，1975 年 4 月。

20. 《宋詞三百首箋注》，朱祖謀輯、唐圭璋箋注，台北：臺灣學生書局，1976 年 9 月。

21. 《全宋詞簡編》，唐圭璋，上海：上海古籍出版社，1981 年 7 月。

22. 《詞選》，鄭騫，台北：中國文化大學出版部，1982 年 4 月。

23. 《續詞選》，鄭騫，台北：中國文化大學出版部，1982 年 5 月。

24. 《宋詞選》，胡雲翼，上海：上海古籍出版社，1982 年 10 月。

25. 《唐宋詞簡釋》，唐圭璋，上海：上海古籍出版社，1986 年 11 月。

26. 《唐宋詞選》，夏承燾，北京：中國青年出版社，1987 年。

27. 《唐宋詞欣賞》，夏瞿禪，台北：文津出版社，1983 年 10 月。

28. 《唐五代兩宋詞選釋》，俞陛雲，台北：文史哲出版社，1988 年 7 月。

29. 《唐宋詞名作析評》，陳弘治，台北：文津出版社，1988 年 10 月。

30. 《詞選註》，盧元駿，台北：正中書局，1988 年 10 月。

31. 《唐宋名家詞賞析——蘇軾》，葉嘉瑩，台北：大安出版社，1991 年 2 月。

32. 《唐宋詞選釋》，俞平伯，石家莊：花山文藝出版社，1997 年 11 月。

33. 《唐宋詞選》，中國社會科學院文學研究所，北京：人民文學出版社，1997 年 1 月。

34. 《詞選》，胡適選注，石家莊：河北人民出版社，1999 年 1 月。

35. 《宋詞鑑賞辭典》，賀新輝，北京：北京燕山出版社，1996 年 7 月。

36. 《全宋詞廣選新注集評》，馬興榮、劉乃昌、劉繼才，瀋陽：遼寧人民出版社，1997 年。

37. 《唐宋詞鑑賞集成》，唐圭璋、繆鉞，台北：五南圖書公司，2001 年。

38. 《晏殊詞新釋輯評》，劉揚忠，北京：中國書店，2003 年 1 月。

39. 《歐陽修詞新釋集評》，邱少華，北京：中國書店，2001 年 1 月。

40. 《片玉集注》，〔宋〕周邦彥撰、〔明〕陳元龍注，收入增補詞學叢書，楊家駱，台北：世界書局，1983 年 4 月。。

二、詞話、詞論

1. 《詞話叢編》，唐圭璋，台北：新文豐出版公司，1988 年 2 月。

2. 《碧雞漫志》，〔宋〕王灼，詞話叢編本，台北：新文豐出版公司，1988 年 2 月。

3. 《詞源》，〔宋〕張炎，詞話叢編本，台北：新文豐出版公司，1988 年 2 月。

4. 《樂府指迷》，〔宋〕沈義父，詞話叢編本，台北：新文豐出版公司，1988 年 2 月。

5. 《爰園詞話》，〔明〕俞彥，詞話叢編本，台北：新文豐出版公司，1988 年 2 月。

6. 《填詞雜說》，〔清〕沈謙，詞話叢編本，台北：新文豐出版公司，1988 年 2 月。

7. 《歷代詞話》，〔清〕王奕清，詞話叢編本，台北：新文豐出版公司，1988 年 2 月。

8. 《皺水軒詞筌》，〔清〕賀裳，詞話叢編本，台北：新文豐出版公司，1988 年 2 月。

9. 《詞潔輯評》，〔清〕先著、程洪，詞話叢編本，台北：新文豐出版公司，1988 年 2 月。

10. 《詞苑萃編》，〔清〕馮金伯，詞話叢編本，台北：新文豐出版公司，1988 年 2 月。

11. 《樂府餘論》，〔清〕宋翔鳳，詞話叢編本，台北：新文豐出版公司，1988 年 2 月。

12. 《憩園詞話》，〔清〕杜文瀾，詞話叢編本，台北：新文豐出版公司，1988 年 2 月。

13. 《蓼園詞選》，〔清〕黃蘇，詞話叢編本，台北：新文豐出版公司，1988 年 2 月。

14. 《菌閣瑣談》，〔清〕沈增值，詞話叢編本，台北：新文豐出版公司，1988 年 2 月。

15. 《詞概》，〔清〕劉熙載，詞話叢編本，台北：新文豐出版公司，1988 年 2 月。

16. 《白雨齋詞話》，〔清〕陳廷焯，詞話叢編本，台北：新文豐出版公司，1988 年 2 月。

17. 《論詞隨筆》，〔清〕沈祥龍，詞話叢編本，台北：新文豐出版公司，1988 年 2 月。

18. 《詞徵》，〔清〕張德瀛，詞話叢編本，台北：新文豐出版公司，1988 年 2 月。

19. 《詞苑叢談》，〔清〕徐釚，台北：木鐸出版社，1982 年 2 月。

20. 《詞學全書》，〔清〕查培繼，台北：廣文書局，1971 年 4 月。

21. 《唐宋詞集序跋匯編》，金啟華，台北：台灣商務印書館，1993 年 2 月。

22. 《詞學指南》，謝无量，台北：台灣中華書局，1981 年 10 月。

23. 《詞學概論》，宛敏灝，上海：上海古籍出版社，1987 年 7 月。

24. 《說詩談詞》，姚普、姚丹，西安：陝西人民出版社，1992 年 2 月。

25. 《詩詞挈領》，士會，九龍，萬里書店，2001 年 4 月。

26. 《詞曲概論》，龍榆生，北京：北京出版社，2004 年 9 月。

27. 《唐宋詞通論》，吳熊和，杭州，浙江古籍出版社，1989 年 3 月。

28. 《宋詞概論》，謝桃坊，成都，四川文藝出版社，1992 年 8 月。

29. 《宋詞入門》，陳振寰、沙靈娜，貴陽：貴州人民出版社，1993 年 4 月。

30. 《詞與音樂關係研究》，施議對，北京：中國社會科學出版社，1985 年 7 月。

31. 《迦陵論詞叢稿》，葉嘉瑩，台北：明文書局，1987 年 12 月。

32. 《詞學考詮》，林玫儀，台北：聯經出版事業公司，1987 年 12 月。

33. 《唐宋詞鑑賞通論》，李若鶯，高雄：高雄復文圖書出版社，1996 年。

34. 《詞林散步——唐宋詞結構分析》，陳滿銘，台北：萬卷樓圖書公司，2000 年 1 月。

35. 《唐宋詞與唐宋歌妓制度》，李劍亮，杭州：杭州大學出版社，2000

年 11 月。

36. 《唐宋詩詞文化解讀》，蔡鎮楚、龍宿莽，北京：北京圖書館出版社，2004 年 9 月。

37. 《唐宋詞社會文化學研究》，沈松勤，杭州：浙江大學出版社，2004 年 12 月。

38. 《唐宋士風與詞風研究：以白居易、蘇軾為中心》，張再林，北京：人民文學出版社，2005 年 6 月。

39. 《詞學名詞釋義》，施蟄存，北京：中華書局，1988 年 6 月。

三、詞　律

1. 《詞律》，〔清〕萬樹，台北：廣文書局，1971 年 9 月。

2. 《御定詞譜》，〔清〕王奕清等奉敕輯，影印文淵閣四庫全書本，台北：台灣商務印書館，1986 年 3 月。

3. 《康熙詞譜》，〔清〕陳廷敬，長沙：岳麓書社，2000 年 10 月。

4. 《白香詞譜》，〔清〕舒夢蘭，台南：北一出版社，1971 年 8 月。

5. 《實用詞譜》，蕭繼宗，台北：中華叢書編審委員會，1957 年 9 月。

6. 《漢語詩律學》，王力，上海：新知識出版社，1958 年 1 月。

7. 《詞範》，嚴賓杜，台北：中華叢書編審委員會，1959 年 10 月。

8. 《詩詞作法講話》，江宗秀，台北：五洲出版社，1968 年 4 月。

9. 《孟玉詞譜》，沈英名，台北：正中書局，1972 年 3 月。

10. 《唐宋詞格律》，龍沐勛，台北：里仁書局，1979 年 3 月。

11. 《詞律探原》，張夢機，台北：文史哲出版社，1981 年 11 月。

12. 《詩詞曲格律與欣賞》，蘭少成、陳振寰，桂林：廣西師範大學出版社，1989 年 7 月。

13. 《填詞指要》，狄兆俊，南昌：百花洲文藝出版社，1990 年 12 月。

14. 《詞律辭典》，潘慎，太原：山西人民出版社，1991 年 9 月。

15. 《詩詞韻律》，徐志剛，濟南：濟南出版社，1992 年 12 月。

16. 《詞範》，徐柚子，上海：華東師範大學出版社，1993 年 4 月。

17. 《詩詞入門─格律、作法、鑒賞》，夏傳才，天津：南開大學出版社，1995 年 8 月。

18. 《常用詞牌譜例》，袁世忠，南昌：百花洲文藝出版社，1996 年 5 月。

19. 《詩詞曲的格律和用韻》，耿振生，鄭州：大象出版社，1997 年 4 月。

20. 《詩詞曲格律綱要》，涂宗濤，天津：天津人民出版社，2000 年 9 月。

21. 《詩詞曲聲律淺説》，夏援道，武漢：湖北教育出版社，2000 年 10 月。

22. 《詩詞格律概要》，王力，北京：北京出版社出版，2002 年 5 月。

23. 《王力詞律學》，王力，太原：山西古籍出版社，2003 年 1 月。

24. 《詞牌釋例》，嚴建文，杭州：浙江古籍出版社，2004 年 2 月。

25. 《詩詞格律教程》，朱承平，廣州，暨南大學出版社，2004 年 8 月。

26. 《詩詞曲答問——詩詞曲格律綱要副編》，涂宗濤，天津：天津人民出版社，2005 年 1 月。

27. 《詞林正韻》，〔清〕戈載，台北：文史哲出版社，1991 年 12 月。

28. 《詞牌彙釋》，聞汝賢，台北：作者自印本，1963 年 5 月。

29. 《宋人擇調之翹楚——浣溪沙詞調研究》，林鍾勇，台北：萬卷樓圖書公司，2002 年 9 月。

四、詞史及其他

1. 《詞曲史》，王易，南京：江蘇教育出版社，2005 年 8 月。

2. 《唐宋詞史論》，王兆鵬，北京：人民文學出版社，2000 年 1 月。

3. 《北宋十大詞家研究》，黃文吉，台北：文史哲出版社，1996 年 3 月。

4. 《宋南渡詞人》，黃文吉，台北：台灣學生書局，1985 年 5 月。

5. 《南宋詞研究》，王偉勇，台北：文史哲出版社，1987 年 9 月。

6. 《唐宋詞百科大辭典》，王洪，北京：學苑出版社，1990 年 9 月。

7. 《宋詞大詞典》，王兆鵬、劉尊明，南京：鳳凰出版社，2003 年 9 月。

8. 《全宋詞作者詞調索引》，高喜田、寇琪，北京：中華書局，1992 年 6 月。

9. 《詞學研究書目（1912～1992 年）》，黃文吉，台北：文津出版社，1993 年 4 月。

五、文　學

1. 《中國文學欣賞全集》，中國叢書編輯委員會編，台北：莊嚴出版社，1984 年。

2. 《詩經欣賞與研究》，糜文開、裴普賢，台北：三民書局，1991 年 2 月。

3. 《文選》，〔梁〕蕭統編、〔唐〕李善注，清胡克家覆宋淳熙本，台北：

漢京文化事業公司，1983 年 9 月。

4. 《御定全唐詩》，〔清〕康熙御定，影印文淵閣四庫全書本，台北：臺灣商務印書館，1986 年 3 月。

5. 《全唐詩》，〔清〕聖祖御編，台北：盤庚出版社，1979 年 2 月。

6. 《杜詩詳註》，〔清〕仇兆鰲，影印文淵閣四庫全書本，台北：臺灣商務印書館，1986 年 3 月。

7. 《儲光羲詩集》，〔唐〕儲光羲，影印文淵閣四庫全書本，台北：臺灣商務印書館，1986 年 3 月。

8. 《全宋詩》，北京大學古文獻研究所，北京：北京大學出版社，1995 年 2 月。

9. 《林和靖集，〔宋〕林逋，影印文淵閣四庫全書本，台北：臺灣商務印書館，1986 年 3 月。

10. 《須溪集》，〔宋〕劉辰翁，影印文淵閣四庫全書本，台北：臺灣商務印書館，1986 年 3 月。

11. 《宋詩記事》，〔清〕厲鶚，影印文淵閣四庫全書本，台北：臺灣商務印書館，1986 年 3 月。

12. 《玉臺新詠》，王雲五，台北：臺灣商務印書館，1967 年 9 月。

13. 《中國古代文學十大主題——原型與流變》，王立，台北：文史哲出版社，1994 年 7 月。

14. 《敦煌俗文學研究》，林聰明，台北：私立東吳大學中國學術著作獎助委員會，1984 年 7 月。

15. 《兩宋文學史》，吳新雷、程千帆，高雄：麗文文化公司，1993 年 10 月。

16. 《中原音韻》，〔元〕周德清，影印文淵閣四庫全書本，台北：臺灣商務印書館，1986 年 3 月。

17. 《漢語音韻學》，董同龢，台北：文史哲出版社，1979 年 9 月。

18. 《稼軒詞編年箋注》，鄧廣銘，上海：上海古籍出版社，1998 年 12 月。

19. 《詞苑叢談》，徐釚，上海：上海古籍出版社，1981 年 2 月。

20. 《詞學考詮》，林玫儀等著，台北：聯經出版事業公司，1987 年 12 月。

21. 《龍榆生詞學論文集》，龍榆生，上海：上海古籍出版社，1997 年 7 月。

22. 《詩詞新論》，陳滿銘，台北：萬卷樓圖書公司，1999 年 8 月。

23. 《新譯唐傳奇選》，東忱、張宏生注釋，台北：三民出版社，1988 年 9 月。

24. 《詩藪》，胡應麟，上海：上海古籍出版社，1979 年 10 月。

六、經部、史部、子部

1. 《周易今註今譯》，南懷瑾、徐芹庭註譯，台北：臺灣商務印書館，1986 年 4 月。

2. 《春秋左傳注疏》，〔晉〕杜預注、〔唐〕孔穎達疏，影印文淵閣四庫全書本，台北：臺灣商務印書館，1986 年 3 月。

3. 《史記》，〔漢〕司馬遷，影印文淵閣四庫全書本，台北：臺灣商務印書館，1986 年 3 月。

4. 《史記會注考証，瀧川龜太郎，台北：萬卷樓圖書公司，1993 年 8 月。

5. 《前漢書》，〔漢〕班固撰、〔唐〕顏師古注，影印文淵閣四庫全書本，台北：臺灣商務印書館，1986 年 3 月。

6. 《三國志》，〔晉〕陳壽著、〔宋〕裴松之注，影印文淵閣四庫全書本，台北：臺灣商務印書館，1986 年 3 月。

7. 《晉書斠注》，〔唐〕房玄齡注，影印文淵閣四庫全書本，台北：臺灣商務印書館，1986 年 3 月。

8. 《舊唐書》，〔晉〕劉昫著，影印文淵閣四庫全書本，台北：臺灣商務印書館，1986 年 3 月。

9. 《楚辭集注》，〔宋〕朱熹，台北：國立中央圖書館，1991 年 2 月。

10. 《世說新語》，〔南朝宋〕劉義慶，台北：華聯出版社，1969 年 10 月。

11. 《後漢書》，〔南朝宋〕范曄，影印文淵閣四庫全書本，台北：臺灣商務印書館，1986 年 3 月。

12. 《宋史》，〔元〕托克托，影印文淵閣四庫全書本，台北：臺灣商務印書館，1986 年 3 月。

13. 《宋朝事實》，〔宋〕李攸，影印文淵閣四庫全書本，台北：臺灣商務印書館，1986 年 3 月。

14. 《武林舊事》，〔宋〕周密，影印文淵閣四庫全書本，台北：臺灣商務印書館，1986 年 3 月。

15. 《宋代政教史》，劉伯驥，台北：台灣商務印書館，1981 年。

16. 《新譯莊子讀本》，黃錦鋐，台北：三民書局，1991 年 3 月。

17. 《莊子》，馬信美，台北：錦繡出版社，1992 年 9 月。

18. 《論語集釋》，程樹德，北京：中華書局，1997 年 9 月。

七、單篇論文

1. 《試論詞調〈河傳〉的特色》，連文萍，東吳中文研究集刊，一期，1994 年 5 月，頁 35～46。

2. 《〈訴衷情〉詞調分析》，曾秀華，東吳中文研究集刊，一期，1994 年 5 月，頁 175～192。

3. 《〈南歌子〉詞調試析》，郭娟玉，東吳中文研究集刊，二期，1995 年 5 月，頁 109～128。

4. 《試論詞調〈浪淘沙〉之特色》，黃慧禎，東吳中文研究集刊，二期，1995 年 5 月，頁 129～144。

5. 《在詩律與詞律之間──〈漁歌子〉詞調分析》，謝俐瑩，東吳中文研究集刊，二期，1995 年 5 月，頁 91～108。

6. 《〈洛陽春〉詞調初考》，鄭祖襄，中央音樂學院學報，1996 年 2 期，頁 24～28。

7. 《〈更漏子〉詞調研究》，林宜陵，東吳中文研究集刊，三期，1996 年 5 月，頁 139～159。

8. 《淺論〈水調歌頭〉》，王兆鵬，中國古代、近代文學研究，1997 年 9 期，頁 56～58。

9. 《〈生查子〉詞調綜考》，陳清茂，海軍軍官學校學報，七期，1997 年 12 月，頁 233～241。

10. 《〈生查子〉詞調試》析，杜靜鶴，東吳中文研究集刊，五期，1998 年 7 月，頁 43～64。

11. 《淺析〈調笑〉詞之藝術特色》，郭娟玉，國文天地，十四卷三期，1998 年 8 月，頁 52～56。

12. 《〈楊柳枝〉詞調析論》，沈冬，臺大中文學報，十一期，1999 年 5 月，頁 217～265。

13. 《韻律分析在宋詞研究上之意義》，林玫儀，中國文哲研究集刊，第六期，年月，頁 58。

14. 《影響詩詞曲節奏的要素》，曾永義，中外文學，四卷八期，1976 年 1 月，頁 24。

15. 《選聲擇調與詞調聲情》，吳熊和，杭州大學學報，第 13 卷第 2 期，1983 年 6 月，頁 48。

16. 《詞林正韻部目分合之研究》，許金枝，中正嶺學術研究集刊，1986 年第五期，頁 3～5。

17. 《詞通——論字》，佚名，詞學季刊，1 卷 1 號，1933 年 4 月，頁 132。

18. 《略論兩宋詞的宮調與詞牌》，曹濟平、張成，收入中國首屆唐宋詩詞國際學術討論會論文集，南京，江蘇教育出版社，1994 年 8 月，頁 551～553。

19. 《歷代詞學研究述略》，唐圭璋，收入王小盾、楊棟編，詞曲研究，武漢，湖北教育出版社，2004 年 1 月，頁 207～226。

20. 《論宋詞的派別及其分類》，胡雲翼，收入王小盾、楊棟，詞曲研究，武漢，湖北教育出版社，2004 年 1 月，頁 88～90。

21. 《宋代歌妓繁盛對詞體的影響》，黃文吉，收入黃文吉詞學論集，台北：台灣學生書局，2003 年 11 月。

22. 《唱和與詞體的興衰》，黃文吉，收入黃文吉詞學論集，台北：台灣學生書局，2003 年 11 月，頁 21～39。

23. 《「漁父」在唐宋詞中的意義》，黃文吉，收入黃文吉詞學論集，台北：台灣學生書局，2003 年 11 月，頁 89～108。

24. 《個性的張揚與題材的開拓》，諸葛憶兵，江蘇行政學院學報，第 3 期，總第 15 期，2004 年，頁 118～123。

25. 《中國古代的隱士與隱逸文化》，趙映林，歷史月刊，第 99 期，1996 年 4 月，頁 30～36。

26. 《試論辛棄疾詞的文化淵源》，程自信，江淮論壇，第 5 期，1995 年 1 月。

27. 《頁 103～105。

28. 《從應目會心到遷想妙得——以詠物詞的觀點看蘇軾、章楶的水龍吟》，李錫鵬，寶山師專學報，第 20 卷第 1 期，2001 年 3 月，頁 57。

29. 《東坡詞中月的意象》，李泓泊，文學前瞻，第 3 期，2002 年 6 月，頁 65。

30. 《論詞調的變化》，劉明瀾，音樂藝術，1994 年 2 期，頁 11～22。

31. 《慢詞考略，葉詠琍，慶祝林景伊先生六秩誕辰論文集，1969 年 12 月，頁 2011～2259。

32. 《略論唐宋詞之韻法》，張世彬，中國學人，1977 年 6 期，頁 163～170。

33. 《略述兩宋詞的宮調與詞牌》，曹濟平、張成，中國首屆唐宋詞國際學術討論會論文集，1994 年 8 月，頁 532～561。

34. 《詞的用韻類型》，周崇謙，中國韻文學刊，1995 年 1 期，頁 60～69。

八、電子資料庫

1. 南京師範大學全唐宋金元詞文庫及賞析系統：
   http：//metc.njnu.edu.cn/C_iku/Ci_wk_fm.htm
2. 網路展書讀/唐宋文史資料庫/唐宋詞：
   http://cls.hs.yzu.edu.tw/TST/home.htm

附錄一：水龍吟主題格律用韻分析表

編號	作者	首句	主題	格律	韻目	韻部
001	歐陽修	縷金裙窣輕紗	相思情愛	丨——丨—，丨——丨—丨——丨，丨— —丨、丨—丨—丨——丶—，丨——丨。 —丨、丨—丨—丨——丶—○丨—丨 —丨，丨—丨—丨——丶—○丨—丨 ——丨丨——丶—丨，丨丨——○丨— ——丨，丨——丨。	代代 太代 駭太 代代	5
002	章楶	燕忙鶯懶花殘	吟詠風物	丨——丨—，丨—丶，——丨——丶， —丨—丨丨—丨，丨—丨——丨 ——丨丨，——丶，——丨—。○—丨 丨丨——丶，—丨——丨丨，——丨 —丨，丨——丨。	至志 霽祭 旨至	3
003	蘇軾	古來雲海茫茫	游仙嚮往	丨——丨—，丨——丨——丨丨，——丨 —丨，——丶—，丨—丨，丨——丨。 ○—丨丨——丶，丨—、丨——丨，丨—丨 —丨，——丨——，——丨——，丨—丨 —丨。	御語 語御 御語 御御	4
004	蘇軾	楚山修竹如雲	吟詠風物	丨——丨—，丨——丨——丨丨，——丨 ——丨，——丨——丨，丨——丨。○—丨 丨丨，——丨丨——丶，——丨——丨， 丨—。丨—丨——丨，丨——丨，丨—丨 丨。	小小 篠小 小篠 小篠	8
005	蘇軾	似花還似非花	吟詠風物	丨——丨—，丨——丨丨——丨，——丨 ——丨，——丨——，丨——丶—丨丨， ○—丨丨——丶，——丨——丨丨，— ——丨——丨，丨——丨，丨——丶。	至志 霽祭 旨至	3

—167—

006	蘇軾	小舟橫截春江	感時傷懷	（詞譜平仄符號）	止至旨止止志紙	3
007	蘇軾	小溝東接長江	感時傷懷	（詞譜平仄符號）	祭止志祭至至霽實	3
008	蘇軾	露寒煙冷蒹葭老	家國情懷	（詞譜平仄符號）	霽至薺止實祭旨至	3
009	李之儀	晚來輕拂	遊歷寫景	（詞譜平仄符號）	禡禡禡禡卦禡禡禡	10
010	黃裳	五城中鎖奇書	感時傷懷	（詞譜平仄符號）	換止翰換襉換換翰	7、3
011	黃庭堅	早秋明月新圓	祝壽賀詞	（詞譜平仄符號）	漾漾養漾養漾宥養	2
012	晁端禮	夜來深雪前村路	家國情懷	（詞譜平仄符號）	霰緩獮換換線阮緩翰	7
013	晁端禮	嶺梅香雪飄零盡	吟詠風物	（詞譜平仄符號）	未志紙止至至旨未至	3

014	晁端禮	小桃零落春將半	感時傷懷	（格律譜）│—│—│、○││——││——，—— ／ —│、│—│—│、│——│、—— ／ ——││、——│、││—│○—│ ／ ││、—││—│、│——│ ／ ——│、—││、———│。	換換 霰願 換緩 獮霰 翰	7
015	晁端禮	倦遊京洛風塵	感時傷懷	（格律譜）│—│——、│—││—│、—│ ／ —│、│—│——、│—│——，│—○ ／ ○——│——│、│——│、—— ／ —│、——││—、——││。	問焮 震震 震混 震圂	6
016	秦觀	小樓連苑橫空	相思情愛	（格律譜）│—│——、│—││—│○—│ ／ ││——│、│——│、│—○— ／ —│、——│、│——│、│—│ ／ ——│、——││、│——。	宥候 有有 候有 有有 宥	12
017	秦觀	亂花叢裡曾攜手	感時傷懷	（格律譜）│—│——、│—││—│、│ ／ —│、○││—、│——│、│—│ ／ ○││——、││—│、│——│ ／ —│、│—│、│——│、│ ／ —│、│—│、———│。	養養 養漾 漾漾 養漾	2
018	秦觀	禁煙時侯風和	相思情愛	（格律譜）│—│——、│—││—│、—— ／ —│、—│—│、│——│、│—○ ／ ——、││——│、│——○—│ ／ —│—│、—││—、│——│ ／ —、││—│—、———│。	鐸鐸 鐸鐸 鐸未 藥覺	16、18
019	秦觀	瑣窗睡起門重閉	感時傷懷	（格律譜）│—│——、│—││—│、— ／ —│、—│—│、│——│、│—○ ／ ——、││——│、│——○—│ ／ —│││—、││—、│——│ ／ —││—│、───│。	鐸鐸 鐸鐸 鐸未 藥覺	16、18
020	晁補之	水晶宮繞千家	感時傷懷	（格律譜）│—│——、│—││—│、— ／ —│、—│—│、││——│││ ／ ——││、—││○、——│○—— ／ —│、│—│——│、│——│ ／ ——││——│、───│。	止至 祭止 至志 紙太	3
021	晁補之	問春何苦匆匆	感時傷懷	（格律譜）│—│—│、—││—│、—— ／ —│、│—│—│、│——│、─ ／ ——│、│——│、│——│○—│ ／ —││、│—│、│——│ ／ —││—│—、———│。	宥有 有有 有厚 宥候 宥	12

022	晁補之	去年暑雨鉤盤	感時傷懷	｜—｜｜——｜｜，｜—｜——｜｜，｜— —｜——｜｜，—｜—｜，——｜｜，｜—｜ ○｜｜｜——｜｜，—｜—｜，——｜｜｜ —｜—｜——，｜｜—｜，｜——｜｜ —｜—｜——，｜｜——｜，｜——｜。	至紙止祭至旨止寘	3
023	晁補之	滿湖高柳搖風	感時傷懷	｜——｜｜，｜｜——｜｜，｜｜——｜ —｜——｜｜，—｜—｜，——｜｜—｜ —｜｜｜——｜｜，——｜○—｜ ——｜，——｜｜，｜——｜。	線阮換霰換阮換	7
024	周邦彥	素肌應怯餘寒	吟詠風物	｜——｜｜，｜｜——｜｜，｜｜—— —｜——｜｜，—｜—｜，——｜｜—｜ —｜｜｜——｜｜，——｜○—｜｜ ——｜，——｜｜，｜——｜。	至寘霽至薺寘止旨旨	3
025	孔夷	歲窮風雪飄零	吟詠風物	｜——｜｜，｜｜——｜｜，｜｜—— —｜——｜｜，—｜—｜，——｜｜—— ○｜｜｜——｜｜，—｜—＋｜，——｜。 —｜—｜——，｜｜—｜，｜——｜ —｜。｜——｜｜，｜——｜。	送用董送送用宋送	1
026	孔榘	數枝凌雪乘冰	吟詠風物	—｜——｜｜，｜｜——｜｜—｜ —｜，｜——｜｜，—｜—｜，——｜｜。 —｜｜｜——｜｜，——｜○—｜｜ ——｜。｜——｜｜，——｜—｜ ｜｜，——｜，｜——｜。	乔換阮霰霰襉願產	14、7
027	吳則禮	秋生澤國	隱逸閒適	——｜，——｜｜，｜｜—｜。——｜ —｜——，｜｜——，—｜—｜，｜—｜。 —｜｜，——｜｜，—｜—｜○—｜ ——｜。｜——｜｜，—｜—｜ —｜｜，——｜｜，｜——｜。	禡馬禡禡禡馬禡馬	10
028	王安中	魏臺長樂坊西	遊歷寫景	｜——｜｜，｜—｜——｜｜，｜｜— —｜——｜｜，—｜—｜，——｜｜—｜ —｜｜｜——｜｜，——｜○—｜ ——｜。｜——｜｜，—｜—｜ —｜｜，——｜，｜——｜。	阮獮阮線霰線阮霰阮	7
029	葉夢得	對花常欲留春	感時傷懷	｜——｜｜，｜—｜——｜｜，｜｜—｜ —｜，——｜｜，—｜—｜，——｜｜—｜ —｜｜｜——｜｜，——｜○—｜｜ ——｜。｜——｜｜，—｜—｜｜ —｜｜，——｜，｜——｜。	皓皓皓皓皓皓皓皓	8

030	葉夢得	舵樓橫笛孤吹	感時傷懷	│—│—│，│—│——│││—│ —，——│—││，│—│，│—││││○│—│ ——││，│—│，│—│ —││—│ │—││， ——││，│——│││。	旨止祭止止紙志至	3
031	曹組	曉天穀雨晴時	吟詠風物	│—││——，│—││││—│ │—│，——│││，│—│，│—│○│—│ │—│，│—│、——││，│—││。 —││—│，│——│、│—│— ││—│，│——│，││——│。	止霽止志未志霽至	3
032	朱敦儒	放船千里凌波去	家國情懷	│——│——│，│——││——│ ——││，│——│，│—│○│—│ │—│，│—│、——││，│—││， —││，│——│，│——│。	暮遇暮語御嘆姥嘆	4
033	朱敦儒	曉來極日同雲	游仙嚮往	│—││——│，│—││——│ ——││，│——│，│—│○│││— —││，│——│，│——│││， —││，│—│——│，│——│。	換阮願獮緩霰翰霰線	7
034	周紫芝	黃金雙闕橫空	歌詠頌揚	——│——，│—│││。│—│，│——│，│ —│，——│。││——│、││——│，│、——│， ○——│—│，│□——│，│—│——│││ ——│││，│——││——│ —│。——││，│——││，│——│。	小小笑小篠笑小皓	8
035	周紫芝	楚山千疊浮空	家國情懷	│—││——，│—││——││ 。│—│││—，│——│，│—││ ○│——││，│——│、│—││， ——│。│—│——│，│——│。	遇語暮暮遇暮嘆語	4
036	周紫芝	楚山木落風高	家國情懷	│—││——，│—││——│。——││— —││。│—│、——│，│——│，│—— 。│—│——│，│—││——│。○—││—│，│——│，│——│ —││，│——│，│——││ —│，│—│，│——│。	宥宥小皓小小小篠	12、8
037	李綱	（上缺）笑不知			隊	3

編號	作者	首句	分類	平仄譜	韻	韻數
038	李綱	漢家炎運中微	其他	─ ─ │ ─ ─，│ │ │ ─ ─ │ ─ │ ─，│ ─ ─ │ ─ ─ ─，│ ─ ─ │ ─，│ │ ─ ─ ─ ─ │，│，│ ─ │ ─ │ ─，─ ─ │ │，○ ─ ─ │ ─ │ ─ ─ │ │ ─ ─ ─，│ ○ │ │ ─ │ │，│ ─ │ ─ ─ │ ─。	御暮暮暮遇語噷	4
039	李綱	古來夷狄難馴	其他	略	止至霽噷眞眞至祭	3、4
040	李綱	際天雲海無涯	離愁別緒	略	暮遇暮語語遇御語	4
041	李綱	莫春清淑之初	宴飲歡樂	略	霽志太止至霽至	3
042	李綱	晚春天氣融和	吟詠風物	略	至志霽止祭隊旨至	3
043	李祁	碧山橫繞清湖	遊歷寫景	略	止紙寘未止紙止	3
044	向子諲	華燈明月光中	感時傷懷	略	暮遇遇暮御噷語暮噷	4
045	向子諲	夢回寒入衾裯	宴飲歡樂	略	止志旨至止至隊止霽	3

				格律	韻	
046	蔡伸	畫橋流水桃溪路	感時傷懷	｜—｜｜—｜—｜，｜—｜—｜—｜— —｜｜—｜｜｜｜，｜—｜—｜—｜， ○｜｜—｜｜—｜，｜—｜—｜，｜—｜， —｜。｜—｜，｜—｜｜—｜。	至至 止 紙祭 紙賓 至	3
047	李彌遜	化工收拾芳菲	宴飲歡樂	｜—｜｜—｜—｜，｜—｜—｜—｜— ｜｜—｜—｜｜｜，｜—｜—｜，｜—｜， ○—｜—｜｜—｜，｜—｜—｜，｜—｜， ——｜｜—｜｜｜，｜—｜—｜—｜， —｜。｜—｜，｜—｜｜—｜。	霽志 太太 止旨 至霽 至	3
048	胡仔	夢寒綃帳春風曉	歌詠頌揚	｜—｜｜—｜—｜，｜—｜—｜—｜— ○｜｜—｜｜｜｜，｜—｜—｜，｜—｜， ○｜—｜—｜—｜，｜—｜—｜，｜—｜， —｜｜—｜｜——｜，｜—｜—｜｜｜， —｜｜｜—｜，｜—｜｜—｜。	霽止 旨至 至至 未賓	3
049	張元幹	水晶宮映長城	祝壽賀詞	｜—｜｜—｜—｜，｜—｜—｜—｜— ○｜｜—｜—｜｜，｜—｜—｜，｜—｜， ○｜｜—｜｜—｜，｜—｜—｜，｜—｜， ——｜｜—｜｜｜，｜—｜—｜—｜， —｜。｜—｜，｜—｜｜——｜。	紙祭 旨止 止未 至祭	3
050	呂渭老	五湖春水茫茫	相思情愛	｜——｜｜，｜—｜—｜｜—｜— ○｜｜—｜—｜｜，｜——｜—｜｜。 ○—｜—｜｜—｜，｜—｜—｜，｜—｜。 —｜｜—｜｜｜｜，｜—｜—｜，｜—｜， —｜。｜—｜，｜—｜｜—｜。	御遇 御御 遇遇 遇姥	4
051	呂渭老	年年九月西湖	祝壽賀詞	——｜｜—｜｜｜，｜—｜—｜—｜— ｜—｜｜—｜｜｜，｜—｜—｜，、｜—｜， ○｜｜——｜—｜，｜—｜—｜｜｜， ｜——｜，｜—｜｜—｜，｜——｜， —｜。｜—｜，｜—｜｜——｜。	腫送 董送 用送 腫送	1
052	呂渭老	拍肩笑別洪崖	感時傷懷	—｜—｜—｜—｜，｜—｜—｜——｜ ○｜—｜—｜｜｜，｜—｜—｜，｜—｜， ○——｜｜—｜，｜—｜—｜。｜—｜， ｜——｜，｜—｜｜—｜，｜—｜， ｜｜。—｜—｜，｜—｜｜——｜。	玁霰 霰霰 翰翰 翰線 緩翰	7
053	楊无咎	當年誰種官梅	吟詠風物	——｜｜—｜，｜—｜—｜—｜—｜， ○｜｜——｜—｜，｜—｜—｜，｜—｜， ○｜｜——｜。｜—｜—｜，｜—｜， —｜｜—｜｜——｜，｜—｜—｜｜｜， —｜。｜｜｜—｜，｜—｜｜—｜。	旨止 眞止 紙未 志祭 旨	3

編號	作者	首句	類別	平仄譜	韻	數
054	楊无咎	曉來雨歇風生	吟詠風物	｜－｜｜－－，｜－｜｜－｜－｜｜，｜－｜｜ 。｜｜－－｜，｜－｜，－｜、－｜｜。 ○｜｜－－｜｜－，－｜｜－｜｜， －｜。－－｜｜，－｜｜－－｜	姥御語遇御噀　語御遇噀	4
055	楊无咎	西湖天下應如是	其他	－－｜｜－｜。｜－｜－｜－－｜｜｜，｜－ －｜｜－｜，｜－｜｜｜，｜｜－｜ ○｜－－｜｜－，－｜｜－｜｜｜， 。｜－－｜｜，－－｜－－｜	止噀語霽志　紙旨薺未志	3、4
056	楊无咎	小軒瀟灑清宵午	吟詠風物	｜－－｜－｜－｜，｜－｜｜－｜｜｜，｜ ○｜－－｜｜｜－，－｜｜－｜｜， －｜。－－｜－，－－｜｜｜｜｜， －｜。｜－－｜－｜，｜○○｜｜	霽旨至未止　紙尾止未止	3
057	楊无咎	夜來六出飛花	吟詠風物	｜－－｜｜－｜，｜－｜｜－｜｜｜，｜ 。｜－－｜｜－，－｜｜－｜｜， ○－｜｜－｜｜－，－｜｜－｜｜， ｜、－｜｜｜｜，－｜｜－｜｜｜。 ｜。｜－－｜｜，－－｜－｜｜	霽旨至未止　紙尾止未止	3
058	楊无咎	智瓊嬌額塗黃	吟詠風物	｜－－｜－｜－｜，｜－｜｜－｜｜，｜ 。｜－－｜｜－，－｜｜－｜｜， ○－｜｜－｜｜－，－｜｜－｜｜， －｜－，－－｜｜，－｜｜｜｜，｜ －｜。｜－－｜－、－｜｜、｜－－｜	紙寘未太旨　止止未止旨	3
059	曹勛	翠簾遲晚	宴飲歡樂	｜－－，－｜｜｜，－｜｜－｜｜｜，｜ ｜。｜－－｜－，－｜｜－｜，｜｜－ ○－｜｜｜－－，－｜｜－｜｜， －－｜，－｜｜｜，－｜－｜，－｜－ －｜。｜－－｜－，－｜－｜｜	霽至太薺太　太止旨至	3
060	曹勛	嫩涼微嫋	祝壽賀詞	－－｜，－｜｜｜，－｜｜－｜｜，｜ 。｜－－｜｜－，－｜｜－｜，｜｜ ○－｜｜－｜○｜－，－｜｜－｜｜， －－｜，－｜｜｜，－｜｜，－｜－， －｜。｜－－｜｜，－｜｜，－－｜	旨祭寘至賄未紙祭	3
061	曹勛	傍階紅藥	祝壽賀詞	｜－｜，－｜｜｜，－｜｜－｜｜，｜ －｜｜，－｜｜｜，－｜｜－｜－｜－ 。｜－－｜｜－，－－｜｜，｜｜－ ○－｜｜－｜｜－，－｜｜－｜｜， －－｜，－｜｜｜。－｜｜，－｜｜｜ －｜。｜－－｜－，－－｜｜－－｜。	靜勁勁勁迴　勁青證勁	11

062	曹勛	鑑天雲斂壺中	遊歷寫景	（格律） ｜——｜——，｜｜｜｜—｜，｜｜—｜ —｜，｜——｜□｜，｜｜—｜—，｜｜—｜。 ○｜｜｜—｜，、——｜，｜｜—｜。 —｜。｜｜—｜，、——｜，｜｜——｜	梗 □ 梗 徑 靜 靜 證 梗	11
063	曹勛	海榴紅暖	祝壽賀詞	（格律） —｜——｜｜，｜｜—｜——｜ —｜，｜——｜，｜｜—｜—，｜｜—｜。 ○—｜｜—｜，、——｜，｜｜—｜。 —｜。｜｜—｜，、——｜，｜｜——｜	緩 獮 阮 阮 翰 線 霰 線 霰	7
064	曹勛	曉雲閣雨	歌詠頌揚	（格律） —｜——｜｜，｜｜—｜——｜ ｜｜，｜——｜，｜｜—｜—，｜｜—｜。 ○｜｜｜—｜，、——｜，｜｜—｜。 —｜。｜｜—、，｜｜——，｜｜——｜。	曠 姥 御 曠 曠 暮 姥 姥 姥 曠	4
065	曹勛	凍雲閣雨	遊歷寫景	（格律） ｜｜——｜｜，｜｜—｜——｜ ｜○｜—｜｜，｜｜—□□、｜｜—｜。 ○—｜｜—｜，、——｜，｜｜—｜。 —｜。｜｜—｜，、——｜，｜｜——｜	祭 止 至 未 至 祭 至 祭 至	3
066	史浩	翠空縹緲虛無	游仙嚮往	（格律） ｜—｜｜——，｜｜—｜——｜ ｜｜，｜——｜，｜｜—｜—，｜｜—｜。 ○—｜｜—｜，、——｜，｜｜—｜。 ｜｜。｜—｜｜，、——｜，｜｜——｜。	皓 小 号 小 号 皓 皓	8
067	史浩	平湖渺渺煙波	吟詠風物	（格律） ——｜｜——，｜｜—｜——｜ ｜—，｜——｜，｜｜—｜—，｜｜—｜。 ○｜——｜｜，、——｜，｜｜—｜。 —｜。｜—｜｜，、——｜，｜｜——｜	遇 曠 語 遇 語 暮 語 語 曠	4
068	史浩	雪中蓓蕾嫣然	吟詠風物	（格律） ｜—｜｜——，｜｜—｜——｜ 。｜｜——｜｜，｜——｜、｜｜—｜ ○—｜｜—｜，。——｜、｜｜—｜。 —｜—，｜——｜，、——｜，｜｜——｜。 ｜｜。｜—｜｜，｜｜—｜，｜｜——｜	小 篠 笑 篠 篠 号 皓 皓	8
069	曾覿	楚天千里無雲	遊歷寫景	（格律） ｜—｜｜——，｜｜—｜——｜ ｜｜，｜——｜，｜｜—｜—，｜｜—｜ ○—｜｜—｜，、——｜，｜｜—｜。 ｜｜。｜—｜｜，、——｜，｜｜——｜ ｜｜。｜——｜，、——｜，｜｜——｜	勁 梗 靜 梗 迥 證 耿 梗	11

070	葛立方	九州雄傑溪山	遊歷寫景	丨—丨——，丨—丨丨—◦——丨，—丨 丨丨，———丨——，丨丨，丨—丨◦ —丨丨，——丨丨，丨—丨◦ ○—丨——，———丨，丨—丨◦	御暮 姥姥 嘆語 御嘆暮	4
071	曾協	楚鄉菰黍初嘗	離愁別緒	丨——丨，丨丨丨—丨，丨丨—— —丨丨—，——丨丨，丨丨—丨 ◦丨——丨，丨—丨，——丨◦ ○—丨——，丨丨—丨，丨—丨， —丨丨—丨丨，丨——，丨丨丨◦	暮御 暮暮 暮遇 暮御	4
072	毛幵	渺然震澤東來	遊歷寫景	丨丨——，丨丨丨◦丨—丨，—丨 丨，—丨◦丨—丨——，丨—— ——丨丨，丨丨丨，——丨◦ ○丨——丨，丨—丨，——丨， —丨丨——丨，丨——，丨丨丨◦	祭至 紙止 止止 止旨	3
073	韓元吉	亂山深處逢春	感時傷懷	丨——丨，丨丨丨—丨，丨丨—— ◦丨——丨，—丨丨，——丨◦ ○—丨——丨，丨—丨，——丨◦ —丨——丨，丨丨丨，——丨， —丨丨——丨，丨——，丨丨丨◦	暮遇 遇暮 姥御 遇語 御	4
074	韓元吉	五谿深鎖煙霞	遊歷寫景	丨————丨，丨丨丨—丨，—— □丨—丨，——丨丨，丨—丨◦ ○—丨——丨，丨—丨，、丨丨◦ —丨——丨，丨—丨，——丨， —丨丨——丨，丨—丨，丨丨丨◦	祭隊 至霽 薺未 隊海 至	3、5
075	韓元吉	雨餘疊巘浮空	其他	丨—丨——，丨—丨丨—◦丨—丨，—— 丨，丨丨—丨，丨丨—，——丨◦ ○—丨——丨，—丨丨，——丨， —丨丨——丨，丨——，丨丨丨◦	紙至 寘至 止至 寘旨 至	3
076	韓元吉	南風五月江波	祝壽賀詞	——丨——，丨丨丨—丨◦丨—丨，丨— ◦——丨——丨，丨丨丨，——丨◦ ○—丨——，丨—丨，——丨◦ —丨——丨，丨丨丨，——丨， —丨丨——丨，丨——丨◦	有宥 有有 厚宥 厚有 宥	12
077	侯寘	夜來霜拂簾旌	祝壽賀詞	丨—丨——，丨—丨丨——，丨丨，—— ◦—丨——丨，丨—丨，——丨◦ ○丨——丨，丨—丨，丨丨丨， ——丨，—丨丨丨◦丨—丨，——丨， —◦丨——丨，——丨丨，丨—丨◦	篠皓 笑皓 皓皓 小皓	8

編號	作者	首句	主題	格律	用韻	數
078	趙彥端	春溪漠漠如空	感時傷懷	一一丨一丨一一，丨一一丨一一丨丨 一丨一丨一一，丨一一丨一一丨丨、 。丨丨一一丨丨，一一丨、丨一一丨 ○一一丨一丨丨，丨一、丨一一丨 一丨一丨一一丨，。一一丨一一丨。	御遇 語姥 嘯姥 遇語 遇	4
079	袁去華	晚來側側清寒	吟詠風物	丨一丨一丨一一，丨一一丨一一丨丨 一丨一丨一一，丨一一丨一一丨丨、 ○丨丨一一丨丨，一一丨、丨一一丨 ○丨一丨一丨丨，丨一、丨一一丨 一丨一丨一一丨，。一一丨一一丨。	篠篠 笑皓 篠皓 号笑 皓	8
080	袁去華	漢家經略中原	歌詠頌揚	一丨一丨一一，丨一一丨一一丨丨 丨丨一一丨一，丨一一丨一一丨丨、。○ □丨丨一一丨丨，一一丨、丨一一丨 丨一一丨一丨丨，丨一、丨一一丨 。丨一一丨一、一一一丨一一丨。	至祭 未霽 止霽 旨志 志	3
081	袁去華	漢江流入蒼煙	感時傷懷	一丨一丨一一，丨一一丨一一丨丨 丨一一丨一一，丨一一丨一一丨丨、 ○一丨一一丨丨，一一丨、丨一一丨 一一一丨一丨丨，丨一、丨一一丨丨 一丨。一一丨丨，。一一丨、一一丨。	至祭 未霽 至霽 祭旨 志	3
082	曹冠	白來百卉千葩	吟詠風物	丨一丨一丨一一，丨一一丨丨一一丨 一一一丨一一，丨一一丨一。一丨丨 ○一一丨一丨丨，一一丨、丨一一丨 ○一一丨一一，丨一一丨、一一丨 一丨。一一丨丨，。一一丨、一一丨。	薛月 沒月 屑帖 月屑 薛	18
083	管鑑	小舟橫截西江	遊歷寫景	丨一丨一丨一一，丨一一丨丨一一丨 丨丨一一丨一，丨一一丨一一丨丨 。丨一一丨丨，一一丨、丨一一丨 ○丨一一一丨丨，丨一、丨一一丨 一一丨、丨一一，一一一丨一一丨。	止至 旨止 止志 紙	3
084	管鑑	曉來密雪如篩	家國情懷	丨一丨一丨一一，丨一一丨一一丨丨 。丨一一一丨，丨一一丨一一丨丨 ○一丨一一丨丨，一一丨、丨一一丨 ○一丨一一丨丨，丨一、丨一一丨一 丨丨。一一丨丨，一一一丨一一丨。	薺止 祭志 紙寘 真尾 止	3
085	陸游	樽前花底尋春處	感時傷懷	一一一丨一一一，丨一一丨一一丨丨 。丨丨一一一，丨一一丨一一丨丨 ○一丨一一丨丨，一一丨、丨一一丨 ○一丨一一丨丨，丨一、丨一一丨一 一丨、丨一一丨，。一一丨一一丨。	謙阮 換獮 換線 霰線 霰	14 、7

086	陸游	摩訶池上追遊路	遊歷寫景	（平仄譜）	阮緩緩換換翰諫換緩	7
087	范成大	仙翁家在叢霄	祝壽賀詞	（平仄譜）	小皓篠小皓皓小篠	8
088	張孝祥	竹輿曉入青陽	遊歷寫景	（平仄譜）	薺祭紙至祭旨祭志止	3
089	張孝祥	平生只說浯溪	遊歷寫景	（平仄譜）	霽旨止志旨至止至祭	3
090	閭蒼舒	少年聞說京華	家國情懷	（平仄譜）	宥宥厚候宥有宥宥	12
091	丘崈	蕊珠仙籍標名	祝壽賀詞	（平仄譜）	止志未志止霽止至霽	3
092	趙長卿	韶華迤麗三春暮	吟詠風物	（平仄譜）	暮遇嘆暮暮語嘆御御	4
093	趙長卿	煙姿玉骨塵埃外	吟詠風物	（平仄譜）	陌陌昔質職職陌德陌	17

				格律	韻	
094	趙長卿	葦綃開得仙花	吟詠風物	（格律符號）	止嚬暮姥語遇御御	3、4
095	趙長卿	天教占得如簧	吟詠風物	（格律符號）	至紙止止寘止志至霽	3
096	趙長卿	淡煙輕靄濛濛	吟詠風物	（格律符號）	宥篠小候有宥笑候	12、8
097	趙長卿	危樓橫枕清江上	遊歷寫景	（格律符號）	卦禡馬禡馬蟹馬馬	10、5
098	趙長卿	酒潮勻頰雙眸溜	歌詠頌揚	（格律符號）	宥有厚有宥有有	12
099	趙長卿	煞曾著意斟量過	隱逸閒適	（格律符號）	軫圂震震震震問問	6
100	趙長卿	無情風掠芭蕉響	相思情愛	（格律符號）	霽寘未未止寘霽至	3
101	趙長卿	先來天與精神	吟詠風物	（格律符號）	代海太太蟹太代隊	5、3

	作者	首句	類別	平仄譜	韻	
102	趙長卿	暑風吹雨仙源過	吟詠風物	｜—｜—｜，｜｜｜—｜。｜｜｜／—｜｜—｜｜—｜｜—｜—｜／○｜—｜—｜｜—｜｜｜—｜｜／｜｜—｜｜｜｜—— 。	霽旨祭祭止志至至	3
103	京鏜	夜來井絡參躔	祝壽賀詞	｜｜｜—｜—｜—｜｜—— 。｜｜｜—｜｜—｜｜—｜—｜／○—｜—｜—｜—｜｜｜｜—，／—。｜｜—｜｜—｜｜—｜。	宥宥宥有有有厚宥	12
104	京鏜	四年留蜀慚無補	家國情懷	｜｜｜—｜—｜｜｜—｜。｜｜｜—｜｜—｜｜—｜—，／○｜｜—｜—｜—｜｜｜—，／｜。｜｜—｜｜——｜｜。	御噴姥噴御噴暮語姥	4
105	京鏜	推移隨牒紅塵裡	家國情懷	｜—｜—｜—｜｜｜—｜，｜｜｜—｜｜—｜｜—｜｜，／○—｜—｜｜—｜｜｜—，／｜。｜｜—｜｜｜——｜。	職迄昔職昔錫緝緝質	17、18
106	楊冠卿	渡江天馬龍飛	家國情懷	｜—｜—｜—｜｜｜—｜，｜，｜—｜｜—｜—｜。／○—｜—｜｜—｜｜｜—，／□，—｜—｜｜—— ｜｜｜，、—— ｜。	至至至祭祭祭霽至志	3
107	辛棄疾	渡江天馬南來	祝壽賀詞	｜—｜—，｜—｜—｜。｜｜｜—｜，｜，｜—｜｜—｜—｜—｜｜｜—，／○｜｜—｜｜—｜｜｜｜—，／｜。｜｜，—｜｜—｜｜—｜。	有宥有有厚宥厚有宥	12
108	辛棄疾	玉皇殿閣微涼	祝壽賀詞	｜—｜｜—｜｜｜｜—｜。｜｜｜—｜｜—｜｜—｜—｜，／○—｜—｜｜—｜｜｜—，／——｜—，｜｜｜—｜。	有宥有有厚宥厚有宥	12
109	辛棄疾	楚天千里清秋	家國情懷	｜—｜｜—｜｜｜｜—｜。｜｜｜—｜｜—｜｜—｜｜，／○｜—｜｜——｜｜｜—，／—｜—｜—｜｜｜—｜｜，｜。｜｜—｜｜，—｜｜—— 。	祭霽止志太未未紙至	3

編號	作者	首句	主題	格律譜	韻字	韻部
110	辛棄疾	斷崖千丈孤松	歌詠頌揚	｜——，｜—｜｜—｜—｜，｜｜，｜——｜，｜—｜｜ ○｜｜—｜，｜—｜｜，—｜｜ ｜—｜。｜—、｜——，｜—｜｜。	御姥御姥遇語暮	4
111	辛棄疾	倚欄看碧成朱	吟詠風物	——｜｜——｜，｜—｜｜—｜｜ ○｜｜—｜，｜—｜｜，—｜｜—｜ ——｜｜，——｜，｜—｜｜。	吻稕混恨靜軨冷問	6、11
112	辛棄疾	補陀大士虛空	遊歷寫景	｜——｜｜—｜，｜—｜｜—｜｜ ○｜｜—｜，｜—｜｜，—｜｜ ——｜｜—｜，｜—｜｜—｜｜。	御姥曠暮語御曠姥	4
113	辛棄疾	稼軒何必長貧	隱逸閒適	｜——｜｜——｜，｜—｜｜—｜｜ ○｜｜—｜，｜—｜｜，—｜｜ ｜。｜｜——｜，｜——｜—｜—。	禡馬馬禡馬蟹馬	10、5
114	辛棄疾	聽分清珮瓊瑤些	吟詠風物	——｜｜——｜，｜—｜｜—｜｜ ——○｜｜—｜，｜—｜｜—｜｜ ｜—｜｜——｜，｜—｜｜—｜｜	宵豪豪豪豪蕭豪宥	8
115	辛棄疾	舉頭西北浮雲	家國情懷	｜——，｜—｜—｜—｜，｜｜，｜——｜，｜—｜｜ ○｜｜——｜，｜—｜｜，—｜｜ ｜—｜｜—｜，｜—｜｜—｜｜。	驗豔闞感驗忝敢勘	14
116	辛棄疾	只愁風雨重陽	離愁別緒	——｜｜——｜，｜—｜｜—｜｜ ○｜——｜，｜—｜｜，—｜｜ ｜｜—｜—｜，｜——｜｜—｜。	皓小笑篠皓篠巧笑	8
117	辛棄疾	昔時曾有佳人	歌詠頌揚	｜——，｜—｜｜—｜—｜，｜｜，｜——｜，｜—｜｜ ○｜｜—｜｜｜—｜，｜—｜｜—｜｜ ｜｜。□□□□，｜—｜｜，｜—｜｜。	緝德德職薛陌陌職緝	17、18

編號	作者	首句	題材	格律	韻腳	備註
118	辛棄疾	老來曾識淵明	家國情懷	（平仄譜）	紙止志旨未 止未旨未止	3
119	辛棄疾	被公驚倒瓢泉	家國情懷	（平仄譜）	禡禡禡禡蟹 馬馬馬馬馬	10、5
120	程垓	夜來風雨匆匆	家國情懷	（平仄譜）	尾寘志志至 志至至未至	3
121	石孝友	舊遊曾記當年	祝壽賀詞	（平仄譜）	宥宥宥宥宥 宥厚宥宥宥	12
122	馬子嚴	買莊為貯梅花	歌詠頌揚	（平仄譜）	姥噳噳遇噳 語語暮噳	4
123	馬子嚴	東君直是多情	感時傷懷	（平仄譜）	軫映映徑恨 靜證迥問	6、11
124	陳亮	錢王霸圖成時	吟詠風物	（平仄譜）	遇御姥噳遇 暮噳暮遇	4
125	陳亮	鬧花深處層樓	感時傷懷	（平仄譜）	獼緩阮翰換 獼霰諫願	7

編號	作者	起句	主題	格律	用韻	韻
126	劉褒	東風初穀池波	歌詠頌揚	——|—|，———||—|，—— ...（格律符號）	果果果過果過過	9
127	張鎡	這番真簡休休	隱逸閒適	...（格律符號）	效皓小皓皓笑	8
128	劉過	謫仙狂客何如	歌詠頌揚	...（格律符號）	皓小小效皓有皓皓	8、12
129	劉過	慶流閥古無窮	歌詠頌揚	...（格律符號）	祭至尾志止止□祭	3
130	盧炳	晚晴一碧天如水	遊歷寫景	...（格律符號）	皓小厚小候小笑小篠皓	8、12
131	姜夔	夜深客子移舟處	家國情懷	...（格律符號）	止志旨止未止薺紙止	3
132	汪莘	當年剪綵垂髫	離愁別緒	...（格律符號）	御遇遇暮遇御暮暮暮	4
133	吳琚	紫皇高宴蕭臺	歌詠頌揚	...（格律符號）	隊薺霽隊志未祭至真	3

134	韓淲	從來江左夷吾	祝壽賀詞	——｜——，｜｜—｜｜—｜｜，｜｜ ——｜｜｜—｜，——｜｜｜，｜—｜｜ ○—｜——｜｜，｜—｜—｜｜—｜｜ ｜｜｜——｜｜｜—｜｜，｜｜—｜	宥厚 宥宥 候宥 有	12
135	李廷忠	風流最數宣城	祝壽賀詞	｜——｜——，｜｜—｜——｜｜ ｜——｜｜｜—，——｜｜｜，｜—｜｜ ○—｜——｜｜，｜—｜—｜｜—｜｜ ——｜｜｜—｜｜，｜—｜｜，｜—｜｜	噫噫 姥遇 語噫 暮暮	4
136	危稹	洛陽九老圖中	祝壽賀詞	｜—｜——｜｜，｜—｜｜—｜｜｜ ｜—｜｜｜—，——｜｜｜，｜、｜｜ ○—｜——｜｜，｜—｜—｜、｜—｜｜ ｜｜｜——｜｜｜—｜｜，｜—｜｜	小宥 小篠 宥皓 有皓 有	8、12
137	程珌	道家弱水蓬萊	祝壽賀詞	｜——｜——｜，｜—｜｜—｜｜｜ ——｜｜｜—｜，——｜｜｜，｜—｜｜ ○—｜——｜｜，｜—｜—｜｜—｜｜ ——｜——、｜—｜，｜—｜｜｜	德沒 術月 月昔 職職	17、18
138	史達祖	夜寒幽夢飛來	吟詠風物	｜——｜——，｜—｜｜——｜｜ —｜——｜—｜，｜—｜—｜，｜—｜｜ ○｜——｜｜，｜—｜—｜、｜—｜｜ ——｜｜｜—｜，—｜｜｜，｜—｜｜	篠笑 号嘯 皓皓 小覺 小	8
139	史達祖	夢回盧白初生	吟詠風物	——｜—｜，｜—｜｜—｜｜， —｜——｜—｜，｜—｜｜｜，｜—｜｜ ○—｜——｜｜，｜—｜—｜｜—｜｜ ——｜｜｜—｜，—｜｜｜，｜——｜	姥霽 暮御 姥噫 遇御 御	4
140	史達祖	道人越布單衣	家國情懷	｜—｜——｜，｜—｜｜——｜｜ —｜——｜—，——｜｜｜，｜—｜｜ ○—｜——｜｜，｜—｜—｜、｜—｜｜ ——｜○｜——，｜｜—｜，｜—｜｜	嘯笑 爻嘯 皓号 皓皓 小	8
141	高觀國	舊家心緒如雲	吟詠風物	｜—｜——｜，｜—｜｜——｜｜ ○｜｜——｜，——｜｜｜，｜—｜｜ ○—｜——｜｜，｜—｜—｜、｜—｜｜ ——｜｜｜—｜，—｜｜｜，｜—｜｜	徑梗 梗問 準恨 證徑 震	11、6

				格律	用韻	
142	高觀國	道山玉府眞仙	祝壽賀詞	（格律譜）	至隊未太眞至至止	3
143	高觀國	夜來曾跨青虬	祝壽賀詞	（格律譜）	宥有宥有候厚候宥宥	12
144	魏了翁	闌風長雨連霄	遊歷寫景	（格律譜）	宥候有宥候宥宥有宥	12
145	盧祖皋	杜鵑啼老春紅	吟詠風物	（格律譜）	太隊隊代至至海太代	5、3
146	盧祖皋	蕩紅流水無聲	吟詠風物	（格律譜）	阮旱緩阮賺翰線霰恨	7、14、6
147	盧祖皋	會昌湖上扁舟	家國情懷	（格律譜）	暮姥語姥嘆姥語御御	4
148	盧祖皋	世間誰似蓬仙	祝壽賀詞	（格律譜）	宥宥宥宥厚厚宥有有	12
149	劉鎭	三山臘雪才消	感時傷懷	（格律譜）	厚有有宥有宥有宥	12

150	劉鎮	老來慣與春相識	感時傷懷	（格律符號）	暮御御暮御姥語遇	4
151	劉鎮	弄晴臺館收煙候	吟詠風物	（格律符號）	至志止霽紙隊旨至	3
152	孫惟信	小童教寫桃符	宴飲歡樂	（格律符號）	祭旨至止至寘寘祭祭	3
153	方千里	錦城春色移根	吟詠風物	（格律符號）	至寘霽至薺寘止志旨	3
154	吳泳	清江社雨初晴	祝壽賀詞	（格律符號）	篠嘯号小小小皓笑皓	8
155	吳泳	修篁翠葆人家	宴飲歡樂	（格律符號）	遇暮語遇暮語噄暮	4
156	陳以莊	晚來江闊潮平	感時傷懷	（格律符號）	御語暮御噄噄暮御	4
157	王邁	橙黃橘綠佳期	祝壽賀詞	（格律符號）	屋屋鐸屋燭屋燭屋屋	15、16

				格律	用韻	
158	方味道	綸巾少駐家山	祝壽賀詞	（格律符號）	止遇噎止未旨止祭	3、4
159	黃機	晴江袞袞東流	感時傷懷	（格律符號）	御御御暮暮遇語姥	4
160	嚴仁	翼然新榜高亭	其他	（格律符號）	有有宥有候有候宥	12
161	嚴仁	飆車飛上蓬萊	歌詠頌揚	（格律符號）	止祭止志至尾祭至志	3
162	嚴仁	城頭傑觀崢嶸	遊歷寫景	（格律符號）	昔陌陌錫昔緝職陌	17
163	葛長庚	層巒疊巘浮空	遊歷寫景	（格律符號）	靜靜梗梗梗梗梗迥	11
164	葛長庚	雲屏漫鎖空山	游仙嚮往	（格律符號）	至止寘志祭至寘至旨	3
165	劉克莊	年年歲歲今朝	祝壽賀詞	（格律符號）	志至志寘志薺志祭太	3

166	劉克莊	先生放逐方歸	祝壽賀詞	——││——，│—│——│—○——││，— ││—│——│，│—││、│——│— ○│││——│，│││、│——，│ │○│——││，│—│、│——│。	皓号 号号 嘯号 笑号 皓	8
167	劉克莊	病翁一榻蕭然	祝壽賀詞	│││——，│—│——││——││ ││—│——│，│—│、│——││ ○—││——│，│—│、│——││， —│○│││——│，││││。	志至 志真 至薺 志祭 志太	3
168	劉克莊	平生酷愛淵明	歌詠頌揚	——││——，│—│——│—│——│ ○│——│——│，│││、│——│ ○—││——│，│—│、│——│ —││——││，│——│、│——皓	皓号 号皓 嘯号 笑号 皓	8
169	劉克莊	祁公一度貂蟬	歌詠頌揚	——││——，│—│——││——││ ○│——│——│，│││、│——○ ○—│——│，│││、│——，│ —│○│——│，│││—│、│——。	篠篠 皓皓 皓号 皓嘯	8
170	劉克莊	依然這後村翁	隱逸閒適	——││——，│—│——│—│——│ ○│——│——│，│││、│——│ ○│——│——│，│—│、│——│ —│○│——││，│——│、│——。	号皓 笑小 皓皓 小皓 皓	8
171	劉克莊	兒童不識樗翁	隱逸閒適	——││——，│—│——│—││—│ ○│││——│，│││、│——，│ ○│││——│，│││—、│——│ —│○│││——│，│││。	尾旨 止止 止紙 止旨 薺	3
172	劉克莊	即令七十平頭	隱逸閒適	││—││——，│—│——│—│、— │││——│，│││、│——│ ○│—││——│，││、│——、│—— —│││、│——│，│││、│——、│ │○│——│，│—│、│——│。	陌陌 陌德 職昔 德錫 錫	17
173	劉克莊	不須更問旁人	隱逸閒適	│││—││，│—│——│─，─││ ○│——│——│，│││、│——│ ○│││——│，│││、│──皓皓 │——│，│││、│——、│—— —│○│——│，│—│、│——。	笑巧 笑嘯 笑皓 皓号 号	8

174	劉克莊	行藏自決於心	隱逸閒適	——｜｜——，｜——｜—｜—｜ ／ —｜—｜—｜—｜，—｜—｜—｜，｜—｜ ○｜｜——｜—｜，｜——｜— ○——｜—，｜——｜，——｜—｜， —｜。｜｜—｜｜，｜——｜—｜。	陌陌德職德錫昔錫	17
175	劉克莊	先生避謗山樓	隱逸閒適	—｜｜———，｜——｜—｜—｜ ／ ｜｜—｜——｜，｜——｜，——｜ ○——｜——，｜—｜—｜，｜—｜ —｜—｜—，｜——｜，——｜—｜， —｜。｜｜——｜，｜——｜—｜。	陌陌德職德錫昔錫	17
176	劉克莊	當年玉立清揚	隱逸閒適	笑｜｜｜—｜，｜——｜——｜，｜｜ ○｜｜———，｜——｜，——｜— —｜—｜—｜，｜——｜，——｜—｜ 。｜——，｜｜——｜，｜——｜	笑巧笑曬笑皓皓号	8
177	劉克莊	此翁飽閱人間	隱逸閒適	｜—｜｜——，｜｜｜—｜—｜—｜ ／ —｜—｜—｜—｜，｜——｜。 ○｜—｜—｜，｜——｜，—｜｜□ □，———｜｜——｜，｜—｜—｜， ｜——｜。	陌陌德職昔德錫	17
178	劉克莊	病夫鬢禿顏蒼	隱逸閒適	｜—｜｜——，｜——｜—｜｜｜，—｜ ○｜｜—｜—｜—｜—｜—｜—｜ —｜—｜—｜，｜——｜，——｜ ｜。｜—｜｜，——｜，——｜。	笑巧笑曬笑皓皓号	8
179	劉克莊	臞齋不是凡人	祝壽賀詞	｜—｜—｜——｜，｜。—｜—｜ ○——｜｜—，｜——｜，—｜—｜ —｜——｜｜，｜——｜，——｜ —｜—｜——｜，｜—｜，——｜	御暮御暮御暮遇暮暮	4
180	劉克莊	此翁幸自偏盲	隱逸閒適	｜—｜——｜，——｜—｜—｜｜ ○｜｜——｜｜——｜，—｜—｜，—｜ ○——｜——｜，｜——｜，—｜｜—｜ —｜｜—｜，——｜，——｜。	霽晦至至志祭太志隊	3
181	劉克莊	昔人風調誰高	祝壽賀詞	｜—｜——｜，｜——｜｜—｜—｜ ○——｜———｜，｜｜——｜｜ —｜—｜———｜，｜——，——｜｜ —｜——｜｜，｜—｜，——｜｜	止志尾止旨至止志至	3

編號	作者	首句	題材	平仄格律	韻腳	次數
182	趙以夫	塞樓吹斷梅花	家國情懷	｜—｜—｜，｜—｜—｜｜——｜ ｜｜｜—｜—｜，｜—、｜｜—｜ ○—｜——｜，｜——｜—｜｜ ｜—｜——｜，｜｜——｜ ｜—｜｜—｜，｜｜—｜—｜	屑薛 薛月 屑屑 月薛 薛	18
183	趙以夫	誰家明鏡飛空	遊歷寫景	｜——｜—｜，｜—｜——｜｜ ○｜—｜—｜，｜——｜—｜｜ ○｜｜｜—｜，｜｜—｜、｜｜ ｜—｜｜—｜，｜—｜｜	霽至 志至 至旨 隊祭	3
184	張榘	暮雲低鎖荒臺	家國情懷	｜——｜—｜，｜——｜—｜｜ ○｜—｜—｜，｜｜—｜、｜｜ ○—｜—｜，｜—｜—｜｜ ｜—｜｜—｜，｜—｜｜ ｜｜—｜—｜—｜，｜——｜○	至志 霽至 止志 祭薺 至	3
185	張榘	暮天絲雨輕寒	感時傷懷	｜——｜—｜，｜——｜｜——｜｜ ｜｜｜—｜—｜，｜｜—｜、｜｜ ○—｜——｜，｜——｜—｜｜ ｜—｜｜—｜，｜—｜｜ ｜｜○｜——｜—｜｜｜｜——○	過暮 露箇 果過 哿過 果	9、4
186	張榘	晝長簾幕低垂	感時傷懷	—｜——｜—｜，｜——｜—｜｜ ○｜———｜，｜——｜、｜｜ ○—｜｜—｜，｜—｜—｜｜ ｜—｜｜—｜，｜—｜｜ —｜○｜｜—｜，｜｜—｜——○	過暮 露箇 果過 哿過 果	9、4
187	張榘	先來花較開遲	遊歷寫景	｜——｜—｜，｜——｜｜——｜｜ ○｜—｜——｜，｜——、｜｜—｜ ○—｜——｜，｜—｜—｜—｜｜ ｜○——｜，｜｜｜—｜，｜—｜—	過暮 露箇 果過 哿過 果	9、4
188	張榘	近家添得園亭	遊歷寫景	｜——｜—｜，｜—｜—｜｜——｜ ｜｜——｜○｜—｜，｜｜—｜—｜｜ ｜——｜—｜，｜——｜—｜｜、 ○｜｜——｜，｜｜—｜—｜｜， —｜○｜——｜，｜｜—｜—｜○	過暮 露箇 果過 哿過 果	9、4
189	吳潛	十洲三島蓬壺	遊歷寫景	｜——｜｜—｜，｜—｜—｜、｜｜ ——｜—｜—｜，｜—｜—｜｜｜ ｜○｜——｜，｜——｜—｜｜ ○—｜—｜—｜，｜｜—｜—｜｜， —｜○｜——｜，｜｜——｜，｜——○	宥宥 宥宥 有候 宥宥 宥	12

				格律	用韻	
190	黃孝邁	自側金厄	感時傷懷	｜｜—一，・一一｜，｜一一。｜一一・｜一｜ 一｜｜・一｜｜一。……｜一｜，・一｜一｜ ，｜一・｜｜一｜一｜一・｜一｜	軫梗…震穆	6、11
191	黃孝邁	閒情小院沉吟	感時傷懷	一一｜｜・一，一一・｜一一｜｜。・｜一一｜｜ 。｜｜一｜一｜・一｜・｜｜｜一｜｜。 ○一｜一一一｜，一一｜｜・一｜，一一｜ 。・｜｜一，｜｜一一｜｜，｜一｜｜。	至賓至止祭至隊旨	3
192	李曾伯	西風吹上牛頭	隱逸開適	一一一｜一一｜，｜一｜｜一｜｜。一一一・｜｜ 。｜一｜・一一｜，一一一｜｜｜，一一｜ ○｜｜一一｜｜，一一｜｜，一一｜｜。 ｜一・｜一｜，・一一｜｜一｜，｜一｜｜。	止止未尾薺止止志賞	3
193	李曾伯	幾年野渡孤舟	祝壽賀詞	一一｜｜一一｜，｜一一・｜｜一一。｜一一｜｜ 。一一｜｜・一。｜一｜一｜，｜一一一｜ ○｜｜一一｜｜，｜一一・｜・｜一一。 ｜一一｜｜，一｜一・一｜，｜一｜一。	有有厚有宥候厚有有	12
194	李曾伯	明堂一柱擎天	祝壽賀詞	一一一｜一一｜，｜一一・｜｜一一。｜一一｜｜ 。｜一一一｜｜，一一・｜｜一一。｜一一｜｜ ○｜｜一一｜｜，一一｜・｜一｜。一｜｜， ｜一｜一一｜｜，一一一，一一｜。｜一｜。	皓皓皓小皓篠皓皓皓	8
195	李曾伯	東南一氣當春	祝壽賀詞	一一一｜一一｜，｜一一・｜｜一一。一一一｜｜ 。一・｜一一｜，一一一・｜一一。一一一｜｜ ○｜一｜一一｜，一一一・｜一｜。｜一｜， ｜一｜・一一｜，一一一一｜｜，｜一｜。	厚有宥有候有有宥	12
196	李曾伯	岷峨壽佛東來	祝壽賀詞	一一｜｜一，一一・｜｜一一。一一一｜｜ 。一一一一｜，｜一一・｜｜，一一｜、｜一｜ ○｜｜一一｜，｜｜一・一一、｜一一｜｜一｜， ｜一一，一一｜，一一一・一｜｜。	噇噇噇語語噇姥暮姥	4
197	李曾伯	舉杯長揖常娥	隱逸開適	一一一｜一一｜，｜一一・｜｜一一。｜一一一｜ 。｜｜一一一｜，一一一・｜一｜、｜一一｜ ○｜｜一一｜｜，｜一・一一，一一｜。｜一｜， 一一一・一一｜，｜一｜｜，｜｜一一｜。	陌職麥德昔錫昔昔錫	17

198	李曾伯	少年管領良宵	感時傷懷	（詞譜平仄符號）	陌職麥德昔昔錫錫	17
199	李曾伯	歸來袖手江湖	感時傷懷	（詞譜平仄符號）	陌職麥德昔昔錫昔錫	17
200	李曾伯	歸來三見梅花	祝壽賀詞	（詞譜平仄符號）	宥宥宥有有有有有有	12
201	李曾伯	幾番南極星邊	祝壽賀詞	（詞譜平仄符號）	宥有宥有候宥有候有	12
202	李曾伯	小腮香霧籠蔥	吟詠風物	（詞譜平仄符號）	送送用用用腫送董用	1
203	李曾伯	元英燕罷瑤臺	吟詠風物	（詞譜平仄符號）	紙止隊止止旨止止止	3
204	李曾伯	玉龍飛下殘麟	宴飲歡樂	（詞譜平仄符號）	紙止隊止旨旨止止止	3
205	李曾伯	琅琅環珮三千	宴飲歡樂	（詞譜平仄符號）	紙止隊止旨旨止止止	3

編號	作者	詞題	主題	格律	用韻	
206	李曾伯	黃旗吉語飛來	歌詠頌揚	一一丨丨，一一丨丨一丨。一一丨，丨一 一丨丨一丨一丨一丨一丨，一丨 ○丨一一丨丨，一一丨丨一一丨 ○一一一，丨一一丨，一丨丨丨 丨丨。丨一一，丨一一，一丨一丨一。	有有 有有 有有 厚厚 厚	12
207	李曾伯	荊州咫尺神州	家國情懷	一丨一一，丨一一丨一一丨。一一丨丨 ○丨一丨丨，一一丨丨一一丨 ○一一丨丨一，一一、丨一丨一丨 一丨丨，丨一一一丨，丨一一丨。	有有 有有 有有 厚厚 厚	12
208	李曾伯	吾皇神武中興	歌詠頌揚	一丨一一，一一丨丨一一丨。一一丨丨 ○丨一丨丨，一一丨丨一一丨 ○一一丨丨一，一一、丨一一丨丨 丨丨一，一一丨丨，丨丨一丨。	有有 有有 厚厚 有厚 有	12
209	李曾伯	梅邊連轡偕來	離愁別緒	一一丨丨，一一丨丨一一丨。一一丨丨 ○丨一一丨丨，一一丨丨一一丨 ○一一丨丨，一丨一一，一丨一丨 一丨丨，一一一丨，一一一丨 一丨。丨丨一，丨一一一、一一一丨。	御語 噀遇 暮噀 語語 語	4
210	李曾伯	楚鄉三載中秋	家國情懷	丨丨一一，一一丨丨一一丨。一一丨丨 ○丨一丨丨，一一丨丨一一丨 ○丨一丨丨一，一一、丨一丨一丨 一丨丨，一一丨丨，一一一丨。	噀噀 噀暮 語姥 噀語 語	4
211	李曾伯	江頭雨過黃花	離愁別緒	一一丨丨，一一丨丨一一丨。一一丨丨 ○丨一一丨丨，一一丨、丨一丨丨 ○一一丨丨，一丨一一，一一丨丨 一丨丨，一一丨丨一丨，一丨丨丨。	御語 語暮 語姥 噀語 姥	4
212	李曾伯	天涯舍我先歸	離愁別緒	一一丨丨，丨丨一一，一丨丨丨。一一丨丨 ○丨一一丨，一一丨丨一一、一丨 ○一一丨丨，一一、丨丨一。一一丨 一丨。丨丨一一、一一丨，丨一丨丨。	御語 語暮 語姥 噀語 姥	4
213	李曾伯	西風滌盡炎歊	家國情懷	一丨一一，一一丨丨一一丨。一一丨丨 ○丨一一丨丨，一一丨丨一一丨 ○一一丨一一，一一丨、丨一丨丨 一丨丨，一一、丨丨一一，丨一丨，丨一丨。	噀遇 御語 姥姥 語噀 語	4

	作者	首句	題材	平仄譜	韻字	韻部
214	李曾伯	此花迥絕他花	吟詠風物	（格律符號）	勁靜寢震映稈證寢	11、13、6
215	方岳	當年睡裡聞香	吟詠風物	（格律符號）	寘寘至志旨止止紙至	3
216	方岳	晝長庭院深深	吟詠風物	（格律符號）	至至紙旨未至志至寘	3
217	祖吳	紫貂南北分榮	祝壽賀詞	（格律符號）	宥厚宥有候宥宥宥有	12
218	李昴英	唱恭初意如何	祝壽賀詞	（格律符號）	止止至止旨至未至祭	3
219	李昴英	驛飛穩駕高秋	隱逸閒適	（格律符號）	梗映迥靜靜梗迥梗等	11
220	李昴英	碧潭新漲浮花	宴飲歡樂	（格律符號）	至止旨旨至至語寘	3、4
221	吳文英	艷陽不到青山	遊歷寫景	（格律符號）	阮換霰線線線緩願阮	7

				格律	用韻	
222	吳文英	夜分溪館漁燈	離愁別緒	丨一一丨丨，丨一丨丨一丨丨，丨一一丨，一丨 一丨一丨一丨丨，丨丨丨一一丨丨，丨丨一丨丨 ○一丨丨一丨，丨丨丨一一，丨丨、一丨， 一丨。丨一丨、丨丨一一，丨丨一一。	徑梗 證軫 梗隱 迥嫩 震	11、6
223	吳文英	有人獨立空山	吟詠風物	丨一一丨丨，丨一丨丨一丨丨，丨一一丨，一丨 一丨一丨一丨，丨丨一一丨丨，丨丨、一丨 ○一丨丨一丨，丨丨丨一一，丨丨一一丨丨 一一丨丨一丨，丨一一丨，丨一一丨。	皓小 篠篠 巧号 皓嘯 嘯小	8
224	吳文英	望中璇海波新	祝壽賀詞	丨一一丨丨，丨一丨丨一丨丨，丨一一丨，一丨 一丨一丨一丨丨，丨丨一一丨丨，丨丨一丨丨 ○一丨丨一丨，丨丨丨一一，丨丨一一丨丨， 一丨一丨一丨，丨丨丨一一，丨一一丨。	線阮 霰霰 翰獮 獮霰 霰	7
225	吳文英	望春樓外滄波	祝壽賀詞	丨一一丨丨，丨一丨丨一丨丨，丨一一丨，一丨 一丨一丨一丨丨，丨丨一一丨丨，丨丨一丨丨 ○一丨丨一丨，丨丨丨一一，丨丨一丨丨， 一一丨。一一丨丨，丨一一丨，丨一一丨。	映梗 迥勁 梗靜 證靜 梗梗	11
226	吳文英	幾番時事重論	家國情懷	丨一一丨丨，丨一丨丨一丨丨，丨一一丨，一丨 一丨一丨一丨丨，丨丨一一丨丨，丨丨一丨丨 ○一丨丨一丨，丨丨丨一一，丨丨一一丨丨 一丨。一丨一丨，丨一一丨，丨一一一。	禡馬 禡馬 禡禡 禡駕 馬禡 禡	10、9
227	吳文英	外湖北嶺雲多	家國情懷	丨一一丨丨，丨一丨丨一丨丨，丨一一丨，一丨 一丨一丨一丨丨，丨丨一一丨丨，丨丨一丨丨 ○一丨丨一丨，丨丨丨一一，丨丨一一丨丨， 一丨一一一丨，丨一一丨，丨一一丨。	御噳 御遇 姥噳 語語 遇	4
228	吳文英	澹雲籠月微黃	感時傷懷	丨一一丨丨，丨一丨丨一丨丨，丨一一丨，一丨 一丨一丨一丨丨，丨丨一一丨丨，丨丨一丨丨 ○一丨丨一丨，丨丨丨一一，丨丨一一丨， 丨丨。一一丨丨，丨一一丨，丨一一。	軫阮 線線 阮震 霰軫 願	6、7
229	吳文英	杜陵折柳狂吟	祝壽賀詞	丨一一丨丨，丨一丨丨一丨丨，丨一一丨，一丨 一丨一丨一丨丨，丨丨一一丨丨，丨丨一丨丨 ○一丨丨一丨，丨丨丨一一，丨丨一一丨丨， 一丨。丨丨丨、丨丨一一丨，丨一一。	暮遇 御語 噳語 噳遇 暮	4

	作者	詞句	主題	平仄譜	韻	
230	吳文英	好山都在西湖	遊歷寫景	（平仄譜）	旨至眞霽至霽霽祭止	3
231	翁元龍	畫樓紅溼斜陽	感時傷懷	（平仄譜）	至至志霽旨霽紙至眞	3
232	丁宥	雁風吹裂雪痕	感時傷懷	（平仄譜）	梗徑梗梗寢靜靜問徑	11、13、6
233	潘牥	上缺			姥御	4
234	洪瑹	經年不見書來	離愁別緒	（平仄譜）	問㵩震圂映震混震㵩圂	6、11
235	樓枎	素娥洗盡繁妝	相思情愛	（平仄譜）	至眞霽至霽止止志旨	3
236	衛宗武	桑蓬掃盡開愁	隱逸開適	（平仄譜）	宥有有有宥有有有	12
237	李璮	腰刀首帕從軍	感時傷懷	（平仄譜）	嘯笑小嘯小皓嘯小	8

238	黃昇	少年有志封侯	隱逸閒適	｜—｜ ｜｜—｜ ，— ｜｜ ｜｜ 。｜ — ｜ ｜｜ —｜ ｜—｜ ｜—｜ ，— ｜ ｜｜ —｜ ｜｜｜ ○｜｜ —｜ —— ，｜ —— ｜，｜ ｜ — ｜｜ ○—｜ ，— ｜｜ —｜ —｜ ｜ ｜—｜ ｜｜ ｜｜ 。｜ —｜ —｜ ｜ —— ｜ ｜—｜ 。	太代太代賄夬太	5、3
239	楊澤民	膩金勻點繁英	吟詠風物	｜—｜ ｜｜—｜ ，— ｜｜ ｜｜ 。｜ — ｜ ｜ ｜ □｜｜ —｜ —— ，— ｜ ｜｜ —｜ ｜｜｜ ○—｜ ｜—｜ ，— —— ｜，｜ ｜ — ｜｜ —｜ 。｜ ｜— ｜ □—— ｜ □—— ｜。	眞至霽薺止旨	3
240	陳景沂	階前砌下新涼	吟詠風物	｜—｜ ｜｜—｜ ，— ｜｜ ｜｜ 。｜ — ｜ ｜｜ ○｜｜ —｜ —— ，— ｜ ｜｜ —｜ ｜｜｜ ○｜｜ ，— —— ｜，｜ ｜ — ｜｜ □。□—— ｜｜ ，— —— ｜ —— ｜。	小篠皓皓小□皓	8
241	陳著	玉麟堂上神仙	祝壽賀詞	｜—｜ ｜｜—｜ ，— ｜｜ ｜｜ 。｜ — ｜ ｜｜ ○｜｜ —｜ —— ，— ｜ ｜｜ —｜ ｜｜｜ —— —— ，｜ —— ｜，｜ ｜ — ｜｜ —｜ 。｜ —｜ —｜ ｜ —— ｜，｜ —— 。	笑号皓号巧笑皓	8
242	陳著	玉鼇頭上蓬萊	祝壽賀詞	｜—｜ ｜｜—｜ ，— ｜｜ ｜｜ 。｜ — ｜ ｜｜ ○｜｜ —｜ —— ，— ｜ ｜｜ —｜ ｜｜｜ —— ｜｜ ，— —— ｜，｜ ｜ — ｜｜ —｜ 。｜ ｜— ｜ —— ｜，｜ —— 。	鐸鐸藥鐸藥藥覺鐸藥	16
243	陳著	蓬萊風月神仙	祝壽賀詞	｜—｜ ｜｜—｜ ，— ｜｜ ｜｜ 。｜ — ｜ ｜｜ ○—｜ —｜ —— ，— ｜ ｜｜ —｜ ｜｜｜ —｜ ｜—｜ ，— —— ｜，｜ ｜ — ｜｜ ｜。｜ —— 、｜ ｜—— ｜ —— ｜。	遇暮姥御遇語暮	4
244	陳著	好花天也多慳	吟詠風物	｜—｜ ｜｜—｜ ，— ｜｜ ｜｜ 。｜ — ｜ ｜｜ ○｜｜ —— —｜ ，｜ ｜ ｜—— 、｜ ｜—— ｜｜｜ —— ｜，｜ —— ｜，｜ ｜ — ｜｜ —｜ 。｜ —— 、｜ ｜—— ｜ —— ｜。	遇暮遇遇御御御暮御	4
245	陳著	百花開徧園林	吟詠風物	｜—｜ ｜｜—｜ ，— ｜｜ ｜｜ 。｜ — ｜ ｜｜ ，— —｜ ｜—— 、｜ ｜—— ｜，｜ ｜—｜ —｜ ○｜｜ —｜ ，— —— ｜｜ — ｜｜ —｜ ，— — 。｜ ｜— ，｜ ｜ —— ，｜ —— 。	遇暮遇遇御御御暮御	4

編號	作者	首句	類別	平仄譜	韻	序
246	陳著	杜鵑啼正忙時	吟詠風物	｜——｜—｜，—｜—｜｜—｜，——｜｜ 。｜——｜｜—｜｜，｜—｜—｜，｜—｜｜。 ○—｜——｜｜，｜—｜—｜｜—｜｜， —｜｜——｜｜｜，｜——｜。	霽志霽至祭旨薺霽	3
247	張紹文	日遲風軟花香	感時傷懷	｜——｜——｜，—｜—｜｜—｜，——｜｜ 。｜——｜｜—｜｜，｜—｜—｜，｜—｜｜。 ○—｜——｜｜，｜—｜—｜｜—｜｜， —｜｜——｜｜｜，｜——。	旱勘闞換獮霰產阮阮	7、14
248	姚勉	芰荷香雨初收	祝壽賀詞	｜——｜——｜，—｜—｜｜—｜，——｜｜ 。｜——｜｜—｜｜，｜—｜—｜，｜—｜｜。 ○—｜——｜｜，｜—｜—｜｜—｜｜， —｜。｜—｜、｜｜——｜。	篠候笑小笑笑笑笑	8、12
249	陳允平	杜鵑啼者春愁	吟詠風物	｜——｜—｜，—｜—｜｜—｜，——｜｜ 。｜——｜｜—｜｜，｜—｜—｜，｜—｜｜。 ○—｜——｜｜，｜—｜—｜｜—｜｜， ｜｜——、｜｜—｜，｜——。	嘖御姥嘖姥語嘖遇御	4
250	陳允平	曉鶯啼醒春愁	感時傷懷	｜——｜——｜，—｜—｜｜—｜，——｜｜ 。｜——｜｜—｜｜，｜—｜—｜，｜—｜｜。 ○—｜——｜｜，｜—｜—｜｜—｜｜， —｜。｜——、｜｜—，｜｜、｜｜。	至寘霽薺至寘止志旨	3
251	施岳	翠鰲湧出滄溟	家國情懷	｜—｜｜—｜，—｜—｜｜—｜，—— 。｜——｜｜—｜｜，｜—｜—｜，｜—｜｜。 ○｜｜——｜｜，｜—｜—｜｜—｜｜， —｜。｜——｜、｜｜—｜。	語姥嘖語嘖姥姥御姥	4
252	何夢桂	倚窗閒嗅梅花	感時傷懷	｜——｜——｜，—｜—｜｜—｜，——｜ ｜。｜——｜｜—｜｜，｜—｜—｜，｜—｜｜ ○—｜——｜，｜——｜｜—｜，｜——｜ —｜。｜———｜，、——｜，——｜。	候宥有候宥有候宥有宥	12
253	何夢桂	分知白首天寒	吟詠風物	｜｜——｜——｜，—｜—｜｜—｜，——｜ 。｜——｜｜—｜｜，｜——、｜｜—｜。——｜ ○｜—｜——｜，｜——、｜｜—。——｜ —｜。——、｜｜——，｜｜—。	隱證隱震恨勁問震	6、11

254	趙聞禮	幾年埋玉藍田	吟詠風物	｜—｜——，｜｜｜—｜｜—｜，｜— ｜——｜—｜｜，｜○—｜｜｜—｜，｜— •｜—｜｜—，｜○｜｜｜—｜，｜—｜ ○—｜｜—｜｜，—｜—｜—，｜｜ —｜。｜—｜—，——｜｜——。	緩獼 獼霰 緩換 願阮 換	7
255	蕭元之	人生何必求名	隱逸閒適	｜—｜—｜—，｜｜｜—｜｜—｜。 ｜——｜——，｜｜—｜｜—｜。 ○｜｜—，｜—｜｜，—｜｜—｜。 —｜。｜—｜｜，——｜｜——。	御姥 嘆遇 姥語 暮御	4
256	劉辰翁	何須銀燭紅妝	感時傷懷	｜—｜—｜—，｜｜—｜｜—｜。 •｜—｜——，｜｜—｜｜—｜。 ○—｜｜，——｜｜，—｜｜—｜。 —｜。｜｜—｜，——｜｜——。	御御 遇語 暮遇 遇遇	4
257	劉辰翁	多年袖瓣心香	祝壽賀詞	｜—｜—｜—，｜｜—｜｜—｜。 •｜—｜——，｜｜—｜｜—｜。 ○—｜｜，｜—｜｜，—｜｜—｜。 ｜○•——｜，—｜｜｜，｜—•。	宥候 候宥 宥候 候宥	12
258	劉辰翁	看人削樹成槎	家國情懷	｜—｜—｜—，｜｜—｜｜—｜。 •｜—｜——，｜—｜｜｜—｜。 ○｜｜—，—｜｜—，—｜｜—｜。 ——｜，——｜｜，——｜｜——｜。 —｜。—｜—｜，——｜｜——。	宕漾 蕩漾 養漾 漾養	2
259	劉辰翁	閒思十八年前	感時傷懷	｜—｜—｜—，｜｜—｜｜—｜。 •｜—｜——，｜｜｜—｜—｜。 ○｜｜—，｜｜—｜、｜—｜—｜。 ——｜，｜—｜｜，——｜｜——。 ｜｜。｜｜—｜，——｜｜——。	止旨 尾止 旨止 紙旨 馬	3、10
260	劉辰翁	多年綠幕黃簾	家國情懷	——｜—｜—，｜｜——｜—｜——｜。 •｜——｜，｜—｜｜、｜—｜——｜。 ○｜｜——｜，｜—｜｜、｜○｜—｜｜。 ｜——，｜——｜，｜—｜｜——｜。 —｜。｜—｜｜，｜｜——｜。	嘆嘆 嘆暮 御嘆 姥嘆	4
261	劉辰翁	征杉春雨縱橫	家國情懷	｜｜—｜｜—，｜｜—｜｜——｜。 •｜｜—，｜—｜｜、｜—｜——｜。 ○—｜｜——，｜｜—｜○｜—｜｜。 ——｜，｜——。｜｜——、｜｜—｜。 —｜。｜—｜｜，｜｜——，｜｜—｜。	候宥 宥宥 宥宥 宥宥	12

序號	作者	首句	主題	平仄譜	韻字	字數
262	劉辰翁	孤煙澹澹無情	家國情懷	（平仄譜）	暮御遇暮姥噓姥噓姥噓	4
263	周密	燕翎誰寄愁牋	感時傷懷	（平仄譜）	皓笑有宥宥候候有	8、12
264	周密	舞紅輕帶愁飛	感時傷懷	（平仄譜）	暮噓語御暮遇姥御語	4
265	周密	素鸞飛下青冥	吟詠風物	（平仄譜）	隊志旨止太至眞止至	3
266	周密	仙山似霧非煙	隱逸閒適	（平仄譜）	禡卦卦馬禡馬馬禡馬	10
267	翁溪園	鎮淮樓下旌旗	祝壽賀詞	（平仄譜）	鐸鐸藥鐸鐸藥狎鐸	16、19
268	汪元量	鼓鼙驚破霓裳	家國情懷	（平仄譜）	噓姥暮御姥語噓語	4
269	王沂孫	曉寒慵揭珠簾	吟詠風物	（平仄譜）	未紙止旨志至祭至止	3

編號	作者	首句	主題	格律	用韻	韻部
270	王沂孫	世間無此娉婷	吟詠風物	（平仄格律）	賓志至止旨薺至	3
271	王沂孫	曉寒初著青林	吟詠風物	（平仄格律）	皓小号小篠皓小皓	8
272	王沂孫	淡妝不掃峨眉	吟詠風物	（平仄格律）	映梗靜迥震迥梗靜	11、6
273	王沂孫	翠雲遙擁環妃	吟詠風物	（平仄格律）	嘯語暮嘯姥御姥	4
274	柴元彪	秋雲元自無心	感時傷懷	（平仄格律）	遇御□語語語嘯	4
275	莫崙	鏡寒香歇江城路	相思情愛	（平仄格律）	旱產豏諫獮緩產緩換	7、14
276	黎廷瑞	不知玄武湖中	家國情懷	（平仄格律）	禡馬卦馬禡禡禡禡	10
277	黎廷瑞	荒城落日西風	家國情懷	（平仄格律）	暮語遇御暮暮語暮	4

			平仄格律	韻字	韻部
278	仇遠	曉星低射疏櫺	隱逸閒適		止止旨旨止至紙	3
279	王槐建	武夷一片閒雲	離愁別緒		迥梗徑迥證靜梗徑	11
280	王易簡	翠裳微護冰肌	吟詠風物		暮暮遇暮暮語嚙暮語	4
281	呂同老	素肌不污天真	吟詠風物		止薺旨至止止至紙止	3
282	李居仁	蕊仙群擁宸遊	吟詠風物		梗軫映梗徑迥徑迥迥	11、6
283	唐玨	淡妝人更嬋娟	吟詠風物		至寘志至止止志旨	3
284	趙汝鈉	露華洗盡凡妝	吟詠風物		霰翰翰獮翰翰霰線換	7
285	蔣捷	醉兮瓊瀣浮觴些	其他		陽唐陽陽陽陽唐陽陽唐陽陽	2

286	陳德武	東南第一名州	家國情懷	（格律符號）	霽真至志志止未至至	3
287	陳德武	驛樓歲暮蕭條	感時傷懷	（格律符號）	笑篠篠小号笑皓小嘯	8
288	陳德武	花驄柳外頻嘶	離愁別緒	（格律符號）	御遇遇御真語語真	4、3
289	陳德武	問津揚子江頭	隱逸閒適	（格律符號）	御暮語語遇遇暮暮	4
290	張炎	仙人掌上芙蓉	吟詠風物	（格律符號）	暮噳御暮暮語暮御	4
291	張炎	亂紅飛已無多	離愁別緒	（格律符號）	小皓篠皓效篠皓篠	8
292	張炎	幾番問竹平安	離愁別緒	（格律符號）	志紙止旨止霽尾至止	3
293	陳恕可	素肌初宴瑤池	吟詠風物	（格律符號）	御語語暮暮噳語御	4

	作者	首句	類別	平仄譜	韻	
294	陳深	此翁疑是香山	祝壽賀詞	丨一一 丨一一， 丨一 丨一丨 一一 丨丨 丨一 丨一丨 丨一 丨一一 丨 丨一一 丨丨 ○一 丨一一 丨 丨一一 丨一一 丨一一 丨丨， 一 丨一 丨 丨一一 丨丨一一 丨丨。	暮遇暮語語暮姥遇	4
295	楊樵雲	多情不在分明	相思情愛	丨一一 丨一一 丨 丨一一 丨。 丨一 丨一一 丨 一一 丨、一一 丨。 ○丨 丨一一 丨 丨一一 一一 丨一丨， 一 丨一 丨、丨一一 丨 一一 丨一 丨。	姥暮噳噳至紙御實	4、3
296	楊樵雲	一枝斜墮牆腰	吟詠風物	丨一一 丨一一 丨 丨一一 丨一一 丨。 ，丨一一 丨 丨一一 丨一一 丨一一 丨。 ○丨 丨一一 丨 丨一一 一一 丨一丨， 一一 丨 一丨 丨一一 丨 丨一一 丨一一。	至祭祭霽志至語御	3、4
297	黃霽宇	麗華一搏青絲	吟詠風物	丨一一 丨一一 丨 丨一一 丨一一 丨。 丨一 丨一一 丨 丨一一 丨一一 丨。 ○一 丨丨 丨一 丨 丨一一 丨一一 丨。 一。 丨一一 丨 一一 丨丨、一一 丨。	止隊寘至止祭志霽	3
298	曾允元	日高深院無人	感時傷懷	丨一一 丨一一 丨 丨一一 丨丨一一 丨 。丨一一 丨 一一 丨一一 丨一一 丨。 ○一 丨一一 丨 丨一一 一一 丨一丨， 一。 丨一一 丨，一一 丨 丨一一 丨。	緩霰願阮阮諫翰霰	7
299	程霽岩	夏秋晦朔之間	祝壽賀詞	丨一丨 丨一一 丨 丨一一 丨一一 丨 丨，一一 丨 丨一丨 丨一一 丨一一 丨 一一 丨一丨 丨一一 丨 丨一一 丨、丨一 丨 ○一 丨丨 丨一一 丨 丨一一 丨一一 丨丨。 丨一一 丨 丨一一 丨一一 丨。	噳語遇御暮語姥噳	4
300	趙僉判	老人星照螺川	祝壽賀詞	丨一丨 丨一一 丨 丨一一 丨一一 丨， 一，丨一丨 丨一丨 丨一一 丨一一 丨 。丨一一一 丨，丨 丨一丨 丨、□一 丨、 ○一 丨丨 丨一一 丨 丨一一 丨一一， 一一 丨丨 丨一一 丨 丨一一 丨一一 丨。 一。 丨一一一 丨 丨一一 丨一一 丨。	宥厚候宥厚有有有有	12
301	靜山	片帆天際歸舟	離愁別緒	丨一一 丨一一 丨 丨一一 丨一一 丨 一一 丨，丨一 丨丨 一一 丨一一 丨 丨。丨一一 丨丨 丨一一 丨一一 丨。 ○一 丨丨 丨一一 丨、丨一一 丨一一 丨， 一一。 丨丨一 丨，丨一一 丨一 丨丨 一一。 丨丨 丨一 丨 一一 丨一一 丨。	職質錫緝錫昔緝錫	17

	作者	首句	主題	格律	用韻	韻數
302	胡寅	玉梅衝臘傳香	祝壽賀詞	｜——｜，｜—｜｜—｜｜ 〔平仄譜〕	至祭霽眞志至至	3
303	眞知柔	碧霄彩旆垂鈴	祝壽賀詞	〔平仄譜〕	翰換霰線翰霰霰換圂	7、6
304	無名氏	□□含嬌眼				
305	無名氏	昔人風調誰高	祝壽賀詞	〔平仄譜〕	止志尾止旨至止志至	3
306	無名氏	洞天景色長春	游仙嚮往	〔平仄譜〕	鐸覺藥鐸藥藥藥鐸	16
307	無名氏	玉皇金闕長春	歌詠頌揚	〔平仄譜〕	代代太隊代隊隊隊代	5、3
308	無名氏	邦人前世倏緣	祝壽賀詞		止至眞止止志祭祭	3
309	無名氏	雪霏冰結霜凝	吟詠風物	〔平仄譜〕	志未紙止眞志霽旨旨	3
310	無名氏	去年今日關山路	吟詠風物	〔平仄譜〕	未祭薺旨至隊志至至	3

| 311 | 無名氏 | 淡烟池館 | 吟詠風物 | ｜一一｜，一一｜｜，｜｜一一｜，一一｜｜，一一｜｜，一一一｜。｜｜一一，｜一一｜，｜一｜。一一一一｜，一一｜｜，一一、｜，一一｜。○一｜｜一一｜。一一、｜一一｜。｜一｜｜，一一｜，｜一一｜。一一一，｜一一｜，一一一一｜。｜一一｜｜，一一｜｜，一一一｜。 | 暮暮御御噴暮語御噴 | 4 |

附錄二　歷代選輯中之水龍吟統計表

作者	首句	雅詞	花庵	陽春	絕妙	草堂	詞林	粹編	詞綜	詞選	蓼園	四家	御選	歷朝	梁選	朱選	俞選	龍選	雲選	胡選	唐選	鄭選	盧選	院選	夏選	總計
蘇軾	似花還似非花		○			○	○	○	○	○	○	○	○			○		○	○	○	○	○	○	○	○	18
辛棄疾	楚天千里清秋	○				○	○	○	○	○	○	○	○	○	○	○		○	○	○	○	○				17
陳亮	鬧花深處層樓	○		○	○	○	○	○	○	○	○	○	○					○		○						14
章楶	燕鶯忙懶花殘	○				○	○	○	○	○	○	○	○					○								10
辛棄疾	舉頭西北浮雲	○				○	○		○	○	○							○	○		○			○		10
王沂孫	寒著青林曉初							○	○	○				○				○	○	○	○	○	○			10
周邦彥	素肌應怯餘寒	○		○	○	○			○	○	○				○											8
辛棄疾	渡江天馬南來		○		○		○		○				○								○	○			○	8
蘇軾	楚山修竹如雲		○		○	○			○				○					○		○						7

作者	首句																數
陸游	摩訶池上追遊路	○		○		○	○		○		○				○		7
程垓	夜來風匇雨匇				○	○	○		○		○	○			○		7
晁端禮	夜深來雪村前路	○	○			○									○		5
晁端禮	倦遊京洛風塵	○			○	○			○						○		5
秦觀	小樓連遠橫空				○		○				○		○		○		5
晁補之	問春苦何匇匇	○							○		○	○	○				5
韓元吉	餘蠟疊浮空雨	○	○	○		○			○								5
劉鎮	弄晴館煙臺收候	○		○	○	○			○								5
施岳	翠鰲出滄溟湧		○				○	○					○	○			5
唐珏	淡妝人更嬋娟			○	○		○	○							○		5
朱敦儒	放船千里凌波去	○	○										○	○			4
向子諲	華燈月明光中			○			○					○	○				4
吳琚	紫皇高蕭宴臺		○		○		○						○				4

作者	詞題	1	2	3	4	5	6	7	8	9	10	11	12	13	14	15	計
盧祖皋	蕩紅流無聲（紅水聲）	○				○	○			○							4
陳以莊	晚江潮開（來闊平情）	○					○			○				○			4
黃孝邁	閒小院沉吟（情院吟）			○			○			○	○						4
吳文英	艷不青（陽到山）							○	○				○	○			4
周密	素飛青（鷺下冥）			○			○			○			○				4
汪元量	鼓驚霓（鞞破裳）								○		○		○			○	4
王沂孫	曉慵珠（寒揭簾）						○		○		○		○				4
王沂孫	世無娉（間此婷）						○		○	○			○				4
張炎	仙掌芙（人上蓉）						○		○	○			○				4
蘇軾	小橫春（舟截江）						○		○					○			3
晁端禮	小零春（桃落半）	○					○			○							3
孔夷	歲風飄（窮雪零）		○			○				○							3
李祁	碧橫清（山繞湖）	○	○							○							3
曾覿	楚千無（天里雲）			○		○				○							3

作者	起句	1	2	3	4	5	6	7	8	9	10	11	12	13	14	15	16	數
劉鎮	山雪三臘才消	○					○					○						3
劉鎮	老來慣與春相識	○					○					○						3
嚴仁	城頭觀崢嶸	○										○				○		3
洪瑹	經年不見書來	○					○					○						3
王易簡	翠裳微護冰肌							○				○			○			3
呂同老	素肌不污天真							○				○			○			3
楊樵雲	一枝斜墮牆腰						○	○				○						3
蘇軾	古來雲海茫茫											○					○	2
晁端禮	嶺梅香雪零飄盡	○										○						2
晁補之	水晶宮繞千家	○										○						2
晁補之	去年暑雨鉤盤							○				○						2
葉夢得	對花常欲留春	○										○						2
呂渭老	拍肩笑別洪崖					○	○											2
管鑑	曉來密雪如篩						○					○						2

作者	詞句	1	2	3	4	5	6	7	8	9	10	11	12	13	14	15	16	17	計
陸游	樽前花底尋春處				○							○							2
閬蒼舒	少年聞說京華					○								○					2
趙長卿	危樓枕江清上								○			○							2
辛棄疾	老來曾識淵明								○									○	2
馬子嚴	東直多情君是	○							○										2
姜夔	夜客子移舟處深								○			○							2
史達祖	夜幽飛來寒夢				○				○										2
史達祖	夢虛初生回白				○				○										2
黃機	晴衾東流江衾					○			○										2
嚴仁	翼然新高亭	○							○										2
嚴仁	飆飛蓬萊車上	○							○										2
葛長庚	雲漫空山屏鎖					○			○										2
劉克莊	平生酷愛淵明								○						○				2
翁元龍	畫紅溼斜陽樓			○					○										2

作者	首句												
丁宥	雁風吹雪裂痕		○				○						2
樓栱	素娥洗盡繁妝		○				○						2
黃昇	少年有志封侯	○					○						2
趙聞禮	幾年埋玉藍田		○		○								2
劉辰翁	征衫春雨縱橫								○			○	2
周密	燕翎誰寄愁箋				○		○						2
周密	舞紅輕帶愁飛				○		○						2
王沂孫	淡妝不掃峨眉						○				○		2
王沂孫	翠雲擁遙環妃						○			○			2
莫崙	寒城歇鏡香江路		○				○						2
李居仁	仙蕊擁群遊宸				○		○						2
趙汝鈉	露華洗盡凡妝				○		○						2
蔣捷	醉瓊瀣浮觴些			○			○						2
陳德武	東南第一名州										○	○	2

作者	詞																計
陳恕可	素肌初宴瑤池					○			○								2
楊樵雲	多情不在分明					○			○								2
曾允元	日高深院無人					○			○								2
蘇軾	小溝東接長江								○								1
蘇軾	露寒煙冷蒹葭老								○								1
李之儀	晚來輕拂								○								1
秦觀	花裡曾攜手亂叢								○								1
秦觀	窗起重門睡閉鎖								○								1
晁補之	湖柳風滿高搖								○								1
孔榘	枝雪冰樹凌乘								○								1
王安中	臺樂西魏長坊	○															1
曹組	天雨時曉穀晴								○								1
周紫芝	金闕空黃雙橫								○								1

作者	首句																		計
周紫芝	楚山千疊浮空								○										1
李綱	漢家炎運中微														○				1
李綱	古來夷狄難馴														○				1
李綱	天涯海際雲無								○										1
李綱	晚春天氣融和								○										1
向子諲	夢回寒入衾裯								○										1
蔡伸	畫橋流水桃溪路					○													1
胡仔	寒帳風、夢綃春曉								○										1
呂渭老	五湖春水茫茫								○										1
呂渭老	年年九月西湖								○										1
楊无咎	當年誰種官梅								○										1
楊无咎	曉來雨歇風生								○										1
楊无咎	小軒瀟灑清宵午								○										1

作者	首句							○欄					○欄2			計
楊无咎	瓊額黃塗智嬌							○								1
葛立方	九州雄傑溪山							○								1
毛开	渺然震澤東來							○								1
韓元吉	南風五月江波												○			1
侯寘	夜來霜簾拂旌							○								1
趙彥端	春漠漠溪空如							○								1
袁去華	漢江流入蒼煙							○								1
張孝祥	竹輿曉入青陽							○								1
張孝祥	平生只說湖溪							○								1
趙長卿	華麗春暮韶迤三							○								1
趙長卿	潮勻雙頰酒暈溜							○								1
趙長卿	先天與神來精							○								1
辛棄疾	聽兮清珮瓊瑤些							○								1
辛棄疾	只愁風雨重陽							○								1

作者	首句							○位置													計
辛棄疾	公倒瓢泉被驚							○													1
馬子嚴	莊貯梅花買爲	○																			1
劉過	仙客何如謫狂							○													1
李廷忠	風流最數宣城	○																			1
危稹	洛陽九老圖中	○																			1
史達祖	道人越布單衣							○													1
高觀國	舊家心緒如雲							○													1
盧祖皋	會昌湖上扁舟					○															1
方千里	錦城春色移根							○													1
方味道	綸巾少駐家山				○																1
劉克莊	年年歲歲今朝							○													1
劉克莊	先生放逐方歸							○													1
張榘	暮雲低鎖荒臺							○													1
張榘	暮天絲雨輕寒							○													1

作者	詞									○欄													計
張榘	長幕簾垂低									○													1
張榘	來較花開遲先									○													1
張榘	近家添得園亭									○													1
方岳	當年睡裡聞香									○													1
李昴英	驛穩飛駕高秋									○													1
吳文英	夜分溪館漁燈									○													1
吳文英	望璇波中海新									○													1
陳景沂	階砌前下新涼									○													1
蕭元之	人生何必求名		○																				1
張炎	亂飛紅已多無									○													1
張炎	幾番問竹平安									○													1
無名氏	雪冰霜霏結凝									○													1
無名氏	去年今日山關路									○													1
無名氏	淡烟池館									○													1

歐陽修	金翠輕紗總裙	0
黃裳	五城中奇書鎮	0
黃庭堅	早秋明月新圓	0
秦觀	禁煙時候風和	0
吳則禮	秋生澤國	0
葉夢得	舵樓橫笛孤吹	0
朱敦儒	曉來極目同雲	0
周紫芝	楚山木落風高	0
李綱	（上缺）笑不知	0
李綱	莫春淑初清之	0
李彌遜	化工收拾芳菲	0
張元幹	水晶宮映長城	0
楊无咎	西湖天下應如是	0
楊无咎	夜來六出飛花	0

曹勛	翠簾晚遲														0
曹勛	涼嫩微嬝														0
曹勛	階傍紅藥														0
曹勛	天中斂雲鑑壺														0
曹勛	榴暖海紅														0
曹勛	雲雨曉閣														0
曹勛	雲雨凍閣														0
史浩	空無翠縹虛														0
史浩	湖波平渺渺煙														0
史浩	中蕾然雪蓓嬝														0
曾協	鄉黍楚菰初嘗														0
韓元吉	山處春亂深逢														0
韓元吉	谿霞五深銷煙														0
袁去華	來側晚側清寒														0
袁去華	家略漢經中原														0
曹冠	來千自百卉葩														0

管鑑	小舟橫截西江																		0
范成大	翁在霄仙家叢																		0
丘崈	珠籍名蕊仙標																		0
趙長卿	姿骨埃煙玉塵外																		0
趙長卿	絹得花葦開仙																		0
趙長卿	教得簧天占如																		0
趙長卿	煙靄濛淡輕濛																		0
趙長卿	曾意量煞著斜過																		0
趙長卿	情掠蕉無風芭響																		0
趙長卿	風雨源暑吹仙源過																		0
京鏜	來絡躔夜井參																		0
京鏜	年蜀無四留慚補																		0
京鏜	移牒塵推隨紅裡																		0

楊冠卿	渡江天馬龍飛																					0
辛棄疾	玉皇殿閣微涼																					0
辛棄疾	斷崖千丈孤松																					0
辛棄疾	倚欄看碧成朱																					0
辛棄疾	補陀大士虛空																					0
辛棄疾	稼軒何必長貧																					0
辛棄疾	昔時曾有佳人																					0
石孝友	舊遊曾記當年																					0
陳亮	錢王霸圖成時																					0
劉褒	東風初縠池波																					0
張鎡	這番篦休休																					0
劉過	流古無窮慶閱																					0
盧炳	晚晴一碧天如水																					0
汪莘	當年剪綵垂髫																					0

作者	詞句																			計
韓淲	從來江左夷吾																			0
程珌	道家弱水蓬萊																			0
高觀國	道山玉府眞仙																			0
高觀國	夜來曾跨青虬																			0
魏了翁	闌風長雨連霄																			0
盧祖皋	杜鵑啼老春紅																			0
盧祖皋	世間誰似蓬仙																			0
孫惟信	小童教寫桃符																			0
吳泳	清江社雨初晴																			0
吳泳	修篁翠葆人家																			0
王邁	黃橙橘綠佳期																			0
葛長庚	層巒疊巘浮空																			0
劉克莊	病翁一榻蕭然																			0
劉克莊	祁公一度貂蟬																			0

作者	篇名																				計
劉克莊	依然這後村翁																				0
劉克莊	兒童不識樗翁																				0
劉克莊	即令七十平頭																				0
劉克莊	不須更問旁人																				0
劉克莊	行藏自決於心																				0
劉克莊	先生避謗山樓																				0
劉克莊	當年玉立清揚																				0
劉克莊	此翁飽閱人間																				0
劉克莊	病夫鬢禿顏蒼																				0
劉克莊	鬳齋不是凡人																				0
劉克莊	此翁幸自偏盲																				0
劉克莊	昔人風調誰高																				0
趙以夫	塞樓吹斷梅花																				0
趙以夫	誰家明鏡飛空																				0

吳潛	十三蓬壺島洲																								0
黃孝邁	自金側厄																								0
李曾伯	西吹牛頭風上																								0
李曾伯	幾野孤舟年渡																								0
李曾伯	明一擎堂柱天																								0
李曾伯	東一當南氣春																								0
李曾伯	岷壽東峨佛來																								0
李曾伯	舉長常杯揖娥																								0
李曾伯	少管良年領宵																								0
李曾伯	歸袖江來手湖																								0
李曾伯	歸三梅來見花																								0
李曾伯	幾南星番極邊																								0
李曾伯	小香籠聰霧蔥																								0
李曾伯	元燕瑤英罷臺																								0

李曾伯	龍下殘麟玉飛																				0
李曾伯	琅環珮三千																				0
李曾伯	黃旗吉語飛來																				0
李曾伯	荊州咫尺神州																				0
李曾伯	吾皇神武中興																				0
李曾伯	梅邊轡偕來連																				0
李曾伯	楚鄉三載中秋																				0
李曾伯	江頭雨過黃花																				0
李曾伯	天涯舍我先歸																				0
李曾伯	西風滌盡炎歊																				0
李曾伯	此花迴絕他花																				0
方岳	長院深深晝庭																				0
吳祖	紫貂南北分榮																				0
李昂英	恭意如何唱初																				0

作者	詞題																				數值
李昂英	碧潭漲新浮花																				0
吳文英	有人立空山獨																				0
吳文英	望樓春滄外波																				0
吳文英	幾番事時重論																				0
吳文英	外湖北嶺雲多																				0
吳文英	澹雲籠月微黃																				0
吳文英	杜陵折柳狂吟																				0
吳文英	好山都在西湖																				0
潘牥	（上缺）玉帶																				0
衛宗武	蓬桑掃盡開愁																				0
李壇	刀腰帕首從軍																				0
楊澤民	金臘點勻繁英																				0
陳著	麟玉堂上神仙																				0
陳著	鼇玉頭上蓬萊																				0

作者	詞句首																										計
陳著	蓬萊風月神仙																										0
陳著	好花天也多慳																										0
陳著	百花開遍園林																										0
陳著	杜鵑啼正忙時																										0
張紹文	日遲風軟花香																										0
姚勉	芰荷香雨初收																										0
陳允平	杜鵑啼者春愁																										0
陳允平	曉鶯啼醒春愁																										0
何夢桂	倚窗閒嗅梅花																										0
何夢桂	分知白首天寒																										0
劉辰翁	何須銀燭紅妝																										0
劉辰翁	多年袖瓣心香																										0
劉辰翁	看人削樹成槎																										0
劉辰翁	開思十八年前																										0

劉辰翁	年幕黃簾多綠黃																						0
劉辰翁	煙澹澹情孤澹無																						0
周密	山霧非煙仙似																						0
翁溪園	淮下旗鎮樓旌																						0
柴元彪	雲自心秋元無																						0
黎廷瑞	知武中不玄湖																						0
黎廷瑞	城日風荒落西																						0
仇遠	星射櫺曉低疏																						0
王槐建	夷片雲武一開																						0
陳德武	樓暮條驛歲蕭																						0
陳德武	驄外嘶花柳頻																						0
陳德武	津子頭問揚江																						0
陳深	翁是山此疑香																						0
黃霽宇	華搏絲麗一青																						0

程霽岩	秋湖之間夏晦																								0
趙僉判	老人星照螺川																								0
靜山	片帆天際歸舟																								0
胡寅	玉梅衝臘傳香																								0
眞知柔	碧霄彩旆垂鈴																								0
無名氏	□□含嬌眼																								0
無名氏	昔人風調誰高																								0
無名氏	洞天景色長春																								0
無名氏	玉皇金闕長春																								0
無名氏	邦人前世條緣																								0